故译新编

许钧  谢天振  主编

# 周作人译作选

周作人 译

王友贵 编

商务印书馆

# 主编的话

2019年,是五四运动一百周年。最近一段时间,我们一直在思考与翻译有关的一些问题:在五四运动前后,为什么翻译活动那么活跃?为什么那么多学者、文人重视翻译、从事翻译?为什么围绕翻译,有那么多的争论或者讨论?

五四运动涉及面广,与白话文运动、新文学运动乃至新文化运动之间有着深刻的互动性和内在一致性。考察翻译活动对于五四运动的直接与间接的影响,首先引起我们关注的,是一个"新"字。新文学运动与新文化运动自不必说,"新"是其追求与灵魂。而白话文运动,虽然没有一个明确的"新"字,但相对于文言文,白话文蕴涵的就是一种"新"的生命——语言与文字的崭新统一,为新文体、新表达、新思维的产生拓展了新的可能性。

"新"首先意味着与"旧"的决裂,在这个意义上,五四运动所孕育的启蒙与革命精神体现在语言、文学、文化等各个层面。追求新,有多重途径。推陈出新,是其一,著名的文艺复兴运动具有这样的特征,拿鲁迅的话说,"在意大利文艺复兴的意义,是把古时好的东西复活,将现存坏的东西压倒"。但是,五四运动不能走这条路,鲁迅最反对的就是把旧时代的"孔子礼教"拉出来。此路不通,便只有开辟另一条道路,那就是在与孔孟之道决裂,与旧思想、旧道德决裂的同时，向域外寻求新的东西，寻求新的思想、新的道德。这样一来，翻译便成了必经之路。

如果聚焦五四运动前后的翻译，我们可以发现以下事实：一是翻译受到了前所未有的重视；二是众多学者做起了翻译工作；三是刊物登载的很多是翻译作品；四是西方的各种重要思潮通过翻译涌入了中国。就文学而言，梁启超的"欲新一国之民，不可不先新一国之小说"之思想受到了普遍认同。而要"新"中国之小说，翻译则为先导，其影响深刻而广泛。首先，借助翻译之道，中国的文人与学者有了观念的革新；其次，在不同的文学体裁的内在结构与形式方面，翻译为投身新文学运动的作家提供了可资借鉴的新路径；最后，翻译在为新文学运动注入了具有差异性的外国文学因子的同时，也给新文学运动的积极参与者开拓了进一步认识中国文学传统、反思自身，在借鉴与批判中确立自身的可能性。

一谈到五四运动前后的翻译，我们会想到梁启超、鲁迅、陈望道，还会想到戴望舒、徐志摩、郭沫若……这一个个名字，一想到他们，我们就会感觉到中外文学与文化交流史仿佛拥有了生命，是鲜活的，是涌动的。五四运动前后的这些翻译家就像是一个个重要的精神坐标，闪烁着启蒙之光，引发我们对中华文明的发展与中华民族的伟大复兴作深层次的思考。

创立于维新变法之际的商务印书馆，素有翻译之传统，是译介域外新思潮、新观念、新思想的先行者，一直起着引领的作用。在纪念五四运动一百周年之际，商务印书馆决定有选择地推出五四运动前后翻译家独具个性的"故译"，在新的时期赋予其新的生命、新的价值，于是便有了这套"故译新编"。

"故译新编"，注重翻译的开放与创造精神，收录开风气之先、勇于创造的翻译家之作。

"故译新编"，注重翻译的个性与生命，收录对文学有着独特的理解与阐释、赋予原作以新生命的翻译家之作。

"故译新编"，注重翻译的思想性，收录"敞开自身"，开辟思想解放之路的翻译家之作。

阅读参与创造，翻译成就经典，我们热切地希望，通过读者朋友具有创造性的阅读，先辈翻译家的"故译"，能在新的时期拥有新的生命，绽放新的生命之花。

许钧　谢天振<br>
2019 年 3 月 18 日

## 编辑说明

1. 本丛书所收篇目多为 20 世纪上半叶刊布，其语言习惯有较明显的时代印痕，且译者自有其文字风格，故不按现行用法、写法及表现手法改动原文。

2. 原书专名（人名、地名、术语等）及译名与今不统一者，亦不作改动；若同一专名在同书、同文内译法不一，则加以统一。如确系笔误、排印舛误、外文拼写错误等，则予径改。

3. 数字、标点符号的用法，在不损害原义的情况下，从现行规范校订。

4. 原书因年代久远而字迹模糊或残缺者，据所缺字数以"□"表示。

5. 编校过程中对前人整理成果多有借鉴，谨表谢意。

# 目录

**前言** / 001

## 杂学家的迹痕

儿童的世界 [日] 柳泽健 / 010

稻草与煤与蚕豆 [德] 格林兄弟 / 016

蔼理斯《感想录》抄（二则）[英] 哈夫洛克·蔼理斯 / 019

  **女子的羞耻** / 019

  宗教 / 020

贞操论 [日] 与谢野晶子 / 022

# 日本文学

石川啄木短歌选 [日] 石川啄木 / 034

浮世澡堂（节选）[日] 式亭三马 / 040

    大意 / 040

    西部人把别人的丁字带错当作手巾 / 046

    澡堂楼上的象棋 / 049

    上方话和江户话的争论 / 058

    女孩们的办家家和拍球 / 068

    多嘴的大娘和酒醉的丈夫吵架的事情 / 080

    小孩吵架引起大人们的吵架，婆婆和从公馆里出来的媳妇 / 089

    选择女婿的事情，戏曲里的人物评 / 097

    使女们的对话 / 109

    乳母和看小孩的争论 / 115

日本狂言选（节选）/ 125

    侯爷赏花 / 125

    花姑娘 / 140

    柴六担 / 148

    附子 / 167

骨皮 / 179

沙弥打官司 / 188

工东咚 / 194

枕草子（节选）[日] 清少纳言 / 204

四时的情趣 / 204

正月元旦 / 205

御猫与翁丸 / 210

可憎的事 / 215

使人惊喜的事 / 219

愉快的事 / 220

鸟 / 221

高雅的东西 / 224

不相配的东西 / 225

睡起的脸 / 227

在人家门前 / 232

秘密去访问 / 233

昆布 / 233

优美的事 / 237

懊恨的事 / 240

登华殿的团聚 / 244

讨厌的事 / 252

可羞的事 / 253

饼饺一包 / 255

无可取的事 / 258

可爱的东西 / 259

想见当时很好而现今成为无用的东西 / 261

雪夜 / 262

耳朵顶灵的人 / 264

人的容貌 / 265

山寺晚钟 / 265

月下雪景 / 266

难看的事情 / 268

题跋 / 270

## 古希腊文学

财神(节选) / 276

希腊拟曲(节选) / 311

  **妒妇** / 311

  **昵谈** / 316

  **私语** / 322

赠所欢 [古希腊] 萨普福 / 327

宙斯被盘问 (《卢奇安对话集》第八篇) [古希腊] 路吉阿诺斯 / 331

# 前言

以今日专业分工的角度看，周作人可谓杂学家。

而且杂得可以。

其所涉猎的专业领域，有中国古典文学、外国神话研究、文化人类学、生物学（对法国法布尔的《昆虫记》的介绍）、儿童学、性学、妇女问题研究、民俗学、中日民间文学、日本文学、古希腊文学，等等。一卷《中国新文学的源流》，让他成为白话新文学研究的开山之祖；13种古希腊悲剧译作问世，让他在这个国人难到企及的领域跟罗念生秋色平分。而他平生用力最多者，得推散文写作与翻译，由此成就了新文学极富特色的一代散文家和20世纪难得的翻译大家。

周作人1885年1月16日（清光绪十一年，乙酉年）出生于浙江省绍兴府会稽县东昌坊口新台门周家，初名櫆寿，字星杓，参加县考时易名奎绶，1901年8月入南京水师学堂时叔祖周椒生为其改名周作人。在他20岁这一年，也就是1904年，先以吴萍云之名作文《说生死》，刊《女子世界》第5期；同年12月译《阿里巴巴和四十个强盗》，改名《侠女奴》，连载于1904年《女子世界》第8、9、11、12期，署名萍云女士。从此之后，他开始了漫长的作译并举之旅。1906年秋，他赴日留学；1911年9月，他携妻羽太信子回绍兴。1917年1月蔡元培长北大，4月间经鲁迅力荐他加入北大。加入北大后的他作译并举愈演愈烈，逐渐成为"五四新文学"阵营里的一员骁将，直至1945年12月6日，他以汉奸罪被国民党逮捕，1949年1月26日被保释出狱。他从此蛰居北京八道湾，最初仍然作译并举，一方面频繁以各种笔名在上海滩的市井小报《亦报》发文，最频繁时日发一文，一方面应开明、上出（上海出版公司）等几家出版社之邀，为其译书。1952年8月，他接到新成立不久的人民文学出版社函，云所译《伊索寓言》及希腊神话稿已由开明书店移交人文社。从此他逐渐转为替人文社译书，成为人文社聘请的社外译者，初始月薪二百元，后来周作人嚷不够花，1961年1月遂增至四百元，直至1967年5月6日下午孤零零地在家逝世，享年83岁。

我们注意到，自打跟人文社合作始，周作人的作译并举变为以翻译为主。

纵观这位翻译大家，他以翻译浅近的《一千零一夜》（《侠女奴》）入手，继而关注并译介弱小民族文学长达二十年，五四运动兴起后的十年，他像火山迸发般写出大量论述文学与人生的散文，之后二十年他旋以"苦茶""苦竹""药堂""药味"等为散文结集，仿佛写尽了人间世的无可如何，尝尽了人世间的酸甜苦辣；接着于1952年以翻译为主，继续作译并举（写自传、写鲁迅往事的点点滴滴）直到生命的终点。

周作人一生，走的路实在太少，中国之外他仅到过日本；中国之内他不过从绍兴到杭州到南京到北京到上海再到北京；读的书实在太多，古今中外佛学性学都在他的书架上，这些书且都对他的思想、人生起过或大或小的作用。

因了杂学家委实太杂，所以这部《译作选》只好挑选他最有代表性的译作，一分为三。头一块姑且谓之"杂学家的迹痕"，挂一漏万地介绍一点他在这方面的工作；第二块叫"日本文学"，以古典文学居多，兼有近代石川啄木的短歌，日本古典文学在这本《译作选》里最见厚重，因周作人和钱稻孙被日本人视为20世纪五六十年代中国两位仅有的信得过的"日本通"；末一块名曰"古希腊文学"，不选他晚年译的希腊悲剧13种，不选他译就的《伊索寓言》或希腊神话，却选了他格外喜爱的《希腊拟曲》，还选了他晚年千叮咛万嘱咐的《卢齐安对话集》中的《宙斯被盘问》：

> 余今年已整八十岁，死无遗恨，姑留一言，以为身后治事之指针尔。死后即付火葬或循例留骨灰，亦随便埋却。人死声销迹灭最是理想。余一生文字无足称道，

唯暮年所译希腊对话是五十年来的心愿，识者当自知之。[1]

尽管他的杂学杂得可以，可他全部读书和著译始终围绕着一个字，那就是"人"。

因了对人的关心，他会关注儿童的教育、儿童的文学；因了对人的关心，他会关注蔼理斯的《性心理学》，早在1914年就关注妇女问题；因了对人的关心，他会关注《人的文学》《平民的文学》等等问题。这一切原本是五四运动期盼解决、想要解决的问题。所以，说周作人是五四之子，是五四的真精神给予周作人重新审视人、重新评价人、重新塑造人的机会，我想不会错吧。

周作人译的格林童话《稻草与煤与蚕豆》讲述稻草与煤来到一条小河边，稻草想躺在河上，让煤和蚕豆把他当作一座桥，从他身上过去。可等到刚从炉膛里跑出来的煤从稻草身上走过时，稻草渐渐烧着，断作两半，滚到河里去了。煤碰着水，嗞的一声，也断气了。我们今天读这样的童话，觉得太简单，可周作人极力搜寻这种"无意思的意思的作品"。很显然，周作人在这里追求的，是"儿童本位的，此外更没有什么标准。中国还未曾发现儿童"[2]。原来周作人借翻译这类童话，指出中国两千年来根本没有儿童的地位，儿童的意识。联想到今天国内的幼儿园不是以儿童为本位，而是标榜园方教给孩子们多少知识，似乎儿童本位的思想还未在不少幼教老师和家长心头确立。用这样的眼光来读下面"性学"或"妇女"项下的选文，发现周作人用平实的语言，译介的都是中国的奇缺。

在"日本文学"中，我挑选了周作人最喜爱的日本古代喜剧狂言，挑选了或许他认为的平民文学的代表《浮世澡堂》和贵族文学的代表《枕草子》。

译者把式亭三马自拟的"大意"译将出来，读了让人忍俊不禁："窃惟教诲之捷径，盖无过于钱汤者。其何故也？贤愚邪正，贫富贵贱，将要洗澡，悉成裸形，协于天地自然的道理，无论释迦孔子，阿三权助，现出诞生时的姿态，一切爱惜欲求，都霎地一下抛到西海里去，全是无欲的形状。"这番话于游戏语调之中包藏着人生的根本道理。圣人平民，富人贫者，种种人为的妆饰，随着不同服饰的卸去，以同样的裸形立于天地间，立于澡堂里。游戏与庄严在浑汤浊水里搅和一气，这正是澡堂背景庄谐并藏之妙。各色人等，无论是"释迦孔子"，还是伪武士，商贾与剃头师傅，艺妓或良家妇，皆浑然一汤，彼此不分。化神圣为游戏，化高雅为俚俗。

这边伪武士与权助同泡一汤，那边却是中世的清少纳言在宫廷平淡的素材中发现值得品咂和书写的特质，将平庸的生活在近乎纯色的情感屏幕上逐一展现，以一种完全女性化的目光对生活中的一饭一衣一颦一笑作精神凝视，将自己的主观情思与生命体验赋予人们见惯不惊的物事。譬如某人今日着一件特别的衣裳，她会发出一声情不自禁的叹息；某女官或朝臣说过一句有意思的话，吟出一句别生意境的和歌，她也会玩味良久，在一连串的"这也很有意思"的叹息声中打发日子。这自然是典型的贵族趣味。

正如译者周作人所说，《枕草子》是在中国文学中找不到的一个非常奇特的随笔集。所记山川景物、事理人情、媸妍美丑皆有，美丑的依据全凭主观感觉，对他人的感受和众口之词不作理会。从清少纳言的随笔我们才悟出，文字原本可以如此轻盈、质朴，可以如此无拘无束、纤尘不染。

王友贵<br>2018年12月3日

注释：
1 转引自钱理群：《周作人传》，十月文艺出版社1990年版，第582页。
2 周作人：《儿童的书》，载钟叔河编：《上下身》，湖南文艺出版社1998年版，第710页。

# 杂学家的迹痕

## 儿童的世界

[日] 柳泽健

儿童是未长成的大人么？还是同大人有别，独自住于别个世界里的么？——这个问题从学问上讲来，可以说是已有定论了。即如那刑法学者列斯忒非议加于儿童的刑罚，以为儿童占有着独自的世界，因此将加于大人的刑罚等，照样的加于儿童，不是合理的议论；这一件事也可以当作〔上边所说的〕[1] 定论的一个表现。

儿童决不是未成熟未长成的大人，正如女人不是未成熟未长成的男人一样。儿童与大人，恰似女人与男人的关系，立于相对的地位。他们各自占有着别个的独自的世界。这个世界里自然有或一程度的相互理解之可能性，但或一程度的理解之不可能确也存在。仿佛男女之间有不绝的谜一般，在儿童与大人之间，也存着不绝的谜。

我曾在高岛米峰或是这一类的人的书里，看见一节话。在东京的一个小学校里通学的儿童，有一天从学校回家，急忙的很正经的告诉父母道，"今天登了富士山来了"。从这个实例想起来，倘若依了大人的世界的判断，这个儿童确是说了可耻的诳话了；但是——原书的著者也这样说——儿童决不将这句话当做诳话。儿童在他的确信里，确是登了富士山了。在儿童的世界里，东京小学校通学的途中攀登富士山的事，决不成为可能或不可能的问题。这两个世界的差异，——或是谜，——实在是这样的根本的〔不同的〕。

今年二月中旬，在姬路左近加古川镇当小学教师的糟谷信司君，特地来访我，又将他的学生们所作的许多诗歌拿给我看。我一面听着他的说明，将诗一篇一篇的读下去。在素朴，或真情流露，或天真烂漫等的意味以外，我的心里觉得有一种大人所没有的世界的情景，很明显的现出来了。这许多的诗与歌，真是儿童的世界里所独具的色彩、音响与光线。我从这里边且抽出几首来。

**雨**

今天早上天阴了，雨下了。

才下了，雨又停住在松树上边，

闪闪的落了下去，

一刹间，〔钻到〕沙里边去了。

掘起来看时，

什么都没有。

**梦**

晚上做了一个梦,海燕呀,

深红的脚的海燕。

或者来了罢,沙山外

出去看时,只是风呀,

只是拂林的风,

纯青的,纯青的

只是冬天的天空。

**金边眼镜**

金呵金呵,

发光的金边眼镜,

什么人戴了,

都会发光。

金呵金呵,发光的金边眼镜。

**婴儿**

从肚皮里噗的〔落地〕,

呱,呱,呱。

乳汁什么,

想喝一口呀!

**萝卜**
被挂在屋檐下,
孤另另的,
萝卜,寂寞的晒干萝卜。
明天以后
要变成小菜了。

**冰**
冰呵冰呵,冷呀,
我的身体是温的,
我的身体是白的,
你的身体里有垃圾。

**雨天**
雨接连的下,
不断的接连的下,
只是雨下着,
晴天总不来。

这些诗都是初等小学三四年级的儿童所作。我们倾听着这些纯真之声的时候，不同的感到一种近于虔敬之念的深的感动，觉得在大人的世界里所不能有的美与力，正从那里放射出来。

许多的人现在将不复踌躇，承认女人与男人的世界的差异，又承认将长久隶属于男人治下的女人解放出来，使返于伊们本然的地位，是最重要的文化运动之一。但是这件事，对于儿童岂不也是一样应该做的么？近代的文明实在只是从女人除外的男人的世界所成立，而这男人的世界又只是从儿童除外的大人的世界所成立的。

现在这古文明正放在试炼之上了。女人的解放与儿童的解放，——这二重的解放，岂不是非从试炼之中产生出来不可么？

大人的世界与儿童的世界的对立，从这事实说来，大人在本质上不能再还原为儿童，是当然的了。所以如北原白秋说明他作童谣时的用心，说完全变成了儿童的心而作歌这样的话，也只可看作一种绮语罢了。大人所见的儿童的世界必不会是儿童所见的儿童的世界。这样的纯粹的儿童的世界的事情，只一切交与儿童的睿智与灵性便好了；大人没有阑入其间的必要，也没有这个资格。大人对于儿童应做的事，并不是去完全变成儿童，却在于生出在儿童的世界与大人的世界的那边的"第三之世界"。

童谣，与一切的别的诗一样，有生出那边的世界的债务。如不能感到这个债务，童谣这样的东西，不能说是以艺术家自任的人们的所可染指的工作。

这一篇是从论文集《现代的诗与诗人》(1920)中译出的，题下原注"论童谣"一行小字，但他实在只说诗人的童谣，未及童谣的全体。大抵在儿童文学上有两种方向不同的错误：一是太教育的，即偏于教训；一是太艺术的，即偏于玄美。教育家的主张多属前者，诗人多属后者；其实两者都是不对，因为他们都不承认儿童的世界。这篇小文里很有许多精当的话，可以供欲做儿歌者参考。柳泽生于1888年，原是法学士，但又是一个诗人。

1921年11月25日附记

1922年1月刊《诗》1卷1号，署周作人译

注释：
1 六角括号内内容为译者据文意补译，下同。——编者注

# 稻草与煤与蚕豆

———————————————— [德] 格林兄弟

一个村里住着一个老婆子,她有一天从园里采了些蚕豆想煮了吃。她在灶里生起火来,因为要叫他烧得快,她添上一把稻草。她把豆倒进锅里去煮的时候,有一颗豆没有被老婆子瞧见滚落在地上,在一根稻草的旁边。忽然一颗烧着的煤从火里跳出来,落在他们近旁。他们都吓了一跳,齐声叫道:

"好朋友,请你不要近我,等你冷一点再来。你为什么来到这里的呢?"

煤答道:"幸而那热气烤得我强壮起来了,所以能够从火里跳了出来。倘若我不是这样做,我是一定死了,此刻已经烧成灰了。"

豆说道:"我也是侥幸逃脱的。老婆子倘若把我同我的朋友们一起放进锅里去,我早已煮成粥了。"

稻草说道:"我恐怕也不免同样白受难,因为我的弟兄都被那老婆子推到火里烟里去了。她一下子抓住了我们六十个人,拿到这里来要我们的命,但是我幸而从她的手里逃脱了。"

煤说道："那么，现在我们怎样办才好呢？"

豆答道："我想我们都侥幸逃得性命，我们应该结为朋友，一同旅行到安稳的地方去。"

那两个听了都喜欢，于是他们一同出发去了。走了一点路程之后，他们到了一条河边，上面并没有什么桥梁架着。

稻草想出了一条办法，说道："我去躺在河的上面，你们把我当作一座桥，可以在我身上走过去。"

于是稻草便躺下，从这边岸上搭到那边，那煤本来是有点性急的人，就很大胆的走上这新造的桥去。但是他渡到河中间的时候，听见水在底下流着，他发了慌，站住在那里，不敢再走一步。稻草渐渐烧着，断作两半，落到河里去了。煤也跟了他下去，碰着水里，就嗤的一声，断了气了。

那蚕豆小心的留在这边岸上，看了禁不住发笑；他笑得这样厉害，至于把他的腰都爆破了。他本来也要活不成了，但是凑巧有一个裁缝走过，坐在河边休息，看见了这颗蚕豆。他是一个仁善的人，所以从衣袋里拿出一条针线，拾起豆来给他缝好。豆非常感谢他，但是不幸他只有黑线，所以自此以后，所有的蚕豆在腰里都有了一条黑的痕迹了。

〔附记〕　这一篇本系《格林童话集》的第十八篇，现据美国凯思女士的《故事与讲故事法》中所收本译出。查与原本无甚出入，唯略加趣味的修饰而已。

我的译文恐多生硬的地方，如有父师想利用这些材料者，望自加融化，以期适用。

1923年7月24日刊《晨报副镌》，署作人译

# 蔼理斯《感想录》抄（二则）

[英] 哈夫洛克·蔼理斯

## 女子的羞耻

一九一八年二月九日。

在我的一本著书里我曾记载一件事，据说意大利有一个女人，当房屋失火的时候，情愿死在火里，不肯裸体跑出来，丢了她的羞耻。在我力量所及之内，我常设法想埋炸弹于这女人所住的世界下面，使他们一起地毁掉。今天我从报上见到记事，有一只运兵船在地中海中了鱼雷，虽然离岸不远却立将沉没了。一个看护妇还在甲板上。她动手脱去衣服，对旁边的人们说道："大哥们不要见怪，我须得去救小子们的命。"她在水内游来游去，救起了好些的人，这个女人是属于我的世界的。我有时遇到同样的女性，优美而大胆的女人，她们做过同样勇敢的事，或者更为勇敢，因为更复杂地困难，我常觉得我的心在她们前面像一只香炉似的摆着，发出爱与崇拜之永久的香烟。

我梦想一个世界，在那里女人的精神是比火更强的烈焰，在那里羞耻化为勇气而仍还是羞耻，在那里女人仍异于男子与我所欲毁灭的世界并无不同，在那里女人具有自己显示之美，如古代传说所讲的那样动人，但到那里富于为人类服务而自己牺牲的热情，远超出于旧世界之上。自从我有所梦以来，我便在梦想这个世界。

## 宗　教

一九二〇年五月十四日。

"为什么现在还有宗教呢？"这个问题就是像默耳兹博士那样一个思想家还提出来，看作有极大关系的问题，他所能得到的只是一个乖僻的答案。

许多本来很是明白的人还把这个问题认真讨论，因此终于搁浅在各样隐伏的沙礁上面。他们不问，为什么现在还能行走？他们不问，为什么现在还要饥饿？然而这正是同类性质的问题。

有些人为了不必要的问题而自寻烦恼，就是关于最简单的事也造出奥妙奇怪的话来，看了常很觉得诧异。宗教若是什么东西，一定是一种自然的机能，像走路或吃食，更适合的可以说像那恋爱。因为宗教之最近的类似，最真的系属，确是生殖的机能与两性的感情。走路与吃食的机能在它的律动的循环上于生活稍为必要，故如机能缺乏，当设法去载刺它活动起来。但宗教的机能，与恋爱的机能相似，于生活并非必要,而且也不一定能够戟剌起来使它活动。有这必要么?这些机能或者在你身中作用,或者不在。倘若没有,那么这显然是你的组织里现在还用它不着,或者你天生没有经验这些感情的资质。倘若是有的,有些人会告诉你,说你是代表人类的优级。所以不论无也罢,有也罢,何必恼烦呢?

我自己并不以为缺乏宗教的机能——虽然宗教的情感是那样古旧——是表示人类高级的发达。但我确信这种机能是或有或无,没有理智上的思索可以代它或是使它发现。宗教同恋爱一样,可以发展调和我们的最珍贵最奔放的情感。它提高我们出于平凡固定的日常生活之上,使我们超越世界。但是这也同恋爱一样,在不能有这个经验的人看来不免有点可笑。既然他们可以没有这个经验而好好的生活,那么让他们满足罢,正如我们也自满足了。

蔼理斯(Havelock Ellis)生于一八五九年。《感想录》(*Inpressions and Comments*)共三卷,集录一九一三年以来十年间的感想。今从三卷中各选译两则,尚有第一卷中论猥亵的一则曾收在《自己的园地》中,不再录入。

1925 年 1 月 30 日

# 贞操论

———— [日] 与谢野晶子

我译这篇文章,并非想借他来论中国贞操问题;因为中国现在还未见这新问题发生的萌芽,论他未免太早。我的意思,不过是希望中国人看看日本先觉的言论,略见男女问题的情形。

《新青年》曾登了半年广告,征集关于"女子问题"的议论;当初也有过几篇回答,近几月来,却寂然无声了。大约人的觉醒,总须从心里自己发生;倘若本身并无痛切的实感,便也没有什么话可说。而且不但女子,就是"男子问题",应该解决的也正多,现在何尝提起。男子尚且如此,何况女子问题,自然更没有人来过问。

但是女子问题,终竟是件重大事情,须得切实研究。女子自己不管,男子也不得不先来研究。一般男子不肯过问,总有极少数觉了的男子可以研究。我译这篇文章,便是供这极少数男子的参考。

我确信这篇文中,纯是健全的思想。但是日光和空气,虽然有益卫生,那些衰弱病人,或久住在暗地里的人,骤然遇着新鲜的气，明亮的光，反觉极不舒服，也未可知。照从前看来，别人治病的麻醉剂，尚且会拿来当作饭吃；另外的新事物，自然也怕终不免弄得一塌糊涂。然而我们只要不贩卖麻醉剂请人当饭便好，我们只要卖我们治病的药。又譬如虽然有人禁不起日光和空气——身心的自由——的力，却不能因此妨害我们自己去享受日光和空气，并阻止我们去赞美这日光与空气的好处。

与谢野晶子是日本有名诗人与谢野宽的夫人。从前专作和歌，称第一女诗人，又是古文学家，用现代语译出《源氏物语》《荣华物语》等书，极有名誉。后来转作评论，识见议论，都极正大。据我们意见，是现今日本第一女流批评家，极进步，极自由，极真实，极平正的大妇人，不是那一班女界中顽固老辈和浮躁后生可以企及，就比那些滑稽学者们，见识也胜过几倍。

与谢野夫人的歌是不能译他，今且译这篇论文请识者看，他原来的篇目是《贞操ハ道德以上二尊贵デアル》。


我因为最尊重贞操，想把他安放在最确实坚固的基础上，所以作这一篇文。

今年发生了贞操问题，非但女子的贞操，连男子的贞操，也经多人讨论。有知识的人，如今对于这件问题，都肯郑重反省，原是极好的事。但如将贞操单当作道德，想要维持下去，这事可否却不易决定，非更加审慎研究再行定夺不可。现在有许多人并不将此问题新加解释，仍旧将他当作道德强迫实行，却觉得不甚妥当。所以我们对于贞操道德问题，颇感着几件疑惑。

我们的希望，在脱去所有虚伪，所有压制，所有不正，所有不幸，实现出最真实，最自由，最正确而且最幸福的生活。我们就将这实感作基础，想来调整一切的问题。譬如古代道德，在当时人类的生活上，虽然有益，如今已不能满足我们的情意时，便已同我们生活的规律不合。倘若仍然拿来强用，便是用虚伪来施压制，我们应当排斥这暴虐的道德，再去努力制定我们所必要的新道德，才是。

道德这事，原是因为辅助我们生活而制定的。到了不必要，或反于生活有害的时候，便应渐次废去，或者改正。倘若人间为道德而生存，我们便永久作道德的奴隶，永久只能屈伏在旧权威的底下。这样就同我们力求自由生活的心，正相反对。所以我们须得脱去所有压制，舍掉一切没用的旧思想，旧道德，才能使我们的生活，充实有意义。

我们要脱去压制，并非要过放纵无秩序的生活。我们还须仔细聪明的批判商量,建设起实际生活上必要的一切自制律,如新道德新制度之类。我们现在对于贞操道德,怀着许多疑义,倘若得不到明快的解决,不能确认贞操为现代道德。这意思也无非想建设真实的道德,使我们的道德性不至更有动摇,可以遵守着行。也就是想把贞操,照现代的思想,当作新道德去拥护他。

贞操的起源和历史,我们可以不必深究,无论怎样都好。我们要晓得的,便只是现代人对于贞操这事聪明的解释和真切的实行。

如今先把我怀着的疑惑,随便记下:

贞操是否单是女子必要的道德,还是男女都必要的呢?

贞操这道德,是否无论什么时地,人人都不可不守,而且又人人都能守的呢?

照各人的境遇体质,有时能守,有时不能守;在甲能守,在乙不能守;这等事究竟有没有呢?如果人都须强守,可能做得到么?

无论什么时地,如果守了这道德,一定能使人间生活愈加真实,自由,正确,幸福么?

倘这贞操道德,同人生的进行发展,不生抵触,而且有益，那时我们当他新道德，极欢迎他。若单是女子当守，男子可以宽假；那便是有抵触，便是反使人生破绽失调的旧式道德，我们不能信赖他。又如不能强使人人遵守，因为境遇体质不同，也定有宽严的差别；倘教人人强守，反使大多数的人受虚伪压制不正不幸的苦，那时也就不能当作我们所要求的新道德。

贞操是属于精神的呢？属于肉体的呢？属于爱情的呢？属于性交的呢？还是又属精神，又属肉体，所谓灵肉一致的呢？这种区别，也还未定得明白。

倘说是属于精神的，照意淫的论法，——见别家妇女动了情，便已犯了奸淫，——凡男人见了女人，或女人见了男人，动了爱情，那精神的贞操便算破了。无论单相思，无论失恋，或只是对于异性的一种淡淡爱情，便都是不贞一。照这样说，有什么人在结婚前，绝对的不曾犯过这"心的不贞"呢？

人若不独居山中，全离了社会，可有一个人不曾这样破了贞操道德么？如果说贞操是属于精神的，对于这件问题，却须彻底的想一想才是。道德这事，果能制裁人心的机微，到如此地步么？

现在且不必如此穷追。假定作贞操是只是结婚的男女间应守的道德，这样说，那结婚以前的失行，不是应该一切宽假了么？即使肉体上曾有关系，只说精神的未尝相许，岂非便与贞操道德毫不相背了么？

世间的夫妇，多有性交虽然接续，精神上十分冷淡；又或肉体上也无关系，精神上也互相憎恶，却仍然同住一处：这样的人，明明已经破了精神的贞操了。可是奇怪，贞操道德非但不把他们当作不贞的男女看待，去责备他，只要他们表面上是夫妇，终身在一处过活，便反把他当作贞妇看待：那又是什么缘故呢？

倘说是属于肉体的，男女当然是绝对不能再婚。不但如此，如或女子因强暴失身，男子容纳了奔女，便都已破了贞操，一生不能结婚了。又如为了父母兄弟或一身一家的事情，不得已做了妓女的人？便永久被人当作败德者看待。"精神上悔过的人，罪自除灭"，这样美的思想，也可以说是曲庇败德者，想该不能存在了。反过来说，倘若肉体上只守着一人，即使爱情移到别人身上，也是无妨。这样矛盾的事，也就不免出现了。

又若说是灵肉一致的，这样道德，现今的社会制度上，能够实现么？精神和肉体上都是从一的结婚，除了恋爱结婚，决不能有。但现在既不许可恋爱的自由，教人能享恋爱自由的人格教育也未施行的时候，却将灵肉一致的贞操，当作道德，期待他实现：这不是想"不种而获"么？

现代的结婚，大抵男女两者之中，必有一边是一种奴隶，一种物品，被那一边所买。不是男子去做富家的女婿，便是女子要得衣食保障，向男子行一种卖淫，这便是现在结婚的状态。对着这样结婚的夫妇，期待他灵肉一致的贞操，岂不是夫妇两方都受一种痛苦，强要他作伪么？

现在世间当作奇迹一样看待的恋爱结婚，为了生活理想转变的缘故，实行时代，恐不久也将实现。但虽则如此，人心不能永久固定，恋爱也难免有解体的时候。就是用热烈的爱情结合的夫妇，未必便能永久一致，古来这样的实例也不少。所以恋爱结婚，也不能当作贞操的根据地。

我对于贞操的疑惑，大体就是如此。

凡是道德，必须无论什么时候，决无矛盾；又如有人努力实践了这道德，虽不免稍受苦痛，然而必又能别得一种满意，能胜过这苦痛。因为我们所要求的将来的道德，是一种新自制律；因了这新道德，能将人间各自的生活更加改善，进于真实自由正确幸福的境地。因这缘故，所以即使由社会强迫个人遵守，也是可以。

但今如要彻底的实践贞操道德，又不曾将他解释得决定明白；仍旧照从前暧昧的解释，想去实行，必然生出许多矛盾，不能彻底的通行。

世间有许多人说，即使再婚妇，或曾经嫁过两三次的妇人，甚而至于娼妓，只要他对于现在的丈夫保守唯一的爱情，以前同别人的关系，都不要紧，不能定现在的贞操。一面又有许多人，对于结婚前失行的女子，无论他是由于异性的诱惑，或是污于强暴，或是由他自己招来，便定他是失节的人，极严厉的责他。这种风气，现在颇有势力。

照这样说，那男子在结婚前失行过的，也应该算不贞么？这样质问发出去，世间上还要笑问的人没常识呢。原来男子的贞操，不曾当作道德问题，有人去研究他过。男子虽然在结婚后，原是公然许可可以二色的。在男子一方面，既没有贞操道德自发的要求，也没有社会的强制。若在女子一方面，既然做了人妻，即使夫妇间毫无交感的爱情，只要跟着这个丈夫，便是贞妇。社会上对于女子所强要的，也便只是这种贞妇。甚至于爱情性交都已断绝,因此受着极大的苦闷,但是几十年的仍同丈夫住在一处,管理家务,抚养小孩,这样妇人也都被称赞是个贞妇。又或爱情已经转在别人身上,只是性交除丈夫外不肯许人,这样妇人也都被称赞是个贞妇。世间上这样的例,实在很多。

又听有人说,贞操是只有女子应守的道德;男子因生理的关系,不能守的。照这样说,岂不就是贞操并非道德的证据,证明他不曾备有人间共通应守的道德的特性么?

若照生理的关系说起来,在女子一方面,也并不是全然没有性欲冲动的危险时期。且并不止因生理的关系,——爱情关系,自不必说;或因再婚等事,反可开辟一种新生活的缘故,有许多女子,不固守处女寡妇的节,于他却反是幸福。这样的例,世间上也极多。

无论什么时地,要把贞操道德一律的实践起来,便生出许多矛盾。与实际的生活相矛盾,岂不便是这贞操算不得道德,基本不曾完固,不能来调节现代生活的证据么?如要补这些缺漏,定出许多例外,说什么结婚前的不贞一不关紧要,或说再婚不妨,只求以后灵肉的贞洁;或又说恋爱结婚果然是理想的办法,但是无爱情的夫妇生活,勉强着厮守下去，也当作一种贞操，是必要的。这样看起来，这贞操道德的内容，可算是最不纯不正不幸不自由的了。同旧时那妨害我们的生活，逼迫我们到不幸里去的压制道德，一点都没有差别。我们不愿信任这矛盾的道德，来当作我们生活的自制律。

我们对于从前所谓结婚这一件事，也觉得可疑。仪式，——同居，——户籍呈报，——只以形式关系为重的结婚，到底有怎样的权威呢？将结婚前后来区划贞操；宽假结婚前的失行，固是无理；结婚后无论如何，只要合在一起，便算是贞德完全，也是形式的解释。

自从古时直到现今社会，夫妇可以结了婚，同住在一家里；但是以后，因经济或其他事情的关系，户籍上并不呈报，也不同住在一家，却结夫妇关系的男女，怕要渐渐多起来了，欧洲近来各社会中这样的人已经渐有增加的倾向。这是学者的道德论所难以制止的社会事实，无可如何的。在这样的夫妇关系上，结婚这形式便毫没用处。爱情相合，结了协同关系；爱情分裂，只索离散。这样社会事实同贞操道德怎样能得一致呢？男女必须结婚这个理想，方在动摇；贞操的永久性，怎样能够保证使他确实成立呢？

我从前在《太阳》杂志上说过，我对于贞操，不当他是道德，只是一种趣味，一种信仰，一种洁癖。（案原文中有一节，比得极好。说，"贞操正同富一样。在自己有他时，原是极好；但在别人，或有或无，都没甚关系"。）既然是趣味信仰洁癖，所以没有强迫他人的性质。我所以绝对的爱重我的贞操，便是同爱艺术的美，爱学问的真一样，当作一种道德以上的高尚优美的物事看待，——且假称作趣味，或是信仰都可。倘若要当他作道德，一律实践，非先将上文所说的疑问解决不可；非彻底的证明这贞操道德，无论何人都可实践，毫无矛盾不可。不然，就不能使我们满足承认。

我今重又申明，我的尊重贞操，决不让人，所以作这一篇文。

1915 年 11 月

1918 年 5 月刊《新青年》4 卷 5 号，署周作人译

日本文学

# 石川啄木短歌选

——————————————————［日］石川啄木

啄木的新式的短歌,收在《悲哀的玩具》和《一握的沙》两卷集子里,现在全集第二卷的一部分。《悲哀的玩具》里的歌是他病中所作,尤为我所喜欢,所以译出的以这一卷里的为多,但也不一一注明出处了。啄木的歌原本虽然很好,但是翻译出来便不行了,现在从译稿中选录一半,以见一斑。用了简练含蓄的字句暗示一种情景,确是日本诗歌的特色,为别国所不能及的。啄木也曾说:"我们有所谓歌的这一种诗形,实在是日本人所有的绝少的幸福之一。"我想这并不是夸语,但因此却使翻译更觉为难了。

## 一

忽然的想坐火车了,
下了火车
却是没有去处。

二

来到镜店的前面,

突然的出惊了,

怎么寒蠢地走着的一个人呵。

三

走上高山的顶上,

对了什么人挥我的帽子,

又即走下来了。

四

在什么地方轻轻的有虫啼着似的

百无聊赖的心情

今天又感到了。

五

那个人家的那个窗下罢,

春天的夜里,

和秀子同听过蛙声。

## 六

Y 字的记号
旧日记里处处见到——
Y 字可就是那人了。

## 七

搬家的早晨落在脚边的
女人的照相,
忘记了的照相呵!

## 八

八年前的
现在的我的妻的信束——
觉得挂念了。

## 九

连名字都将忘记了的时候,
飘然的来到故乡的
咳嗽着的男子。

十

病着了,心也弱了罢,
种种要哭的事情
都聚到心头来了。


十一

诃斥小孩,可哀呵这个心,
妻呵,不要以为
只是热重的时候的脾气呵。


十二

友人和妻也似乎觉得悲哀罢,——
病着了,却还是
革命的话不绝于口。


十三

病了四个月,
那些时时变换的
药的味道也就觉得可念了。

## 十四

运命来了坐着么,
几乎这样猜疑了,——
棉被沉重的夜半的醒时。

## 十五

养了一只猫的时候,
那猫又将成为争闹的种子的
悲哀的我的家。

## 十六

悲哀的是我的父亲!
今天又看厌了新闻,
在院子里同蚁子游玩了。

## 十七

连茶都戒绝了
祈祷我的病愈的
我的母亲今天又为了什么发怒了。

## 十八

肯放我一个到公寓里去么!
今天又几乎
要说出来了。

## 十九

说是许多农民都节酒了。
再窘下去,
将节什么呢。

## 二十

"这个,看哪,
那个人也生了儿子了。"
仿佛安心了似的睡下了。

## 二十一

不知怎的
总觉得自己是虚伪的块似的,
将眼睛闭着了。

## 浮世澡堂（节选）

——[日] 式亭三马

### 大 意[1]

窃惟教诲之捷径，盖无过于钱汤[2]者。其何故也？贤愚邪正，贫富贵贱，将要洗澡，悉成裸形，协于天地自然的道理，无论释迦孔子，阿三权助[3]，现出诞生时的姿态，一切爱惜欲求，都霎地一下抛到西海里去，全是无欲的形状。洗清欲垢和烦恼，浇过净汤，老爷与小的[4]都是分不出谁来的裸体，是以从生时的产汤至死时的浴汤[5]是一致的，晚间红颜的醉客在洗早澡时也像是醒人。生死只隔一重[6]，呜呼，人生良不如意哉。可是，不信佛的老人在进澡堂的时候也不知不觉的念佛，好色的壮汉脱了衣服，也按住前面，自知羞耻，狞猛的武士从头上被淋了热汤，也说这是在人堆里，忍住性子，一只臂膊上雕着眼睛看不见的鬼神的侠客，也说对不住，在石榴口[7]低下头去，这岂不是钱汤之德么？有心的人虽然有私，无心的汤则无有私。譬如有人在汤中放屁，汤则勃勃地响，忽然泛出泡来。尝闻之，树林中的矢二郎[8]那或者难说，凡为澡汤中的人，对于汤的意见可以不知惭愧么？凡钱汤有五常之道焉。以汤温身，去垢治病，恢复疲劳，此即仁也。没有空着的桶么，不去拿别人的水桶，也不随便使用留桶[9]，又或急急出空了借与，此则义也。是乡下佬，是冷身子[10]，说对不住。或云你早呀，让人先去，或云请安静，请慢慢的[11]，此则礼也。用了米糠、洗粉、浮石、丝瓜络去垢，用石子断毛之类[12]，此则智也。说热了加水，说凉了加热汤，互相擦洗脊背，此则信也。在如此可贵的钱汤里，凡是洗着澡的人，因了水船的升，净汤的桶[13]，而悟得随器方圆的道理，又如澡堂的地板那样，自己的心也常要摩擦，不使长诸尘垢。人生一世五十年[14]，即使有两回洗澡的人，也如澡堂的招贴所说，各人该有分别。[15]又如贴着的那样，有一心不足的万能膏[16]，虽然没有给傻子擦的好药，但是有走马的千里膏，给予鞭打的交情的无二膏。[17]如将口中散翻转过来，便是忠孝的妙药，使得两亲的安神散[18]，对于烦恼小心火烛，有似澡堂所定的规则。[19]心里如发起骄奢的风，家私就无论何时都要早收摊了。[20]五伦五体乃是天地所寄存，凡是携带贵重物品各位，因了酒色而神魂失落，与本店无涉[21]，从自己招来的祸祟，别人一切都不能管。名声利欲的吵架争论，喜怒哀乐的大呼小叫，均属不可。[22]如不遵守此项文告，则来不及洗末次的澡,说是已经拔栓了,虽是后悔去咬手巾[23],也是无益了。盖世上人心等于澡堂的白虱,在善恶之间容易移动,从权兵卫的布袄移到八兵卫的绸衫,从乡下使女的围裙移到大家妻女的美服上去。昨天一件小衫脱在席子上面,与今天的夹衣脱在衣架上相等,富贵贫贱在天,善恶邪正乃所自召也。善悟此意,则人家的意见正如早晨的澡汤似的,很能沁透自己身子里去吧。一生的用心在于将身体收在包租的衣柜[24]里,灵魂上加了锁,不要把六情闹错,坚守约束,神佛儒行会的司事盖上牡丹饼大的印章云尔。[25]

维时文化六年己巳便于初春发兑,于戊辰重九动笔,照例赶写,至后中秋吃芋头[26],乃成此屁似的小册。

在石町的寓居,式亭三马戏题

注释:
1 本书原名《浮世风吕》。出口氏注引山中翁共古说,"浮世"本作"忧世",乃佛教用语,后乃利用同音字改为浮世,意云现世。但因浮世绘等名称已经通行,所以不再改译。风吕云原意乃是风炉,但现已训作澡堂,不能沿用了。"大意"系原文如此,实在乃是小序,纯用游戏文章笔调,就澡堂里事物,像煞有介事的大肆铺张,一面学正经古文,夸张道德教训,一面却多用诙谐语,引人发笑,这是当时的一种风气,后世读者或者觉得单调也未可知,那么也可略去,或读至终卷后再看亦可吧。（以下注释均为译者原注。）

2 钱汤今用原文，意思也即是澡堂，只是原义略有不同。十六世纪末始通行钱汤，每人价永乐钱一文，故名。本书中已需要小钱十文，但仍袭用钱汤的名字，这与风吕及御汤二名通用。

3 阿三代表使女，权助代表仆人。后者系通常人名，有如张三李四，阿三则别有来源，因贵家使女分有数等，有大奥、次、三凡三等，阿三系管理厨房汤水等杂役，地位最低，乃成为一般女仆的名称云。

4 原文云"折助"，也是男仆的别称，今与上文老爷相对，所以意译为"小的"。

5 原文云"汤灌"，谓用汤洗濯，灌字与灌佛字有关，盖是古语，日本限用于殓前的浴尸。

6 醉客应云红脸，这里说红颜，乃是应用莲如上人的《白骨文》中朝为红颜，夕成白骨之语。又昔时有俗歌，说陈列的剥制老虎云：老虎冲过千里的丛林，障纸只隔一重，真不如意呀！这里利用"障纸"同音语"生死"改写，是游戏文章的一样手法。

7 浴池入口上部所设垂花门似的板屏，入浴的人须低头屈身，才得进去，据云为的防浴汤变冷，俗称石榴口。字义的解说不一，多涉牵强，似不足信。

8 童谣中有云，说谎的弥二郎，在树林中放个屁。本文中说矢二郎，盖因同音改写了。

9 浴客有需要"擦澡"即叫人代洗肩背者，主人用拍板通知擦澡的人，照例女汤两下，男汤一下。每月总付的浴客备有未用的水桶，俗称留桶，客来时也击拍板，叫人给拿出桶来。

10　入浴池的人恐怕碰着别人，或先声明是"冷身子"，或如在人丛中虚说"马来"，叫人让路。此处却又含有别的意义，平常以驴或马形容巨阴，说是马来，而实际却并不是云。

河东调原作江户节，乃是净琉璃的一种，因系江户大夫十寸见河东所创而得名，却并不是代表江户的。小调原作美里耶斯，是一种较短的长呗。老人虚说小孩子，本地的江户子乃自称乡下佬，正是相对。

11　此系先洗毕出去时的招呼语，犹中国的请慢走。

12　洗粉系古时澡豆的遗法，用谷类的粉加香料，装入布袋内，可代肥皂。丝瓜络亦用以去垢。石子系旧时风气，今已不见，乃是用二小石相敲，截断阴毛，云较用剪刀为胜。浮石轻松有细孔，澡堂中用以摩擦脚跟，可去坚皮积垢，原名轻石，或译作锉脚石。

13　汤桶本名汤船，乃用大锅烧汤，倒入桶中，是一种净汤，备浴客末后洗脸淋身之用，桶形似舟，故名。水船则是干净的冷水，供人取用，但不得使用洗浴的小桶，净汤用圆桶，水船则用升，系方形者。

14　人生一世五十年，系佛教徒习用语，这里故意缠夹，拉扯到两回洗澡上去。

15　两回洗澡，据出口氏注引山中翁说，旧时工人习惯，早上进澡堂一浴，洗脸后即出，至晚间再洗一回。这种人大抵早晨不给钱，所以澡堂揭帖云："近年特别柴贵，凡两回洗澡的各位，务请将澡钱两回份一并带来。"

16　万能膏以下都是在澡堂寄卖的药品招贴。出口氏注云，万能膏系治疗疮疖、创伤及皲瘃等的软膏，俗语有云万能足而一心不足，所以这里连续的说。

17 "没有给傻子擦的药"系俗语,谓傻子无药可医。千里膏旅行时涂脚心,令人步行不疲,因千里关系连说走马。无二膏也是治皴瘃等病的,因无二而连说交情,又因上文走马而连说鞭打,也都是游戏文章的旧作法之一。

18 口中散系齿痛药,"口中"二字颠倒的读,音近"忠孝"。安神散系妇女血经病用药,此处连说两亲,安神即是安心。

19 "小心火烛"系澡堂规则中语。这里一节多利用规则语作教训,据出口氏注引山中翁说,江户时代澡堂中所贴规则条文,大抵如下:

 规则

一 官府所定法令须坚固遵守。

一 火烛须要小心谨慎。

一 男女不得再行混浴。

一 风猛烈的时节不论何时均即关店。

一 老年及病后各位不可独自前来。

一 衣服各自留神。

一 失物不管,一切均不寄存。

以上各条请求了解后入浴。

 某月某日,司事。

20 利用上文规则第四条,双关的来说教训话,骄奢的风也与条文有关。

21 利用第七条失物,说到神魂失落,又与寄存品相关。

22 出口氏注引山中翁云,这些在规则中虽不见,大概是另外贴纸禁戒的吧。

23 系改写"噬脐无及"的成语。

24 包租衣柜的门上都贴有各家的记号,大都是一张方纸,上面印就店家旧时符号,如山形下西字,键形下山字之类,状如膏药,故云。

25 糯米稍加粳米,煮饭捣烂,外裹小豆馅,色紫黑,名萩饼,亦称牡丹饼,皆以象形得名。这里形容印章的大小,大抵是说直径一寸左右吧,虽然饼的大小没有一定的标准。司事是说澡堂行会的干事,出口氏注引山中翁说,当时澡堂行会共分十组,其下又分为小组三十八,共计五百余股云。"股子"原语云"株",据说旧时江户澡堂有定额,共计五百七十余户,澡堂股子每株值银三五百以至一千两云。这里是说伙计在本堂入有股本。

26 日本旧时称阴历九月十三日为后中秋,以毛豆芋栗祀月,这里从初九起手,至十三成功,那么这初编两卷就只在五天中写好了。民间相信吃蚕豆芋头,令人多放屁,故末行如此说。

## 西部人把别人的丁字带错当作手巾

从西部地方初到江户来的人,不知道澡堂的情形,大睁着眼嚞立在那里,看见洗裤子用的浅木盆里泡着一条新的泥兜式丁字带[1],说道:"这真是很对不起的事情!热水也舀好了,连手巾都加在里面,这是太难为了。"

他把自己的手巾绞干了,晾在晒裤衩的竹竿上边,却将那新的泥兜带从热水里掏起来,开始洗脸:"这个热水怎么是有一股臭气的呀,呀,臭呀,臭呀!这是怎的,是什么呀？可不是人家用过了的么？啊，浮着这些油。哎呀呀，那么闪闪有光的，好像是洗过鲸鱼什么似地！怪气的味儿，把它倒了吧。"将热水浇在身上，拿着木盆到舀热水的那地方去。

舀热水的："你拿这木盆到这里来，可是不行呀！[2]还是放在那地方，拿小桶舀了去倒吧。"

西部人："哎，哎。"舀热水的人以为他是要洗裤衩，所以这样指挥，那汉子听了指挥，回到原来的地方，特地拿了小桶舀水去，倒在洗裤衩的木盆里使用。

西部人："这手巾原是新的，怎么会得这个样子，这里那里地都弄脏的呢？好像是丢进阴沟去过的样子，这样腌脏。"把泥兜丁字带摊开来看，见到前后都有带子钉着："在这里前后都钉着带子，大概把这物事包到头上去时候，用这带子好套在下巴颏儿底下的吧？这倒是很方便的呀！"将带子卷在臂膊上，拿裤衩团作一团，遍身擦洗。

有上方人[3]从浴池里出来，走到木盆旁边，四面观望："啊，这怎么啦？刚才泡在这里的裤衩没有了！还没洗过的东西，不会得丢掉。无论怎么找总是不见，这真是怪事了。"看见西部人拿着当手巾用，正在洗脸，大吃一惊道："喂，这了不得！那里不是你的手巾么？"

047

西部人："哎，哎。这物事原来是搁在木盆里的，我自己带来的手巾，是挂在这儿哩。"

上方人："呀，坏啦，坏啦！你真胡乱乱搞的人呀！那不是手巾，乃是我的裤衩啊！用裤衩洗脸，真是傻子。是给狐狸精迷了呢，还是发了疯？你，是在干的什么呀！赶快把身子淋一下子吧。真是惶恐得很！"

西部人听了这话，也大吃一惊："难怪，我觉得这么油腻得很哩！再过一会儿，就要全洗干净了。嘿，嘿！这个，这个，回想起那臭气来，啊呀呀，啊呀呀！"把裤衩抛在木盆内，走进浴池里去了。

上方人："哈，哈，哈！哈，哈，哈！了不得的大傻瓜呀！这倒是比我自己洗的，还要好得多哩。因了偶然的事情，得到了意外的侥幸。呀，这并不是因了偶然的事情得了意外的侥幸，乃真是因了裤衩的事情得到了泥兜的侥幸了！[4]这不是很好玩的双关话么？哈，哈，哈！"


注释：
1 泥兜式丁字带系裤衩之一种，其特色是在直条的末端也钉有带子，用时将横条在腰间系好之后，其丁字的直条由后向前，通过横带，再将前端的细带系于颈后，以免散落。因直条前后有带，其状如民间搬运泥土用的土笼，平常用稻草编成，中国北方瓦匠也还使用，不过系用布类所制罢了。

2　这里的热水系供出浴后洗净之用。有人专管舀水,不让浴桶挹取,至于洗裤衩的木盆更是看作不净的了。

3　日本旧时京都在关西,今称西京者是,行道由关东即江户方面往京,称为上行,往东则为下行,故大阪西京一带向称上方,至今沿用。

4　偶然的事情得到意外的侥幸,系旧时谚语,今以双关语作游戏,原文"偶然"与"丁字带","意外"与"泥兜",读音甚近似,唯在译文上无法保存,所以说得不免有点支离了。

## 澡堂楼上的象棋

五六个人聚集一处,在下象棋。

太吉:"咦,横街的宗桂[1]出马啦!又是想来输一回的吧。"

源四郎:"什么,这个下屎棋的,太吉什么,先给他一点糖舔,他就真以为是得了胜了。"

太吉:"喂,那么,以后就教训你一下吧。"

源四郎:"去吃你的屎去呗![2]我叫你要叫苦不迭哩。五个节头[3]你送多少钱呢?"从背后张望过去:"怎么的,这之后怎样了?哈哈,弄坏了嘛!要输了。照以前的情形,正是一盘赢的象棋呀。一会儿不看着,就成了那么样了。"

先藏:"这样也行。我来赢给你看吧。"

后兵卫:"刚才把飞车和角行两个都丢了,所以正弄得没有办法哩。漂亮话也说不出来了。"

先藏:"单靠飞车和角行,是下不成象棋的。我是要取王将哩。喂,将呀!"

后兵卫:"那么,就是连马![4]喂,且来等一下子!"

先藏:"真是臭棋啊!"[5]

后兵卫:"银将可惜。这里用了桂马,那边将了,将了!"

先藏:"真讨厌!也还是用了银将倒好了。"

后兵卫:"哼哼,妙手下棋嘛!喂,逃吧,逃吧!好么,好么?已经逃了。那么给他怎么下好呢?那么,再把角将顶上一格去吧。"[6]

先藏:"您把角将顶上一格去么?呀,您把角将顶上一格去么?那么,就那样下。用了那个来吃呢?这样地来,那么地去,若是退走了,从屁股后边吧嗒的给一下子。总之且试了看吧。"

后兵卫:"哈哈,干出好玩的事来了!用飞车来将,滑脱了的时候,就来吃银将的打算吧。"

先藏:"什么,飞车也不要呀!"

源四郎:"这些人的象棋,不想去围老将,只是觉得飞

050

车和角将可惜哩！喂，不要老捏着棋子，尽量地着下去呀。"

先藏："你看着别则声呀！非汝辈之所知也嘛。——喂喂，快点下吧！抽手思索，有似休息。"[7]

后兵卫："什么，略为一子下得好点，就说漂亮话么。抽手思索，有似休息，呗！"（模仿他的说话。）"咦，这个计策倒是极妙哩。喂，来吧！"

先藏："呀，吃吧，吃吧！"

后兵卫："不，着吧着吧，先着来吧。"

先藏："吃了来吧，吃了来吧！好的，好的。喂，将呀！啊，逃了逃了。桃子树上的大木瓜。[8]咦，桃子树上的大木瓜！怎么办好呀？用这个去么，用那个去么？那么先这样去吧。呀，痛快痛快。桃子树上的大木瓜。将呀！喂，怎么样？"

后兵卫："啊，冬瓜外加牡丹花么?[9]这样子退下来。从脑袋上头吧嗒的一下子！"

先藏："啊，南无阿弥陀佛了。"

太吉："还有呢，还有吧！角将退下来，丢掉好了。"

后兵卫："这样也还是不行嘛。"

太吉："什么，行啊！退下来，丢掉了吧！"

先藏："嗳，吵闹得很！肃静，肃静！[10]五个人来对付一个嘛。要用了大家的聪明,来打败我一个人么,可怜呀可怜。——丢掉了么?喂,又是将!"

太吉:"喂,这是抢,这是抢了!"

先藏:"唉,完了!那地方有桂马,我全不知道。这里又不好说你且等一下子的嘛。"

后兵卫:"那么你手里是——"

先藏:"手里是多得很[11],王三个,飞车角六个。"

后兵卫:"别说玩话了!"

先藏:"手里说是多得很,可是想悔(香桂)也都来不及,金阁(角)寺的和尚。"[12]

后兵卫:"有银么?"

先藏:"银有的是一步或两步。"[13]

源四郎:"怎么样交出去了么?"

后兵卫:"丢掉的很干净。棋子全不要。"

先藏:"哼,那么单用棋盘来着好吧。不怕得输,树上边滑下了胡狲来。[14]用心的打,别让老将陷敌[15]吧。叫兵过了河去看。"

后兵卫:"那么,姑娘们先来领受了这金吧!"[16]

先藏:"啊呀,可惜得很。成金[17]给吃去了么?那么,这盘象棋是陀佛了么?咦,那么这盘象棋是陀佛了。这样办吧！"

后兵卫："呀，等一下子！这就蹲在这里的么？那么就用这香车来吃这金将吧。这样你就逃不了了。"

先藏："怎么，怎么，干什么呀！两三转以前下的都变动过了，连这边的棋子都移动着，真是太费心了！一个人下两边的棋嘛。喂，请看那个样子，好像是在同少大人对下着的样子。那样行么？什么事情都遵照着佛爷所说的做去。这样像心随意的象棋，简直是名人[18]的派头嘛！还亏得说什么抢了俺家的皮裆裤了，那么来攻别人。"

后兵卫："很妙的攻过来了。等一会儿吧。这里是要思前呀想后了。[19]咦，这里是要思前呀想后了。被攻了过来，是有点非辟易[20]不可了。这倒是，有点儿要辟易了！咦，你攻过来么？你们那么用力的逼迫，也正是本身的职务吧。"[21]

先藏："职务这字也并没有两个呀。铮点！"[22]

源四郎："啊，逃到那里去是很吃亏的。逃到那隔壁去，让他多花一着棋子好吧。"

先藏："真会多嘴呀！"

太吉："有一个妙着！——有了庙末也有大桥呀。"[23]

源四郎："唔，哼，眼睛昏了，所以看不见哩。"

先藏:"闭了嘴死去吧!别说话!"

后兵卫:"并不是什么都不说的人啊!"[24]

先藏:"咦,并不是什么都不说的人啊!喂,哪里去?"

后兵卫:"这里逃。"

源四郎:"嗳,坏了,坏了!那么的逃是不行的。"

太吉:"喂,吧嗒一下子。"

先藏:"嗳,杭育,走吧!"[25]

后兵卫:"嗳,杭育,走吧!"

先藏:"嗳,杭育,走吧!"

源四郎:"喂,喂,这里你疏忽了!"

先藏:"呀,并不是什么都不说的人啊。"

后兵卫:"咦,并不是什么的人啊,那么就吃了。"

太吉:"行么,行么?"

先藏:"那个,并不是什么都不说的人啊,请进茅厕里去吧![26]臭得很,臭得很。"

后兵卫:"真讨厌!终于落了茅厕了。"

先藏:"呀,太不中用,太不中用!"

源四郎:"好吧,好吧,我来给报仇。"

太吉:"我来吧!"

源四郎:"嗳,你且等一下子。"

先藏[27]:"又是蹩脚脚色,不管金银都当不得对手。呃哼,呃哼!"[28]

(本节完)

注释:

1　大桥宗桂系德川初期的江户医师,在明万历年间来中国留学,精于象棋(日本称小将棋),为大桥派第一代宗师,至明治末年止,共传十二代云。据三田村氏说,在著者当时,民间象棋爱好者互以宗桂相称,亦或使用同音异义的字。

2　"吃屎去"犹云"放屁",江户语可吃(kunbei)与军配(gunpai)音近,故双关的连下去说"军配团扇"——旧时将帅指挥军事用的"掌扇",此种语言上的游戏,不易翻译,只好从略,但在可能的时候,改用意译,以见一斑。

3　日本旧俗除新年外,一年中有五个节,即正月七日(旧称人日),三月三的上巳,五月五的端阳,七月七的乞巧,九月九的重阳,均举行宴会馈赠庆贺。中国旧时习惯一年分为清明、端午、中秋、除夕四节,商店结账,私塾束脩亦按节交付。这里即是指此项报酬,意云将严厉地予以教训,因此一年中的学费亦不可少。

4　睾丸一语,日本除音读之外又读若金弹,此处利用双关,说到象棋的上边去。日本象棋与中国的似是而非,主帅曰王将,又有金将银将,近似中国的士相,即本文所说的是。马即棋子之称,在敌我之间着一棋子以阻隔之,称为连马。下句则说在敌方隔着一格相并放着的金与金之间,即在其直下着一银将。屁股与丁字带等,则因与睾丸双关而连带使用出来的。

5 下棋规则,凡棋子移动,在将手拿开的时候,即算是决定,不得翻悔。后兵卫说等一下子,即是想要改着,所以被说为奥棋。

6 "角"本来只是斜行,这里说顶上一格,乃是直行了。出口氏本注引山中翁说,此乃是过了河就是"成就"的角,所以除旧有的行动之外,又添了一种能力,即是上下左右均可直行一格。

7 这是一句成语,说抽手无论怎么思索,总不能想出什么好方法来。

8 原文意云"井阑里的横木瓜",本系指古代某氏的族徽,画作木瓜横放井字阑中,因"逃了"(nigeta)与"井阑"(igeta)音近,今取中国"逃之夭夭"的例,加以改译。

9 此句承上文"痛快"而来,今改写为冬瓜。

10 "肃静",原文云"东西",系角力场中开始时高呼警众,令勿喧扰的成语,后来移用于他处。本来角力的力士对垒,系代表东西两面,这里的高呼大抵只叫两方的人注意,肃静的意思虽不明说,也就含在这里边了。

11 问手里如何,当是计算盘上的棋子,以便决定是否可"和",因为象棋规定,和棋须各有子几何这才合式。"手里是多得很",据出口氏注云,此语似含有什么别的意味,但未能详。

12 原语"香桂"即指香车桂马,这里取其与"后悔"音近双关。"金角"系指金将与角行,取其与金阁寺谐音,连带的说了下去。金阁寺在日本西京,是有名的佛寺,十四世纪时所造,以壮丽胜。

13 日本旧时银一两分作四分,各值二钱五分,称是一步。这里当然是双关的兼说银将。

14 译文从"输"字连系到"树"上来,乃是改译。

15 原文用象棋的术语"入王",是在中国象棋里所没有的。成了这个局面的时候,不但胜负一时不易解决,看了也没有多少意思。讽刺诗川柳中常用作资料,如其一云,听说入王了,厨子把灶火退了,便是说酒饭要暂时缓开。又其二云,到了入王,看客嗡到围棋那边去,因为没有什么好看了。

16 意思是把金将吃了去吧。原语"领授"与地名"冈崎"音近,双关的接下去,在冈崎地方多有妓女。

17 "成金"也是象棋的术语之一,即是攻入敌地,已经"成就"了的棋子,因为在它原有能力之上兼有金将的作用,即上下左右,及上方两斜角,共有六方可以进出。因为原来的步兵一下子就变成金将同等的资格,后来便引申来说投机暴发的资本家,差不多比原语更是通行世间了。

18 "名人"是日本围棋、象棋家中间的最高地位和名称,技艺计分九等,自初段以至九段,至九段乃可得名人称号。

19 出口氏注本,常用的一句俗语,当有出处,但未能详。

20 "辟易"原本用古文汉语,因此不改为白话。

21 出口氏注云,你们云云系旧剧《檀浦兜军记》中"琴责"一段内,阿古屋所说的话。剧中说景清谋刺源赖朝未遂,法官们捕景清所爱的妓女阿古屋加以讯问,备加逼迫,终无所得,后乃令用琴,三弦以及胡琴弹奏三曲,以证明所说不假云。

22 这一句出处同前。"铮点"则是说话的人在口中作三弦声,模仿戏台上的演奏。

23 原文"妙着"音与"永代"相近,永代桥系江户一条有名的桥,所以连下去说大桥,这也是别一桥名。

24　出口氏注云,此句系旧剧《春花五大力》中,萨摩源五兵卫所说的话。

25　依据出口氏注云系牵引重物时呼唤的话,今意译如此。

26　逼迫敌将到了棋盘的角落,俗语称为进茅厕。在中国象棋上,没有这种类似的办法。

27　原本此处不举出人名,只作为别一个人的说话,今查照前后情节,姑且分给先藏吧。

28　"呃哼"原系咳嗽的声音,不过这里乃是冷声咳嗽,含有嘲弄的意味。

## 上方话和江户话的争论

上方系统[1]的女人,身体稍矮而胖,脸色白,嘴唇厚,眼边搽淡胭脂,口红浓得黑色发光,很粗的簪子用白纸重重包裹,为的怕玳瑁受湿要翘的缘故,用了很可爱的声音说话。

上方:"阿山姐,了不得的冷呀!不晓得为了什么,这几天肚皮情形不好,每夜里就肚痛,真是很苦恼。因为这样子,想到澡堂里,来温暖它一下子,所以泡了好许多回了。——阿山姐,你看那个吧!在那家的[2]旁边站着的,那小娃子。不知道那是什么颜色呀?"

阿山:"那个么?那是,蓝里带红的红青色呀。"

上方:"那是很好的颜色啊。"

阿山:"是叫作什么淡紫的,漂亮得很。"

上方:"是很雅致的嘛。我是顶喜欢,顶喜欢那江户紫的。³我很想那么样的一件衣服。——阿山姐,你转过身去吧。"

阿山:"你给我擦洗背脊么?那是太对不起了。"

上方:"怎么的,你倒是胖呀。"

阿山:"讨厌啊!胖子我是讨厌透了,还想喝了醋,让它瘦一点儿呢。"

上方:"是么,胖子岂不好么?"

阿山:"可是,你瞧,袅娜,苗条,岂不还说是什么柳腰么?"

上方:"是么?我倒是觉得不会伤风是很好哩。要是谁来和我赛跑,我还是躺倒了滚着,或者更快一点吧。"

阿山:"啊哈哈哈!——已经打了四点⁴了么?"

上方:"你说什么呀?早已经打过了。一会儿就要是正午了吧。"

阿山:"是么?日子真短了!"

上方:"可不是么?——这里出去之后,不到我那里吃饭去么?照上边⁵的做法,想做了圆的⁶来吃,说了不晓得多少遍,家里的[7]总是闭了耳朵不听见,今天不知道为什么,说煮了圆的给吃吧,既然这么说了,所以中午是吃圆的呀。"

阿山:"圆的,是什么呀?"

上方:"本地是叫作甲鱼嘛。你也吃吃看。"

阿山:"啊呀,讨厌,怪可怕的!什么甲鱼,我看也不要看。你说煮圆的吃,我还以为是麦饭呢,原来乃是甲鱼么。啊,想起来也不愉快。在江户呀,漂亮的叫甲鱼是说盖子哩。"

上方:"什么呀,盖子?盖子是怎么样的东西呀?"

阿山:"因为像是盖子,所以是盖子嘛。上方说圆的,那是什么缘故呢?"

上方:"壳是圆的,所以是圆的嘛!"

阿山:"那么,两方面都是一半一半的牵强附会啊。"

上方:"是啊!本地叫作什么甲鱼羹[8]、甲鱼羹的,我以为是怎么样做的哩,真是好笑,这并不是羹汤,原来就是上方所说的滚煮嘛,咸得要命,真不好吃。照了上边的做法做去,没有这样没味儿的东西。第一是用淡清酱[9]的,所以当作下酒的菜,那是顶好的。我是顶爱,爱吃这物事的。就是鳗鱼,本地的也只是柔软,没有什么味儿,说起上边的鳗鱼来,不是这么样的东西。有名的地方是,京都二条的鱼池,

060

大阪的大正[10]，此外鱼店虽然还有很多，说起上等的，那就是这几家了。怎么办的呢，用铁串上穿了拿来烧烤，烧好了之后，再适当的切作几段，装在大平碗里，紧紧的盖好了拿出来，无论怎么样也不怕会得冷掉了。"

阿山："在江户是，这样子的小气事情是不流行的。江户前[11]的烧鳗是，把热腾腾的出热气的鱼排列在盘子上拿出来。吃着的时候冷掉了，就那么的搁下，吃那再要来的刚烧好的，那才是江户子的办法。冷掉了说拿去喂猫吧，用竹箸子包了拿回去的，那还是很善于打算的人呀。"

上方："是这样么？那么，这算是什么江户子呢？要不让有什么废物，那才是可是自夸呀。好阔气的说什么江户子，从上方人的眼睛里看过来，可全是不行啊。自夸的事情都是颠倒的。所以说江户子是不中用的东西嘛。"

阿山："不中用也好嘛。生为江户人，可以感谢的事情是，从生到死，决不离开诞生的土地一寸，嗳。像你这样的，生在京都，住过大阪，又转到各地方去混过，终于来到这难得[12]的江户，一直在这里生活。所以你们是被叫作上方的赘六[13]的嘛。"

上方："赘六是什么事情呀？"

阿山："是赛六。"

上方:"赛六是什么事情呀?"

阿山:"不知道就算了吧。"

上方:"嘿嘿,关东呗[14]叫赛六作赘六,真是怪话呀!意外[15]也读作意伟,观音菩萨读作观农菩萨,这算是什么事啊?因为这样,因为那样的说,喂,那个因为[16]是什么事呀?"

阿山:"因为这是因为,所以说因为嘛。就是说缘故呀。那么上方说的萨凯[17]是什么事呀?"

上方:"萨凯是,是说物事的界限呀,嗳。物事的限度是萨凯,所以说这么萨凯,就是这样的界限啊。"

阿山:"那么,我说吧。江户话的卡拉你觉得可笑,在百人诗[18]里的歌词上,是怎么说的呀。"

上方:"喂,喂,又是百人诗来了!那不是诗,是《百人一首》呀。可是,还没有说是白人诗,那倒是还有出息的。"

阿山:"那是我说左了。"

上方:"不是说左[19],那是说错了。真是十分的难听。在看着戏的时候,说什么现在是你的最后[20],你觉悟吧,什么台愿成就,感激不尽[21],还有飘亮的人[22]随口说什么万岁咧,才藏咧[23],也没有人批品,就那么算了。"

阿山:"那个那个,上方也不对,不对。什么批品?你说希卡路[24],那是闪电么？奇怪呀！江户是说批评——西卡路的。嗳,不是说那种词儿的。"

上方:"飘亮,批品。的确,那是我错了。——那个,《百人一首》却是什么事呀？"

阿山:"就是说那因为的一句话呀。你好好的听吧。《百人一首》的歌里,有文屋康秀[25]的一首说:——因为风吹了,秋天的草木都枯萎了,……喂,因为风吹了,好么？说风吹了的缘故,所以道因为风吹了的啊。无论上方是说萨凯萨凯,可是歌里不说风吹了萨凯,秋天的草木都枯萎了。"

上方:"对啦,这样说来,似乎你所说的真是正当的了,可是要说呢,自然也有什么可说的。"

阿山:"说台愿成就什么的,也总比较说伶俐是令俐,说漂亮是飘亮,说狐狸是呼狸,要好些子吧。因为这与什么五音相通[26]之说是适合的,不算怎么不合理,近来有博学的人这样的说过嘛。什么延引说延宁咧,观音说观农咧,在母音上边加上唔字去,因为五音相通,恩奈（恩爱）,观农（观音）,延宁（延引）,善诺（善恶）,便都变成这样了。他这样的教导我们,所以在你再嘲笑江户话的时候,想来整你一番,我早就是等着的。"

上方:"是么？那么,观农也好,卡拉也好吧。可是,还是那关东呗，怎么办呗，这么办呗，去呗，回去呗，这简直是不像样子呀。"

阿山："这个也是，在什么《万叶集》，还有以外的神代的书里[27]，据说也有呗呗话哩。呗就是说贝西——可以，去呗回去呗是说可以去了，可以回去了的意思，就是现今，听说做什么万叶派的歌的人，也还使用呗呗话哩。这是我也在那时候一起听说到，在家里记了下来留着，所以请你来把这些歌词看一下吧。俗语里有'叫什么'——难丘这句话，这丘字乃是叫——笃由这音的紧缩，倒是古话，所以据说是很有来由的哩。"

上方："什么呀，那呗呗话有什么道理么？"

阿山："没有道理也行呀。你不相信，请到我们家里，去看一下那笔记吧。"

上方："嗳，去看一下吧。你不赌点什么输赢么？我如果输了，我出甜酒，或是大福饼。[28]你呢，你又出什么呢？"

阿山："出是什么呀？"

上方："那是请客呀。"

阿山："是你做东么？"

上方："对啦。"

阿山："唔，我若是输了的话，就奋发一下子请两钱银子[29]的鳗鱼吧。"

上方:"那是很好的!"

阿山:"啊,痛,痛,痛!啊,真是痛呀。你是,高兴起来,拼命的擦起背脊来了。好了好了。"

上方:"哈,哈,哈。趁了高兴,啊,真累得很。"

阿山:"喂,你把背脊拿过来吧。"

上方:"要报复了么?胡来是不行的啊。这是怎么的,阿山姐!痛,痛!是薄情的人儿!要是麻烦,就丢开了好了。痛,痛!这是怎么的?痛得受不了,因为那里有灸疮嘛。真是擦背的好手。痛,痛痛痛!"


注释:
1 旧时日本京都在西京,江户虽系将军所住地方,比起究有高下,所以京都样式总占着势力,一般说话也说京都大阪一带是上方,江户叫作关东。本来上方人是京都人士的代表,比关东乡下人不同,但江户文学发达之后,本地人气焰增高,在许多作品中又往往颠倒过来,把上方人说得不及江户子了。这女人生于京都,后来住在大阪,是道地的上方人。
2 出口氏注云,那家的是京都大阪方言,是说人家的内室,意云太太。
3 江户紫是江户特有的一种染色,紫中多含蓝色,与所谓京紫的多含赤色的不同。
4 日本古时计时很是特别,昼夜各分为六点,子午正都称九点,以后一小时作为半点,依数目逆数,如十二时为九点,则一时半为八点,四时为七点,十一时为四点半,以下便又是九点了。这里旧式四点即上午十时。

5　上边即指上方,口气里含有优越的意味。

6　"圆的",可以译为中国的圆鱼,唯原文不曾说穿是鱼,所以这里保留了原意的直译了。

7　"家里的"系俗语,妇女指自己的丈夫,大抵通行于市井中流阶级。

8　甲鱼羹只是名称如此,其实是一种素菜,一名滚煮,系用芋头慈菇之类,用酱油煮干,所以味道相当的咸。

9　清酱系北京俗语,即是酱油,今借用。出口氏注引山中翁说,淡酱油在江户普通不用,大抵用一种浓厚的酱油,上方称为滴油的,但在京阪地方则不使用云。

10　鱼池系饭馆养活鱼的池子,这里大概用作店号,在京都二条地方,原文只云京,今用意译。大正据注云是有名的鳗店,在大阪道顿堀。

11　"江户前"一语本用以指物品,特别是鳗鱼。据出口氏注引山中翁说云,江户前面是永代桥一带的隅田川,从那里捕得的鳗最好,称为江户前的,是道地的鳗鱼。后来转变用以称神田日本桥一带地方,作者那时住日本桥的本石町,所以用此名称。

12　"难得"日本语又含有可感谢的意义,与上文"生为江户人"云云相应,但两处译文不能统一了。

13　赘六或云赛六,系江户人嘲骂上方人的话。一说此系大阪商民自负的话,后来成为诨号。德川家康时,丰臣氏子孙末后据大阪城抵抗,终于灭亡,因此大阪人备受奴辱,及后经太平时代,商人渐占势力,几乎凌驾武士,因此放言武士所有甲胄弓箭刀剑六者,在他们都是赘物，所以称为赘六云。"赘六"原读作 zeiroku，后又转为"赛六"（sairoku），平常因江户人读"埃"音（ai）为"呃"（ê），遂以为赘六系赛六之转变，如上说则赘六乃是本称，现今一般也通称如此。

14　江户话多呃音，又，"可以"（beshi）也读作"呗"（bei），故俗称关东呗，或呗呗话，即是指江户话。

15　原文云"虑外"，亦可解作无理举动。赘六或云赛六，系江户人嘲骂上方人的话。

16　江户语"因为"读作 kara，上方则读 sakai，故成为争论，但此实系从古语出来，并不是简单的方言。

17　萨凯即 sakai，上方语用作"因为"解，作为名词，意云界。

18　《百人一首》系和歌选集的名称，顶有名的是藤原知家在十三世纪中所编，定家所写的所谓《小仓百人一首》，普通略称《百人一首》，流行之广可与中国的《唐诗三百首》相比。江户人说话将一字音略去，首字由 shu 变为 shi，因此读起来转讹为"百人诗"了。

19　原文在发音上稍有差异，表示讹俗，今就译语中设法表示，尚觉可通。

20　出口氏注云，戏文中常用的套语，在将要杀人的时候，对人威吓用语。"最后"（saigô），江户读作 segô，这里所嘲笑的即是此事。

21　这也是戏文常用的套语，用于盗贼胜利的将宝物偷盗到手的时候。江户语读"大"音为 dê，今姑偷借用台字表示，如作南方音读便合。

22　上方人读"立派"（rippa）为 gippa。下文"批品"也是如此，见下注 24。

23　万岁舞系新年的一种民间歌舞，略称万岁。演万岁舞的人称为才藏，盖节取岁字，下加藏字略拟人名，后字变为才藏。岁才原音皆读作 sai，江户转读成为 sê 音了。

24　"批评"原文作"叱"，正音为 shikaru，上方人读作 hikaru，所以是错了。后者写作光字，所以本文说是闪电。

25　文屋康秀是九世纪的一个歌人，所作收在《古今集》中，其中最胜者共有六人，后人称为六歌仙，文屋位居第四云。

26　五音相通即是说双声字的通变，所谓五音乃是指五个母音，如大可以变作台等。但下文所说却另是一例，第一字的末音与第二字首的母音拼合，与五音相通说便无甚关系了。

27　出口氏注云，殆指《古事记》中的神代卷，但在《万叶集》及以前的古书中有无说及，未能详知，只是《源氏物语》卷八花之宴卷中曾有此字云。

28　大福饼系一种极普通的点心，用糯米煮饭捣烂，中裹豆沙，略如南方的麻糍，价廉味美，通行民间，妇孺尤为爱吃。

29　原文云二铢，日本旧时币制，银一两分为四步亦称为分，每步又分为四铢，一铢值一两十六分之一，两铢计值银一钱二分强，译语改用了整数。

## 女孩们的办家家[1]和拍球

看管小孩的女孩子，在主妇给婴孩擦干身子的时间，坐在衣服的旁边，摊开了单幅布做的衣衫[2]，在捉虱子。在她身边有七八岁为头，和六岁左右的女儿，一共四五人，竖着从江之岛买来的贝壳小屏风[3]，在小香合上边铺了洋娃娃的衣服[4]，给娃娃睡了，盖上棉被。用稻草做成的大姐儿[5]，把纸揉皱了，做成岛田髻，圆髻，变样岛田髻，以及轮形髻[6]，拿火柴[7]做了梳子和簪给插上了，用梳头用的旧布片，当作腰带，给系上了，又给解开，说着大人样子的话，在玩着办家家的游戏。

阿春："宝宝，乖乖的睡觉吧。早上醒过来的时候，给你阿番[8]当早点心吧。哎呀哎呀，又醒了么？为什么不睡的呢？阿夏姐，阿夏姐！——哎呀，不是这么的！隔壁的太太，我呀，我们家里的这宝宝，总是哭着，没有法子！"

阿夏："那么，你给安上烫烫的[9]好了。"

阿春："嗳，嗳。那是很可怕的呀！说是烫烫的。哦，可怕呀！早点睡觉吧。大野猫来啦！——嗳，嗳，宝宝是已经睡了。"

小孩中间有坏脾气的讨人嫌的，把年纪小的弄哭了，或是把要好的从中分开，有名的多嘴的丫头[10]，叫作阿嫌的大麻脸，是小孩们的首领。她用手把青鼻涕往旁边搪开了，再拿手去在膝边衣服上去擦。

阿嫌："哎呀，哎呀，哎呀，哎呀！我是不愿意，我是不愿意。阿春姐什么真是任心任意呀！你本来不是太太嘛。阿夏姐和我才是太太，你本来是当老妈子的。阿秋姐，是不是?"

阿秋在大家中间是个老实的,不中用的人物:"嗳,是的。可不是么,阿夏姐。"

阿夏在大家中间乃是聪明的:"怎么样,我不知道呀。"

阿春:"哎呀,哎呀,哎呀,哎呀!并不是这样的呀!刚才决定的是,我是该当太太的。那么着,我是不答应。我不再同你玩了!"

阿冬对于两边都附和,是个骑墙派[11]:"嗳,好吧。阿嫌姐,你不玩也行吧?"

阿嫌:"嗳,行啊。本来一点都不发愁嘛!"

阿夏:"阿春姐,你忍耐一下子,当着玩吧。就是当了老妈子,反正大家都轮着当的,这样也行吧。你到下回,再当太太好了。"

阿春:"我不愿意。阿嫌姐和阿冬姐说那么的话嘛。"

阿冬:"我说什么了?"

阿春:"刚才不是说了么。"

阿嫌:"好吧,你扔下吧。对这样家伙,你别再理会好了。"

阿春:"那么,刚才送给你的东西,都还我吧!"

阿嫌:"嗳,还你!我不要这样腌脏的东西。"拿出锦绸小片来扔下。

阿春："阿冬姐也把刚才的东西还了！"

阿冬："嗳！"从袖底[12]同末屑一起，掏了出来："三弦丝线的末屑什么，有什么用场！阿嫌姐，是么？"

阿春："还我好了！从此以后，不管怎么的说给我吧，什么都不再给了。"

阿嫌："屁，屁，屁！"引长了说。将嘴唇翻出来，从额角底下瞪着眼睛看。[13]

阿春："左性子[14]的家伙！"

阿嫌："生气的老婆子！——小偷儿，小偷儿！今年的小偷儿是疏忽不得！"

阿春："我什么时候偷了东西了？"

阿冬："给缺牙齿的老婆子喝茶吧，给缺牙齿的老婆子喝茶吧！"

阿春："缺了牙齿，也不干你事！"把嘴唇噘出了。——"阿秋姐，阿秋姐，这边来吧。这块绸子送给你。"

阿秋："嗳，谢谢你！"

阿春："你同我一起来玩。我们玩办家家吧。"

阿秋："嗳。"

阿嫌："瞧你那样子！[15]阿秋这浑家伙！阿夏姐和阿冬姐

不要去，来同我玩耍吧。玩什么好呢？"

阿冬："嗳，我们拍球吧。"

阿秋："好吧，同了你两个人来玩办家家吧。"

阿春："嗳。那么样的傻子，不让加入我们队里的啊，阿秋姐。"

阿冬："喂喂，我们来拍球吧。"

阿夏："恢复和睦吧。吵架是不行的。"

阿嫌："别管好了。——喂喂，唱歌吧，大家都唱起来。——一二，三四，五六，七八，还有九和十呀，二十呀，三十呀，四十呀，五十呀，六十呀，七十呀，八十呀，九十九贯目[16]，手头三十六，正在你的面前了一百了。——一二，三四，五六，啊，掉了下来了！"这时候，决定次序的比赛已了。"你是第一，我是二，阿冬姐是三呀！"

阿夏："啊，唱什么好呢？来唱大门口[17]吧。

大门口，扬屋町，
三浦高浦，米屋的倌人，
道中都是非凡的华丽。[18]
仰起头来看时是花紫，
相川清川，逢什么的逢染川，

锦绣集成的龙田川。[19]

这个呀,那个呀,

请看对面,请看新川吧!

张帆的船两只接着走,

那船里载着倌人,载着小倌人,

后边跟着大的官船。

喂,停住吧,船夫停住吧!

停住了给你五升[20]。

五升不要,三个五升也不要,

听了你们天就要晚了。

天晚了,月亮出来了,

这就是郎君的真心啊。

这样一百了,

啊,二百了,

啊,三百了。(中略。[21])

总计起来,借出了一贯了。

　　大染坊的清老板[22],

主人和清客都在清水六角堂,

大妓楼的松树底下,

听着人们的声音。

啊，一百了。——啊呀，掉了下来了！"

阿冬：

白粉白白的，白木屋的阿驹姐，
还有才三老板[23]，
店里是丈八拿着笔，——啊呀，掉了下来了！

阿嫌：

远呀远州的大老官，
说是油店[24]的孙子，
是说也说不出的漂亮的汉子，
夏天也穿布袜子，
底下是散纽的皮底拖鞋[25]，
帖哩嗒啦架子在走路。——啊唷，掉了下来了！
真是要叫人生气！

阿春："痛快得很！"
阿嫌："别管，你这小东西仔！——这回，阿夏姐，我们来唱这歌吧：京京京桥呀，中中中桥，阿夏十六岁，那大袖子的衣衫啊！"

阿夏："嗳，那歌好吧。"

这边的两个人是在办家家，装作街坊串门子。

阿春："隔壁的太太，你好么？"

阿秋："嗳，你来了么。哎呀哎呀，请进这里边来吧。"

阿春："嗳，这是红豆饭[26]，只有一点儿，略表贺意罢了。"

阿秋："嗳，嗳。你这做的真精致呀。"

阿春："请你多多的用吧。"把带的结子移到前面来[27]，用红布做的猴儿枕头[28]，背在背上，很为难似的一面唱着儿歌："宝宝老是爱哭，真是很对不起。——且来看着山，给把一泡小便吧。这里是有花木很多的山嘛。好吧，好吧，好吧，好吧！这里是走过咚咚桥[29]的地方。现在是，要从山上渐渐回家去的路上了。喂，撒尿吧，唏！（拉长。）"

阿秋："太太，你就要回去了么？"

阿春："那个呀。现在还没有回去哩。刚才是在山上，看着花哩。"[30]

拍球的女孩子们看着这边，阿嫌："那样子！荸荠芽头[31]的太太，哪里有哇！阿冬姐，你看那个吧。把扫帚棒折了来,当作筷子,在小酒盅里装一点垃圾,说什么是赤豆饭,太太,只有一丁儿!³²看那样儿!"将嘴唇翻出来,学着说话。

看管小孩的女人看不下去:"阿嫌姐,别说那么左性子的话。你总是欺侮年纪小的人。大家和和气气的玩吧。那么分了开来,这伙伴就拆散了。一起去玩着吧!"

阿春,阿秋:"嗳!"

阿嫌:"用不着你多管事!别麻烦吧,你这烂眼边!"

看管小孩的:"真是的,真是岂有此理的孩子!因为这样,所以受男孩的欺侮的嘛。说的无赖丫头,正是你这种人啦!"

阿嫌:"我就是无赖,也犯不着你,呸!"吐了一口唾沫,逃向门口去,刚走了三步,就哇的哭了起来,一直跑回家去了。中途停止了哭,等得走到了自己家的横街口,又从新哭起,哇,哇,哇的拉长了哭叫。

阿春:"大家不到我家里去么?"

阿夏:"嗳,我去。"

阿秋:"我也去。"

阿冬:"阿春姐,你让我也来入队吧!"

阿春:"嗳,请你也去。"

骑墙派,不中用的人,聪明的和笨的,都发出大声来唱歌:

俺们回家去吧,
蛤蟆要叫了![33]
俺们回家(拉长。)去吧,
蛤蟆要叫了!

注释:
1 "办家家"是北京话,南方有地方叫作"办人事家"。日本通称"饭事",便是学做饭做菜玩耍,这里却称作"邻家事",因为是在学作邻家来往模样。
2 小孩衣衫只用单幅布裁,与在背心缝合的双幅布所裁的不同。
3 江之岛在镰仓附近,系陆地边的一小岛,上有神社,但以辨才天得名,其地出产各种贝壳,制成玩具出售。
4 香合原系盛装香末的盒子,普通用以称一种小盒,用纸板糊成,上贴绸片或色纸,底面套合而成,充作女孩玩具。洋娃娃今袭用普行的新名词,因为别无适用的字,虽然洋字的意义不很妥当。
5 "大姐儿"乃是直译原意,大抵系指女孩们用布片稻草等所自制的玩具,形状具如本文所说。
6 旧时日本妇女发髻样式繁多,以上几种在当时最通行,维新后改为束发,除艺妓等以外,旧式渐渐将归于消灭了。
7 在洋火通行以前,日本与中国一样,多用火柴,亦称发烨,用易燃木质削为薄片,上端削尖成牙璋形,略蘸硫黄等引火物质,就留存的炭火上一碰,即可发火。北京旧称取灯儿,洋火则称为洋取灯儿。
8 阿番即番薯的俗称,妇孺常用。

9 "烫烫的"系小孩语,指艾灸。旧时教育法常用艾灸恐吓小儿,认为艾灸无伤大体,可以替代体罚,可能也有人实行,于臀部施灸者。

10 原文云"阿摩",读如阿玛,意云尼姑,系对于女人骂詈或轻蔑之词。

11 "骑墙派"系意译,原文云"大腿内面的膏药",意思是两面都粘着。

12 日本旧式衣服的袖子是很大的,本应照古文写作袂吧,这样式与僧衣的大袖相似,不过底下一部分前后都缝合,所以可以安放零星的物件。

13 小孩对人表示轻蔑反抗,辄将下嘴唇噘起来,说道:呲,呲,呲!因为音近今写作屁字,其实与这本无什么关系。从颏角底下看人,也是小孩常用的一种态度,表示憎恨的意思。

14 "左性子"系北京方言,含有心怀嫉恨,故意别扭使坏等意味。

15 此句系直译,多用于看到敌人失败,表示快意的时候,但也用于骂詈诅咒,如此处便是。

16 "贯目"如作重量计算,即是一百两。但如作为数目,在币制上一贯即是一千文,这里下文又作了一百,儿歌上的意义多不可解,此亦是其一。

17 "大门口"这里特别是指江户吉原(官娼集中地)的大门,此歌用"大门口"一句起头,故名。

18 扬屋町是吉原的一条街名。三浦等当都是妓女的名称,出口氏注对于儿歌全无诠释,故不能详。"道中"犹云行道,是吉原的一种宣传行事,每年在一定的三天日期内,有太夫称号的高等妓女穿着盛装,围绕着男女侍从,打着日伞,从京町至江户町走一个来回,称为道中。

19　花紫以下，似都是"太夫"的花名，龙田川以枫树红叶著名，故今双关的说及。

20　"五升"大概是说酒，不是说米，虽然本文中不曾说明。

21　"中略"系原文如此，非是译者略去。

22　出口氏注云，此处系另一首儿歌起头。歌的意思比前者更不易解，因为没有唱下去，此亦是一个原因。

23　旧剧《恋娘昔八丈》中的人物，阿驹与才三要好，把她的丈夫喜藏毒杀了，将要被处死刑，那时前夫的旧恶发觉，得被放免。丈八是白木屋店里的一个伙计，在剧中出现。

24　这一首儿歌的头两行疑问颇多，今取其大意，未必确实，"油店"原文云"油万朱"，未知何解，不见于字典，出口氏亦无注语。

25　原文云"雪踏"，意云雪地穿的下驮。

26　旧时风俗，有什么喜庆事情，家中用赤小豆蒸饭，并分赠亲友邻居，称为赤饭。

27　日本妇女衣上系带，带结甚大，放在背后，这里因背负不便，故将结子移到前面来。

28　日本女孩自制玩具之一，用长方红布，四角均各并折缝合，装满棉花，再将中间缝上，另以布裹棉花作圆球，缝着前边两叉的中间，作为头部，便成为猴儿形。因为状似枕头，所以这里如此说，小孩则常当作娃娃，或抱或背，本文中即如此使用。

29　这或者可以说是旱桥吧，江户地面高下不一，往往有两边高地，中间夹一通路，有如山谷，两岸往来须架桥梁，不过下面不是河流而已，因为大都是木桥，走起来咚咚作声，故有此名。

30　日本看花，有杜鹃、牵牛及胡枝子花各种，但以樱花为多，所以普通说看花，都是指樱花。

31　小时候儿童剃去头发，只留顶上一块，以头绳束住，称为"芥子坊主"，意云罂粟和尚，盖谓形似罂粟。荸荠芽头系南方形容幼儿小辫之词，今姑且借用。近松所作历史剧《国姓爷合战》中，有句云，"鞑靼头的芥子坊主"，乃用在辫发上。这剧是叙郑成功扶明灭清的，成功曾受明帝永历赐姓，在日本称为国姓爷，很有名望。

32　阿嫌故意学说阿春的话，将字音弄错，这里原语是——"太太，只有一点儿"。

33　出口氏注引山中翁说，以前江户市中多有蛤蟆，每到傍晚，各处都叫了起来，在屋外游玩的小孩便这样的说着，各自回家去了。这歌至近时还存在，虽然事实上已经没有蛤蟆叫了，因为日本语"回去"与"蛙"都一样读作卡厄路，儿童对于双关的字感到兴趣，所以一直到后来还是唱说着。

## 多嘴的大娘[1]和酒醉的丈夫吵架的事情

被人家称作女流氓的，多嘴的大娘阿舌："大娘，你来了么？喂，筑日屋的大娘！"

对人很冷淡的大娘阿苦："嗳。"只回答了这一声。

阿舌："今天给我们稀罕的物事，真是多谢了。一直只是收受你给的东西，什么都没有还报。而且，那个腌小菜[2]，又是多么味道好呀！那个是，请教，是怎么的腌的呢？真是了不得的高手呀！"

阿苦："什么，本来是不值得送给人的东西，……"

阿舌："怎么样才会得那么的好吃呀？——啊呀，阿泥姐，你真早呀！"

阿泥："阿舌姐，你早呀。你怎末啦？"这个女人是莫名其妙的出身[3]，她的说话很有些特别。

阿舌："怎末啦？就是这末啦呀！"学她口气说话。

阿泥："就是你怎么样就是了。真会寻人家说话的缺点。好不讨厌！"

阿舌："好不讨厌，也说的好浑，不讨人喜欢！"大声的嚷说。

阿泥："哎呀，我求你吧，阿舌姐！你这算是在干的什么呀？"

阿舌："我是在学你的说话呀。"

阿泥："真的么？你真好管闲事呀。这将来自然会得改好的嘛。"说着话，走进浴池里去了。

阿舌："是么？会得改好的嘛！这可是容易不会治好哇。——喂，米糠袋借给你用吧？"

阿泥："我有哩。"

阿舌："你好好的丢我的脸。三年都不能忘记，你记着吧！——阿鸢姐，阿鸢姐！你已经要上来了么？再等一会儿

081

陪陪我吧。现在要去再泡一下子,我们一块儿上来好吧。——喂,喂,昨夜的事情谢谢你。那个,我们家里的那人,我告诉你听。胡乱的喝醉了回来,一跨进门口,就大字那么样的躺倒,说种种无理的话,和人为难。末了你道是怎么样?说还喝的不够,叫再去买酒来。什么啊,你想,从怀里掏出钱来。"这个女人说话断续不清,读者要请自己留意文法拼法才好。"说俺自己去买吧,说着要去穿草鞋,我把他抱住,说你这东西坏心肠什么的。醉得一塌糊涂的,连说话都说不清楚,直嚷有什么可笑[4],酒什么我是看也不看,只这么说,就把我抓住,往屋里一扔。你想看,油灯也翻了,阿咧[5]也哇哇的吼起来了。哧,点灯!这样说着,正要用铁勺里的水泼过来,这一下子把汤罐也打翻了,茶炉[6]和吹火筒弄得全是灰了。这之后邻居的阿蛸姐[7]跑了过去,点灯喽什么喽的干了起来,他倒是太平无事了。我也是心里有东西[8]的人嘛,不能就那么答应了。什么呀,说什么多嘴的丫头[9],真是太胡闹了。这边是,嘴有八张,手也有八只的。[10]是太太们中经过劫来的[11],所以和别处的大娘们办法不是一样的呀。是肚里喝满了泥水[12]的女人嘛!什么也不想的就是一顿打,可是就让他同病狗一样的,打杀了就算,那也不成吧!我这么那么的说了些,你听听吧,拿起棕扫帚[13]来,把人打得个半死不活。现在也还是身体疼痛的不得了。你看这个吧，长了这么样的乌青[14]。可是，当家人[15]是地位上很高的嘛，大家聚集拢来，说阿舌姐这是你不好，怎么对当家的顶撞起来，那哪里成呢。真是太不知道事体了。无论如何要谢罪才行，照了他们的意思，承认了错，这才好容易结束了。"

阿鸢："啊呀，那真是想不到的事情。我倒一点儿都不知道。如果知道了，我一定要去劝的。"

阿舌："那是所谓灯台底下暗呀，所谓锅儿当盆自家乐呀[16]，在家里尽管吃了亏，也没有法子呀。阿咧老是强讨硬要，昨天刚给买了一张三弦，这也给踏坏了，拨子不知跑到什么地方去了。打一回架，得不到什么好处。像你那里的肝右卫门什么的人，性情很好，所以安静得很呀。同我们家的那个的品格，真有云泥万里之差哩。"

阿鸢："什么，也并不是那么样啊。看去那个样子，可是也麻烦得很呢！"

阿舌："那是，什么一点儿小事情总是有的啊。我们家里是，一点不对，立刻就打过巴掌来了。总之是，心地[17]不同的嘛。当家人的事情，我不想多说坏话，可是也不成呀。好像是大津绘里的寿星那样[18]，头顶像要顶着天似的，露出了牙齿，瞪着眼睛看人嘛！"

阿鸢："哎呀，哎呀，你说这么罪过[19]的话！你说出这样的话来，那是你不好呀。"

阿舌："什么，没有关系。他说我是个老狸子[20]，他自己倒是狼呀！一百文买的马，像指南针的针似的[21]，横着躺在那里，一年到头也不把竖着的东西放倒。[22]对他说用点气力去干工作吧，便说你别管，果报[23]是睡着等的哩！说着这些话，什么毫不在乎，不管你怎么说，一点都不理会。[24]真是，真是，那样薄情的人，就是穿了铁的鞋去寻，也是没有的。"

阿泥："别这么说吧。到我们家里来的时候，是很会得应酬的。因为如此，所以在各方面都受欢迎的嘛。——啊，冷得很，再去热一下子吧。"

阿舌："什么呀，家里强，外边弱的，没有办法的，暗地里的李逵嘛![25]——啊，我也进去泡一下吧，哎呀，哎呀，阿泥姐，你还浸在里边么？怕不要中了热气么！喂，擦洗得差不多好了。泥垢也是身上之物嘛![26]明天的一份还是留着好吧。"

阿泥："好了！讨人嫌的！"

阿舌："讨人嫌！讨人嫌那倒多谢了。要是这样讨了人的喜欢去试试吧，那就要命根子都完了。——嗳，对不起啊！"跨进浴池里去。

在旁边的女人："喂，请安静一点子用水吧。水溅过来了。"

阿舌："嗳，因为这样，所以才说对不起的嘛！这是众人中间呀！一点点的水是免不了要溅的，这是在使用汤水嘛。溅了如果不行，那么退得远一点儿就好了。若是使用着火呢，火这物事溅了，或者要有烫伤的痕，这反正只是热汤罢咧。但是汤溅了如果太热，那么再给溅点冷水，弄凉一点怎么样呢？嗳，又要溅了！溅着了的话，对不起！"乱七八糟的扰动，旁边的女人也出乎意外，只好去到浴池的角落那里蹲着。

阿舌："好大模大样的！这又不是你独自包下来的浴池，连左邻右舍的交际都不知道，真是大傻瓜。若是打扫尘土，或者要说一声，要弄下一些垃圾来，每使用汤一下，便说一声嗳，水要溅了，这能行么？——喂，阿贫姐，哎呀，已经上来了么？阿泥姐，也出来么？啊，阿鸢姐，——这家伙也不在这里。大家背过了我，都出去了。——啊，男堂那边闹得出奇呀！真是莫名其妙的爷们啊。黄色的声音，白色的声音[27]，倒把浴池里弄成了五色了。花了十二文学习来的，什么雪关扉呀，什么款冬心呀的[28]，用了颤抖的声音，使得澡堂都要颤动了。是不好弄的病人呀！今天像是发作[29]的日子哩。"一个人独自说着话，走出了石榴口[30]。

注释：
1 "大娘"系借用南方方言意译，原语系指一般中流及以下的人妻，也可以用于对称。此语本来也可译为普通通用的"太太"，南方民间称出嫁的女人为"太太们"（并非太太的多数称），便是一证，但因易于误解，所以改用别的译语了。
2 腌小菜大抵是用萝卜黄瓜腌制，一般是放在糠味噌里边，这或可译作糠糟，乃是用米糠和水加盐，以腌各种瓜菜。旧称这种小菜为香物，虽然本无香料，俗语或转为"香香"，上加御字。
3 这里说阿泥是妓女出身，俗语说"泥水生意"，名字也含有此种意义。江户旧例，吉原妓女使用一种言语，与江户方言稍有不同，但这里所指并不是这个，只是语音小有差异而已。
4 这里叙说有点缠夹，大概以下系男人所说，虽当初要添买酒来，后来生气，故说话相反。
5 "阿咧"系译意，原语云 obeso，系指小儿咧嘴欲哭，本文说她哇哇的哭，所以使用这个名字。
6 汤罐实在是热水壶，搁在炉上，专供烧开水用，大抵是圆形或扁圆形的。茶炉只是木箱装灰，中置炭火，有铁架上放汤罐，不是正式的炉子。
7 蛸字系原文如此，义云章鱼，北京称八脚鱼，因有很大的吸力，旧时日本以称女人。中国无适当译语可用当人名，姑从原本，据《尔雅翼》亦可作鱼名，虽然所指乃是别一种乌贼。

8 原文直译意云，也是有虫子的，这虫字是指心胸里的一物，这里可解作心或魂灵，如云虫子不答应，即是说心中不许可。这虫字的由来，可能与中国古时道士派所说的"三尸虫"有关。

9 原文云"阿摩"，读如阿玛，意云尼姑，系对于女人骂詈或轻蔑之词。

10 意思是说能说能做，这本是成语。中国俗语说，有几张嘴也说不清，意思略有关系。

11 "太太"原文云"山神"，系人妻的别称，意含诙谐，有可怕的意味在内。此字起源未详，一说人妻通称（如上文注1所说）可以写作"御神样"，由此衍化而出，又山神例系女性，故有是称。所谓劫系用佛教语，即是说岁月，民间相信各物多经年月，能成精怪，这里即是说在太太们中多有经验，成了精的了。

12 "泥水"见上文注3。艺妓娼妓歇业，均称为洗脚，意思即是说离开污泥了。或云此与"青泥莲花"的故典有关，恐涉牵强。

13 日本屋内垫着草席，打扫时所用有别一种扫帚，棕榈皮所制，柄用竹竿，故可用以打人。

14 "乌青"系借用方言，即医生所谓内出血，因殴打磕碰，表皮不破，现出青黑伤痕者。

15 原文云"亭主"，源出佛经，意云旅亭之主，转用于家主，后来专指丈夫，通用于中流以下的社会。中国南北方言虽有掌柜与老板之称，不大适宜于商界以外，今借用"当家人"一语，似尚可通。

16 中国谚语也说"灯台不自照"，乃是讽刺一个人不知道自己的缺点，这里阿舌有点用得不恰当，意思仿佛正是相反，因为她的本意是说家里吃亏没有办法。第二句日本谚语的意思多少相合，因为这是说总是家里好，即使是把锅子当铜盆使用也罢。

17 "心地"系意译，原文直译当云"魂灵"。

18 大津绘系古时大津地方所出产的一种民间绘画，用单纯的颜色，拙朴的笔法，画出各种图像，卖给当时过路的人。寿星在日本称"福禄寿"，照例画作头顶很长的老人，表示长寿的象征，大津绘中特别画得滑稽，寿星正在剃头，因为太长，剃发匠架起梯子来，站在上边给他剃着。这里说寿星，特别涉及大津绘，即是为此。

19 "罪过"借用佛教语，寿星虽然不是什么大神道，但这么的说总觉得有点不敬，所以也是罪过。

20 本来可云老狐狸，在日本却是狐狸有分别，大概狐高而狸低吧，这里也就依照原意了。

21 指南针里的针指着一定方向，无论怎么摇动，总还是方向不变，这里是比喻总是躺在那里，正像那磁针一样。"一百文买的马"意思说本来不是良马。

22 意思是说不肯动一动手，把竖的东西放倒，与把横的东西竖直一样，只是拿动什么东西而已。

23 "果报"原文如此，今故承用，意云祸福。这本是定命论的说法，因果报应悉由天意，人力无可如何，只可静静的等它到来，这里却引申为好运自然会来，不必着急，专当作好的一方面解释了。

24 原文说"毫不在乎"与"都不理会"等处，均使用俗语，即将文句变作拟人句，表示诙谐，译语无法保留，只好都译意改作普通说话了。

25 原文云"荫辨庆"，意思说一个人背地里特别在家里很是刚强，一出至外边便懦弱不中用。辨庆系戏剧中勇猛的人物。

26 这大概是一句俗谚，说泥垢出在身上，也与本人有关，不可轻视，乃是极端个人主义的说法。

27　黄色的声音是尖锐的高音，白色的据三田村氏说乃是没有板的。依据此说译为"脱板的"，但此处因为下文有"五色"云云，所以保留了原语了。

28　《积恋雪关扉》系常磐津调的净琉璃的一种，至今流行，通称"关扉"（seki no to），与"款冬心"（fuki no tô）读音相近，所以这里连带说及。剧中说良岑宗贞与女歌人小野小町在相逢坂关门相见，关官乃是大伴黑主。这三人都是古代有名的歌人，宗贞后来出家，称僧正遍昭，与小町及黑主，均列名于六歌仙。

29　骂唱歌的是病人，比作发疟疾，所谓"发作"便是说疟疾定期的出现，即每日、隔日，或间隔两日，俗称"四日两头"，或三阴疟，最为严重。

30　"石榴口"见卷头"大意"注7。


**小孩吵架引起大人们的吵架，婆婆和从公馆里出来的媳妇**

　　打开了澡堂的格子门，哇哇的哭着进来的，是那个女儿阿咧："妈妈，阿鬓姐和阿髻姐打我啦！"（拉长说。）

　　阿舌："什么呀，这个小鬼头！又是吼叫着，滚了来么？一眼也不要看！哪哪，哪个家伙打了？阿鬓那小鬼么？什么，同了阿髻两个人？那些小鬼们是，真会欺侮人！有什么机会，就把人家弄哭了回来。你这东西也正是恰好！怎么会得给她们弄哭了的呢？一点都没有用的。为什么不尽量把对方的脸孔抓破了呀？而且还是，给人家听了多么难听，哭着滚到澡堂里来！——好吧，好吧！你等着，现在我带了你去，叫那些爹娘坏东西给我们道歉。总之那些爹娘坏东西也是不通人情世故呀！只是爱惜自己的小鬼，人家的小孩们就是死了也不相干。在市房一带拖着铁棒[1]，说人家的坏话，也没有什么体面吧。把这些事情且来搁在架子上[2]，还是去管管自己的小鬼们好啦。你又太是高兴了闹着玩，这个丫头坏种！"

阿咧："没有，我是，老老实实的，在那里玩耍着的，她们突然拼命的来欺侮我，说什么衣服脏啦，穷人啦，说着种种的话，那个，而且后来——"

阿舌："什么？说穷人？这你们管不着！那些家伙的家里，能有多少的财产？又并没有问他们去讨了衣服来穿呀！这种事情，不是小孩子能说的话，总是那爹娘坏东西平常那么在放屁的缘故嘛！要得尽量的，闹他们一下子才好。"

正这么说着，那弄哭了阿咧的小孩们的祖母，碰巧也来在那里，从浴池里出了来，在后边一直都完全听得清楚。

祖母："什么呀，这位大娘？什么爹娘坏东西，爹娘坏东西的，老在骂人！不说说那边女孩的淘气事情，只是倒翻过来，说人家孩子的不好。虽然是夸口，说到我们家的孙子是，近地有名的老实人，怎么会得把人家的孩子弄哭了。还有说市房一带拖铁棒，那是什么话呀？我们家的媳妇是，并不是那么样多嘴的人。人家的什么风说，一点儿都不说的。

嗳，所以我是看得起她的。大家都听着哩，这么样的乱说，真是太岂有此理了！那边的小孩倒常常把我们的孙儿弄哭了回来的哩。要是可以闹过去，这边倒真是要闹它一下子呢！"

阿舌："喂，喂，好不吵闹！安静一点好不好！到了好大的年纪，还要来出头嘛。喂，我的孩子是坏丫头呢，还是你的孙儿是坏种，大家是都明白的。什么衣服脏啦，什么家里穷啦，这都不是从小鬼嘴里说得出来的话。因为你们在说给她们听过，所以才说的嘛。一颗尘土，一只筷子，都没有受过什么帮助。嗳，就是怎么穷着，也不倚靠你们这些人来帮忙！"

旁边的各人，甲："喂，你们是怎么啦？小孩们吵架，爹娘也出头来，这就是说作比喻，也是笑话呀！"

乙："喂，阿舌姐！你算了吧。"

阿舌："好的！你别管吧！说穷人什么的！"

祖母："咦，说呢，没说呢，单凭小孩的话，怎么做得证据呢？"

旁边的人，丙："老太太，你也，这很危险呀！喂，请你上去了吧。要是上了火，那是有害的。"扶住了她，上来到衣柜的旁边去。

阿舌用带着哭声的尖锐声音说话："什么呀，老人末就像老人似的躲在家里好了嘛，要同年轻人一样的吵闹，正是活该。像是柿漆纸上染着兼房小纹[3]似的脸上，光是把嘴挪动着，咬得了人么？"

丁："喂，那个孩子要哭出来了！你安静一点吧！"尖着嘴说道："回头再说也来得及嘛。"好容易把阿舌劝住了。

阿舌瞪眼怒视着小孩："真是会哭的小鬼！喂，你看！连母亲都使动了肝火，那么的闹起来，是为的什么呀？这都是从你起的事情嘛！"穿好了衣服："咄，在前头滚吧！"一面骂着小孩，走了出去。老太婆也自回去，这之后寂静下来了。

丁："可怕的大娘呀！真是的，真是的，可怕得很！"

戊："可不是么。认真去管小孩打架的事情，那本来是不对的。一切都非把自己的孩子说得对不可哩。"

己："是呀。我们家的是，如果哭了来，就先骂他一顿。要听小孩子告状的话，那是再也没有限量的。不管是非曲直，先骂自己的孩子，那是最好的事情。或者偶然人家的孩子跑来告状，就得责罚自己的孩子，使得知道以后警戒才好。说那是可恶的家伙，请你饶恕他吧！回头回家里来的时候，叫他吃罚。这样说了，那边的小孩也就满意了。——不呀，在小孩里边，爱去告状的也尽有啊。"

庚:"那也是一种毛病[4]。各个小孩都有各人的顽皮,谁都不会得好。在这中间,少爷们[5]单是顽皮罢了,女孩子尤其是脾气坏。"

辛:"那也不能这么说。姑娘们大抵老老实实的,男孩就过于会闹了。总之是,非得严紧一点不可。呵呵呵!"

壬:"真是这样。看现在的样子,在小孩的面前,什么话都不好随便说的。呵呵呵!"

癸:"要是使人家的孩子受了什么伤,那是对不起的事情,倒还是输了回来的好呀。"

子:"对啦,孱头的孩子没有麻烦,倒是好的。"

大家说着的时候,一个二十四五岁,像是媳妇的女人,搀扶着七十多岁的瞎眼的老太婆,剃光了头[6]像是婆婆模样的人的手,从石榴口护送出来。用一只手扶着后背,显得小心害怕的样子。

媳妇:"啊,危险啊,请你慢慢的来吧。"

婆婆:"嗳,嗳。"在留桶旁边坐下。

媳妇将留桶的汤搅了一下,试试温度:"请您略为等一会儿。这汤是于您恐怕太热一点了。——弥寿么,请你这里稍稍加点水吧!"

使女弥寿:"嗳,嗳!"舀了水来,倒在留桶里。

媳妇："还等一忽儿。"把水搅和了之后："请用吧，冷热刚好。请你把这浇在身上，随后上去吧。"

婆婆："嗳，嗳。就这么上去了。今天是你给我很好的擦背，所以很舒服。我上去了，你还是多洗洗好吧。"

媳妇："不，我也就好了。"

婆婆："好了么？不好好的热透了，后来是要冷的啊。为了照应我去伤了风，那是不行的呀！好了么？"

媳妇："嗳，好了。——弥寿么！"——照平常的说话，应该叫弥寿呀，但是这媳妇还没有丢掉公馆里的话[7]，所以底下加一个么字，叫作弥寿么。

使女弥寿也是这媳妇在公馆当差时代的使用人，称作房里人[8]的，在她出嫁的时节，也跟了过来，所以不叫主人的名字，叫的时候只叫作"您"就是了。

媳妇："弥寿么。"

弥寿："嗳！"

媳妇："你呀，留在后边，慢慢的洗了再出来吧。我陪了回去，就行了。"

弥寿："嗳，嗳。"向着衣柜的方面："小胜呀[9]，上来了呀。"

看管着衣服的徒弟："嗳。"把看着的合卷小说塞到怀里[10]去，——"嗳，嗳，请这边来。"拉着瞎眼老太婆的手。

媳妇同样的拉着手，扶着背脊："有点危险呀。"

弥寿："您呀！"听不见。

弥寿："您呀！"

媳妇："嗳。"

弥寿："您的浴衣——"从后边给她整理好了。——"老太太[11]，慢慢的回去！"

婆婆："嗳，嗳。你好好的热透了来吧。"

弥寿："嗳，嗳！[12]——您，慢慢的！"也对着媳妇打招呼，自己留下了。

徒弟："啊，有点儿危险。——奶奶[13]，米糠袋呢？"

媳妇："那个，弥寿回头会洗了拿回来的，不要管吧。——喂，若是着了冷那就不行了。赶快给老太太穿上了衣服吧。"给她穿了衣服，拉着手出去了。徒弟在后面，挟着旧浴衣，跟着走去。


注释：
1 铁棒是旧时查夜的人所拿的一种器具，大概模仿佛教的锡杖，在棒头装有五六个铁圈，拖在地上时铁圈琅琅发声，用以警戒行人。后来俗语转用于好说闲话的人，往往把小事说得很大，或倒乱是非。
2 此句直译，意思说不管人家的事。

3 兼房是旧时工人的名字，创始用黑茶色染出细碎的花纹，盛行一时，便以兼房为名。这里是形容老人脸上的皱纹，柿漆纸比喻脸色。

4 原文云"癖"，平常可说是脾气，但这里含有坏脾气的意味，所以改译了。

5 原文是对男孩的敬语，今译作北京的方言，这与普通所谓少爷稍有不同，大概只是较为客气的名称，北京人常称自家的子女为少爷姑娘，贬称则云小子与丫头。

6 日本人信奉佛教，旧时老人多剃发，不问男女，但虽云出家，却仍住家中，服装也不改变。

7 女孩在公馆当差，出口氏注云，大商人的女儿们依据所学得的技艺，申请在诸侯公馆当差，学习礼仪，在江户时期有此习惯。在那里使用一种官廷式的语言，大抵除字面优雅外，特别是助词敬语，译文中无法保存。

8 公馆里当差的上级是"上房使女"（奥女中），她们各有房间，也还有人供使令，这便称作"房里人"（部屋方），意云使女房间的用人。

9 徒弟名叫作"胜"，原文下加一殿字，写作胜殿。这殿字平常也写在人名下，读法稍有变化，作为敬称，但在这里乃是相反，用于下属，与"小胜"多少相近。这一家带着徒弟出来，表示是一个大商家。

10 日本和服系斜领，腰间系带，因此怀中可以存放好些物事。

11 原文云"御隐居样"，封建时代旧制，家主年老或因事退休，称为隐居，由其长子袭位当家主，老人也就称为隐居老太爷。后来此制亦通行于商家，凡不管家事店事的老人，不问男女，均用此称。

12　原文中回答的话约有三样，意味不全相同，译文只好混写作"嗳"了。如少女口中的 ê，中国有音无字，写作"呃"，不大好看，译"嗳"还可以适用。别一种曰 ai，音可作唉而并非叹气，故不能用。又一种 hai，更为郑重，译为"是"往往语气难相合，译作"喳"则只宜于仆役，所以凡是女人所说这些答词，一律都写作"嗳"了。

13　原文云"御新造样"，乃是从船只转变出来的用语，最初是指新妇，后来通称于中流人家，意义略等于俗称少奶奶。

## 选择女婿的事情，戏曲里的人物评

留下在后边的使女弥寿："奶奶，我给你擦背吧。"

大娘[1]："嗳，多谢！哎呀，弥寿姐，今天早呀！"

弥寿："嗳，我陪着上边来的，所以今天早一点。在收拾过了宵夜[2]再来，心里老是着急，不能够安心的来洗澡。"

大娘："正是呀。你那边人口多，所以事情也很不少吧。你那边的老太太眼睛不方便，可是讨了一个很好的[3]媳妇，那也是福气啊。俗语说，钟也看钟槌子撞得怎样，无论怎么好的人，如果媳妇不好的话，也还是好好的合不来的。孝顺公婆，相貌又好，和人家往来也毫无问题，无论什么方面都是完好的人。真是叫人羡慕的事呀。"

弥寿："嗳。我来称赞我的主人[4]或者有点不大合适，你知道，她真是性情特别很好的人。在公馆里住着的那个时间,她在下房中间都有名,是个大好人嘛。我的性子是有点粗鲁疏忽的,可是一直并没有说过我一言半句。我为此十分感激,心想至少侍候她到结婚为止,可是终于继续下来,做工直到现在,此后只希望她有了子女,我等到那时再去出嫁到什么地方去吧。"

大娘:"你这是很好的居心。真是的,你现在也应该打算出嫁了。"

弥寿:"是呀。好的是像我这样的人,这边那边也有人好意给我说亲,我想还不算很晚,且来慢慢的看,再决定什么地方吧。可感谢的事是,主人方面给我预备东西,叫我选择相当的地方,侍奉婆婆的事我也会干,只希望有什么乡间出来的人,没有现代习气的,规矩的男人那里,是愿意去的。"

大娘:"就是那件事嘛。现在是,小白脸不如干活汉。这样办是顶靠得住的。"

弥寿:"俗语说,秘密不说出,事情讲不清。我的姊姊是,你知道,她希望男的相貌,所以嫁了一个有点漂亮的男人。可是,你知道,那个人呀,总之水性杨花没有停止,为此非常辛苦。而且,我想,要是去逛[5]那倒还好了,乃是一个馋嘴的人,专是对近地的闺女们什么,胡乱的搞,名誉也很不好呀。"

大娘:"是呀,这是顶大的毛病嘛,逛窑子大概有个限度,所以还好,如果搞家里人,收买破烂[6],那是坏东西,很不行的呀。我也是非常的嫌恶的。总之是,不像一个男子汉嘛! 若是男子汉的话,花了钱做的买卖,倒也行啊![7]无论在哪里,这样的人可是不少哩!"她设身处地的这么回答。

弥寿:"正是这样。看了这种情形,所以我是,不管是怎样男人,只要诚实,规矩老实的人就好。"

大娘:"你这样办吧! 千万不要讨漂亮的男人。觉得是漂亮的男人,也只是当时罢了。等到日子过得多了看! 每天都没有好脸,两方面也都不愉快呀。而且愈是漂亮的男人,也就愈是水性杨花,容易厌倦。这是当然的事情嘛。各方面都抢着拉,自负太过,品行就变坏了。总之,漂亮的男人是,旁边的人也不让他有好品行呀。我自己也是女人中间的一个,实在女人这东西,对于男人是很不好的。你看戏文里做出来的《忠臣藏》[8]吧。原因是怎么起来的呢? 就只为的师直看上了颜世夫人,这才闹起事来[9],成了那么的大事件。小浪也只因看中了力弥,亏得父亲本藏肯舍命帮助,这才能够成了夫妇。[10]俗语说得好,这就说爹妈糊涂[11]嘛。还有,请看那个勘平吧! 跟了主人一起来,只因和使女阿轻搞恋爱,在那大事件中间落了空,这也正是恋爱的缘故啊。[12]伴内[13]也是看中了阿轻,总而言之,闹事的原因都是女人嘛。现在赏识戏子的人也有点别扭了,比起生旦脚色吧[14],还是大面和副净受到欢迎。妓女也撇了小白脸,看重丑男人,可见人们也渐渐的搞出新花样来了。这样看来,勘平是个不中用的男人呀!如果我是阿轻的话,倒是挑了伴内好些。你说为什么呢?主人的大事件脱了空,十分狼狈,想要切腹[15],被阿轻止住了,切腹也不成功。借了女人的智慧,还是一点都不难为情的住在阿轻的家乡里。这倒也就算了,把主人赏给的,染出定纹[16]的衣服当作小袄,穿在野兽臭味的身上,出去打野猪和猴子。而且那张惶的定九郎[17]抓住了他的脚之后,那么的惊慌,这又是什么呀!是野猪呢,还是人呢,大概也可以知道的。打猎的人把火绳熄灭了,那也是过不了日子的啊!在早已经死了的时候,还要寻找有没有什么药,用枪打死了的东西,药什么哪里还有什么用呢。想想也就知道了。说什么抓来看时乃是腰包,天的赏赐顶礼领受[18],天老爷会得教人,去杀了人取什么东西的么?况且那野猪早已走进后台,正吃着饭的时候了,还说比野猪先来快跑,人的脚无论怎么快跑,还能够追得上野猪?真是荒唐得很。说到切腹,也是这样的嘛。总之是慌张狼狈,所以不行呀。先要安静下来，查看一下与一兵卫的死尸，是枪打的呢，还是刀刺的，这可以知道，再来说明昨天夜里的事情，那么这样这样，说当时就报了岳父的仇，打死了定九郎，这不但要受到人家的称赞，而且那很痛的肚皮不切也就完了。那真是太傻的汉子啊。阿轻呢，也正是阿轻，一点都没有能耐。对那么不中用的男人表示爱情[19]，去被卖作妓女，那是可以不必呀。顶可怜的倒是那老太太了。说什么条纹腰包里的纹银，四十九天的五十两，合起一百两是一百天[20]，在急忙得要命的时候说了漂亮话，就回去了，拿那五十两银子，也吃不到一世啊。与一兵卫是死了，勘平也切了腹。平右卫门虽是参与了报仇回去，也是永久的做浪人嘛。[21]阿轻后来做了尼姑[22]，要养活三口人，四十九天的五十两什么，总之是没有法子去过日子的呀。"

弥寿："正是这样，阿轻也会得赎身出来吧，满期的话，那么欠债很多，几乎光着身子出来，也是很为难的吧。"[23]

大娘："是呀。而且这是急事[24]嘛，但是由良之助是很能干的，一定是暗地里给些帮助吧。"

弥寿："还有阿轻做了妓女，名字也并不改[25]，还是叫作阿轻哩。"

大娘："可是到做了尼姑之后，大概改了名吧。"

弥寿:"对啦。照你这么说来,勘平真是一点没有能耐的男人啊。"

大娘:"伴内还要好一点儿吧。要是我呢,两个中间是挑选伴内的。这人虽然是坏,可是一个容貌凛然[26]的好男子。第一,是个忠臣嘛![27]担心主人的事情,当了狗,混进一力[28]里边去。在第三段里,向若狭之助讨好,袒护主人。毫不松懈的认真当差,末后为了主人的缘故,终于战死,死在第十一段戏里。同勘平去比较,是大忠臣呀。"

弥寿:"是呀。你倒真是记得很清楚啊。"

大娘:"是呀。——因此什么都是为了女人。那个,什么琴拷[29]那戏文里边,岩永是守住他正当的职守,追问景清的行踪,重忠却是办事不彻,不认真去干。什么琴呀,三弦胡琴呀,干那么温和的事情,那么做去这事怎么得成呢?岩永所说的话都是对的,这就因为岩永不曾迷恋着女人,所以是正直的,重忠却是给阿古屋迷得发了昏,你看那听琴的脸相吧。好像真是口水都要挂下三尺来的样子哩!什么事情,女人都是有害的。"

弥寿:"嗳,正是呀,呵呵呵!"

大娘:"因为如此,你嫁了丈夫也切不可大意呀!男人这东西是很有点可恶的,都是那么样子。"

弥寿："是么，阿哈哈哈！可是，我们家的主人[30]，我来说他是美男子，似乎不大合适，但是品行端正，和他的相貌好很不相称。有什么大小聚会，他总是头一个回来，出去送丧什么也并不顺道去玩，总是一直的回到家里，今天花了茶钱十二文，庙里布施七文，这么计算一下，零用只有三十二文，就济事了。店里的人都说是生姜[31]，生姜，——生姜是什么呢？大概是说诚实吧。可是，在朋友交际上不大圆通，老主人时常给他教训。说还该像年青人一点，游览看山，也应出去才是。说那么老是不爱外出，也是不对的嘛。"

大娘："听了真叫人羡慕哩。我们家的是喜欢外出，没有什么工夫坐下在家里。我要说一点劝告似的话，他就觉得烦厌，说什么不吃过奈何街的汤豆腐[32]，是不能懂得世故的啦，说人家摆下饭来这边道谢[33]，是失礼的啦，说些任意的话走了出去。那些清客呀，从神呀[34]，这些东西最是可恶。主儿心想规规矩矩的过日子，在澡堂子往来的路上，在理发馆的近旁彷徨着，劝他出去逛。最初是上饭馆，随后进一步，便是船呀轿呀的来了。[35]真是的，真是想把你家的主人煎了，给喝一口也好。[36]——呀，谈得长久了，连身子干了也都忘了呀。"拿起留桶来，浇在身上。

弥寿："我给你去舀来吧。"舀了小桶三桶水，倒在留桶

103

里边。

大娘："这很对不起。我就领受了。——哩，进池里去吧。"

弥寿："嗳，嗳。喂，你请先吧。"进到浴池里。


注释：
1 "大娘"原文云"女房"，系指人妻，北京俗语"媳妇儿"意正相当，因恐与上文媳妇相混，故从改译。
2 这与晚饭不同，据三田村氏说，大概在晚间八九时所吃，与上海所谓宵夜相近。
3 原文云"没有什么说得的"，即是没有缺点，今改译为正面的说法。
4 "我的主人"是指弥寿的旧女主人，即上文中的媳妇，原文系用男性字，盖因公馆中习惯如此。至云"我们的主人"，则是说少主人。
5 原文系游玩字，通常解作狎妓，与中国说逛窑子的逛正是相同。
6 日本俗语"收买破烂"，系指滥淫者，不问对手上下好坏，一味胡搞的男子。
7 日本自德川时代以来，各都市大都设有公娼，称为游里，因此养成一种风俗，觉得男子狎妓不算什么，只不要破家亡身便好。这上边又加上男尊女卑的封建道德，所以便是女人也多少接受这种思想，沿至现代也还未能改正。
8 《忠臣藏》全名为《假名手本忠臣藏》，意思是说众多忠臣的库房，可以为人模范，旧时书塾中习字使用范本（手本），上写字母（假名）四十八字，加在题目又以影射四十七人的义士。本系竹田出云等所编，为净琉璃的义太夫调，也用于歌舞伎，至今流行，为世间所欢迎，号称戏曲上的独参汤云。

9　高师直与盐屋（亦作盐冶）高贞系历史上实有的人物，十四世纪日本南北朝之战，师直为北朝将军足利尊氏的部属，破楠正成，杀盐屋，曾建大功，而骄奢淫逸，终以败亡。《忠臣藏》所演却是别的报仇事实，只是假借古人的名义而已。这本事乃是所谓赤穗义士四十七人给主君复仇，同时赐死，是轰动一时的大事件。元禄十四年（一七〇一）三月，赤穗城主浅野良矩与别一诸侯吉良义央争论，在殿上将吉良斩伤，因此赐死除封，浅野的家臣大石良雄等蓄意报复，至次年十二月才得成功，攻入吉良公馆，把他杀了，这四十七名武士因为犯了国法，悉被命切腹自尽，但是在封建道德上强调主从君臣的关系，所以社会上又加以表扬，在日本战败之前芝区泉岳寺四十七士的墓前香花不绝，《忠臣藏》的故事歌曲也长在人口的。

10　四十七士的领袖大石良雄，《忠臣藏》中化名为大星由良之助，他的儿子力弥与加古川本藏的女儿小浪订婚。本藏系桃井若狭之助的家臣，当盐屋砍伤师直的时候为他所抱住，以此为由良之助所恨，主张毁约，本藏乃化装乞食僧，故意让力弥刺伤，并手赠师直公馆地图，以便报仇，婚事乃得复成。

11　这是旧时谚语，谓父母对于子女一味爱护，了无辨别，有似痴呆。

12　早野勘平是盐屋家的一个家臣，阿轻是同家的一个使女，互相恋爱，结为夫妇，盐屋败亡后遁居阿轻的乡里。因为报仇需用，阿轻情愿卖身为妓，由其父与一兵卫携回身价银一百两，途中为师直恶党斧九太夫的儿子定九郎所杀，将银子夺去。不意又与勘平碰着，被认为野猪，用枪打死。但勘平却复误会，以为是他自己打死了岳父与一兵卫，因而引咎切腹自杀了。

13　鹭阪伴内是师直的家臣，因为师直是恶人，戏中扮作大面，伴内是他一党，所以也是滑稽的脚色，略与副净相当。他也恋慕着阿轻，一贯地尽忠于主家，也显得颇有本领。

14　"生旦脚色"原文云"濡事师"，谓专演男女情事的戏角，此类情节称为湿事。

15　日本旧制武士以上犯罪，例当赐死，即切腹自尽，其罪重者始处斩。这是一种野蛮凶残的习惯，直到十九世纪后半，明治维新后始废止。

16　旧时日本中流以上各家均有定纹，即是一家一族通用的徽章，大抵圈中画成种种图样，以植物为多，用具次之，动物极少。这描在器具衣饰上边，以作标帜，近代只通用于礼服上，有三个纹五个纹之别，施于两袖上侧及背心，又于左右襟各着一个，则由三纹而变为五纹了。

17　定九郎见上文注12。定九郎将与一兵卫刺死，夺去银子，所以下文称为勘平岳父的仇人。

18　这两句当是勘平所说的原文。旧时习惯凡接受上头赏赐，或稍为珍贵的物事，受者照例低头，将赠物双手高举，作出要去顶在头上的样子。至今妇女小孩的语言里还说接受为"顶戴"，一般敬语也说作"戴"，还是这做法的遗风。

19　根据封建道德的三纲，为了君父的缘故，妇女把自己的性命和贞操都该牺牲，这里阿轻因此助成勘平对于主君的忠义，所以也算是尽了情谊了。一般说来，女人表示衷情只是自杀，或是双双情死，旧时即称为"心中立"（意思即是表示心中），本文中说阿轻好像专为了勘平去卖身，那是与事情不合的。

20 条纹腰包以下系是戏曲原文。上边说有条纹的布所做的腰包，原文连说下去直译是条纹的黄金，但黄金不好说有纹，而且论理一百两也应当是银子，恰好有纹银这句话，所以改译了。四十九天系民间俗信，根据佛教的话，人死后七七四十九天的期间，魂灵在中阴逗留，未能径入阴间，所以须得家属给以供养。这里说两个四十九天，是指与一兵卫与勘平两人的七七供养。

21 平右卫门是与一兵卫的儿子，参与报仇的事。据赤穗四十七士的事实，参与的人无侥免者，这里说平右卫门回去做了浪人，或者因为是桃井家的家臣的缘故吧。

22 阿轻做了尼姑，戏曲中未见说明，据出口氏注，大概只是依据情节，推测出来的吧。

23 日本妓女期限，通称"苦海十年"，这才算是满期，可以自由，赎身自是例外。赤穗事件前后不过两年，离满期还远得很，这里只是闲人闲谈，不能认真，如下文改名字一节，亦是一例。

24 这"急事"系直译原文，意思不甚可解。

25 日本旧例，凡妓女均不用本名，改用别名，称"源氏名"，有如《源氏物语》中所出现的人名。据所见天保十年（一八三九）刊《吉原细见》中所载，例如薄云、谁袖、浓紫、春日野之类。

26 这里说"容貌凛然"，当是依据戏台上所表现，或是见于戏文画的吧。

27 在本编出版后的第二年，三马刊行一册戏评，名叫《忠臣藏偏痴气论》，末四字可以译作"怪论"吧，发表他特别的人物评，与这里所说大概相同。作者对剧中人物悉加批评，唯称赞伴内一人，据出口氏注所引，有云："呜呼，忠臣鹭阪氏，泥中之莲，沙中之金，唐土之豫让,本朝之伴内,和汉两朝唯有二人而已。"

28 出口氏注云,一力系影射京都祇园的万屋茶室,萬字写作万,再拆作两字,仿佛是一力了。

29 "琴拷"是戏曲《檀浦兜军记》中的一出,叙源平两家争权,平家败亡后,遗臣平景清蓄谋行刺源家首领赖朝,遍找不获。源家官吏知道景清有所爱妓阿古屋,便去捕她前来,查问景清的行踪。岩永主张用刑严讯,重忠却不赞成,只叫她来对官演奏三曲,使用琴和三弦以及胡琴,试探她说话的虚实。结果她泰然自若的奏乐,便表明她所说非假,得以放免。论理是重忠岩永一好一坏,是非显然,但这里作者也照样要发别扭的怪论,与《忠臣藏》的批评是一致的。

30 这里是指现在的少主人,即上文所说那媳妇的丈夫。

31 日本俗语称守财奴为生姜,据说因为他一手抓紧了钱,样子与生姜相像的缘故。

32 "奈何街"原文云"奈何之町",系指新吉原的仲町,音读相通,那里多有"引手茶屋",直译可云拉纤的茶室,旧时狎客与妓女在此相会,早上由妓馆回到茶室,吃过早餐,再回家去。汤豆腐系用上制豆腐,在白汤内煮,炖在火上,蘸作料酱油来吃,是很清淡的食料。这里意思即是说不玩过吉原,不能理会人情世故。

33 日本俗语"摆饭"原意吃现成饭,白占便宜,后来引申用于男女关系,专指女人主动来勾引男人,至有"摆饭不吃是男子汉的耻辱"的谚语。

34 "从神"也即是帮闲,因为他们跟着财主大少,好像是从神们侍候着大神一般。

35 江户住民往吉原有两条路,一是经过浅草观音前面,坐轿子去,二是乘小船通过山谷崛,至日本堤下。

36 日本俗语,如说一个人懒惰,便举出勤勉的人来,说想把他的指甲煎一点给喝了才好。

## 使女们的对话

这之后,有一个肥胖的使女从石榴口出来,地板上滑了一下,仰天的跌倒了。

甲:"危险呀!喂,跌得很痛吧?"

同伴的使女乙:"咦,危险!开帐了[1],南无阿弥陀佛!"

使女:"不是说漂亮话的时候呀。啊,好痛!"说着话满脸通红的,爬了起来,立即抓住了一个小桶。

乙:"啊呀啊呀,就是跌倒也不白起来[2],这可不就是说你么?"

使女:"是呀!这是与众不同的嘛!"输了也不服气的说着,走到舀热水的那边去。舀热水的男人却是慢慢的在舀那热汤。

使女:"你快点儿舀吧!日子短得很呀。你道是几时了,已经是十月中间的十天了嘛!"

舀热水的:"什么呀,这么的不漂亮。来到澡堂里,滑跌了的这种古风的事情,哪里会有呀!这不是大姑娘时代[3]

的事情哩！"这个舀热水的倒是很难得的[4]，是个江户子式的漂亮的汉子。

使女："好的嘛！你别管。还是抽空拿点细沙来，擦擦这地板好吧。好懒惰的！"

舀热水的："喳，知道了，奉命！"

使女："什么呀，那么老盘了脚坐着！"

舀热水的："那么，如今盘了脚坐了。我盘了脚坐着，你却是躺倒了！"

使女："好吵闹！"

舀热水的："可是，那倒是很好的声音哩。噔的一下地都震了，是特别的好。因此我在打盹儿也醒过来了。明天在我要渴睡的时节，务必也来一下子。咦，那正是，说的什么澡堂跌倒渴睡醒嘛。"[5]

使女："嗳，别老说闲话，快点舀好不好。真叫人发急。"拿着小桶走了。——"阿圆姐，梳了头了么？好得很！是你自己梳的么？"

阿圆："嗯，不是的。是老板娘梳的。"

使女："所以嘛！相貌格外漂亮了！"

阿圆："这个那个的，哼，真有的说呀。"

使女："可不是么。"

阿圆："喂，你们家的老板娘可不是梳子[6]也很高妙么？"

使女："什么呀，说些漂亮话儿。什么梳子呀，该死呀，这种上流话真不成样子。老老实实的说头发吧！我是交关的听了讨厌。因为是在人家做事，说什么老爷佛爷，什么正是然则[7]，也是没法，过着穷日子的人是用不着的呀。至少在来洗澡的时候，可以使用平常的话语，要不然真是受不了啊。"

阿圆："那么，你这家伙那里的家主婆儿，挽起头发来的事情是很高妙吧？"

使女："喂，高妙是高妙，又怎么呢？你那里的主人仔刚才滚到我们家来，同了我们的头领仔正在灌黄汤哩。一时不见得就会了事，所以交付给家主婆儿去，我独自跑到澡堂里去，不知道什么时候你也已经滚来了。你滚转那边去，我给你擦背脊，随后再给擦我的背脊吧。你又是要给我很痛的擦吧？——啊，气都回不过来了！咦，真累得很！"[8]

阿圆："你等着吧，你无论怎么说擦，可是我的擦澡布[9]掉了，所以拿你的擦澡布给擦吧。汤热就对上些凉水去。小心你不要再滑倒了，慢慢的擦去吧！——啊，气都回不过了！啊，真累了！"

使女："这样子，岂不像是在吵架么？啊，现在觉得清爽了。在家里那么的，尽是您这样，您那样[10]的一套，真是叫人难受。实在实在讨厌透了。"

阿圆："可不是么。喂，阿方姐[11]，你的钗子已经接好了么？"

使女："嗯，还不呢。喂，刚才你挨了骂，是为什么呢？"

阿圆："板上贴浆洗的东西，说把大襟贴歪了，就为的这事。在拆衣服的时候，把肩头撕破了，还有用熨斗烫得发了亮光，这两件事情也总是顺便都要数说的。"

使女："我们的家里是，打破了南京海碗[12]的事情，每回数说的时候是要带着说起的。真是听了烦腻得很。老是那么想不开。数说些废话，反正打破了的海碗并不会得复原了。我们那里的恶婆，真是唠叨数说的本家老祖宗[13]吧。——前几时三马做的叫作《早变胸机关》[14]，好玩的绣像书出来了。在那里边学婆婆媳妇的说话，正是那个老婆子的样子。而且，你们和我们的事情，也都写着在那里呢。好像什么事那里都有哩！说是今年里顶好的好玩的书，店里的人大众都买了一本，各自拿着。你去借来看看吧。好玩的不得了。"

阿圆："唔，那个么，看过了，看过了。挨骂的小徒弟立即变成了伙计，媳妇变成了婆婆，而且又是丰国的画，那画真是画得很好。看着的时候就要笑出来。而且价钱又便宜，新年送人倒是正好，所以我们那里也买了好许多。"

使女："说着这样的事情，又要被写到绣像书里去，不如早点停止吧。——喂，阿圆姐，你不进去么？"

阿圆："唔，进去吧。"跟着进到浴池里去了。

在这里口头告白一声：媳妇诽谤婆婆，婆婆虐待媳妇，使女诽谤主人，这些事情在叫作《早变胸机关》那小册子里记得很详细，所以在这书里就省略了。还有些稀罕的媳妇婆婆的说白，将来收在三编里请赐观看义。[15]


注释：

1　日本寺院除佛教巨像外，大抵安置龛内，外垂帐幕，不能看见，每年有一定期日，始开帐几天，任人观览礼拜。俗语转用，如妇女蹲踞洗濯，或小孩游玩，衣裾散开，露出前面，亦称为御开帐。

2　中国俗谚有"跌倒就坐坐"之语，这里却是说敏捷、爱占便宜的人，跌倒了也就趁便得到什么，才肯起来。日本又称艺妓卖身为跌倒，这里也或者含有相关的意味，川柳有句云，跌倒了捡到金二步的好孩子。金二步即是半两银子。

3　"大姑娘"原文云"乙姬"，日本民间故事中有浦岛太郎到龙宫的传说，这乃是龙王女儿的名字，所以这里是说上古时代，与古风相应。出口氏注引山中翁说，江户儿歌有云，伊滴克，伊搭克，太夫老板啊，乙姬小姐在澡堂里被挤住，听她的哭声道，清清摩伽摩伽，哦削里科削里科。可见乙姬与澡堂有关系，所以舀热水的人这么的说。小孩游玩，弯起一脚，只用一脚跳走，称为清清摩伽摩伽，其他有音无义的词句不能悉详。

4　出口氏注云，普通澡堂所用的雇工多是北方的越中人，现今东京澡堂的主人亦仍以越中人为多。北地乡间人照例比较迟重，这人却能说会道，近似江户子，所以说是稀罕难得。

5　日本俗语云七转八起，即跌倒七回，爬起八回，初谓人生升沉无定，后来说是抗争不屈。这里利用发音近似，说成"汤屋转寝起"，也是当时江户子所爱玩的一种把戏。

6　出口氏注云，旧时称发为梳，因对于贵人的头发不便直说，所以间接指发梳为代，乃是古代封建遗风，在旧式人家仍在袭用。

7　江户时代武士以上阶级用语与平民不尽相同，在对称敬语，名物称呼之外，也还多有，如是曰正是，那么曰自然则，皆是。

8　这里上下两节对话，原文全用市井俗语，特别除动词本身外，一一使用"反敬语"的助词部分，除来去可用"滚"，喝酒可用"灌"外，译文无法表现，只好仍写作平常口气了。因为特地要这些说，说了一大串，所以末后气息不属，觉得很累了。

9　擦澡布以前多用羽毛纱小片，包在手巾一角的上边，蘸水擦身，善能起垢，胜于海绵。

10　原文"这样，那样"都下连动词，而这动词系专用敬语"使游"（asobasé）一字，平常可以替代"为"字，亦并加在别的动词底下，表示尊敬，实在却是麻烦讨厌得很，例如散步，说成"御散步使游"，想起来是无意义得很可笑的。

11　这里阿圆叫出她的名字来，原文云"阿贝卡"，没有适宜的字可译,姑与阿圆相对,意译为阿方。

12 海碗系比饭碗更大的陶器,因为当时系从中国方面输入,故称为南京海碗。

13 原文"本家",用于家族上是大宗这一支派,用于商家则是起首老店,这里大概兼用这些意思。

14 《早变胸机关》中本三册,文化七年(一八一〇)出版,也是三马的一种重要著作。

15 作者在书中出面说话,是古时小说的一种手法,这里更利用了直接作广告,那是三马的特点,后来别处还宣传他所发卖的药品,更是进了一步了。作者虽然预告本书三编的内容,可是才隔了一年三编出版,所说媳妇婆婆的说白却并没有,大概在写作的时候已经把广告说过的话忘记掉了。


## 乳母和看小孩的争论

肃静,肃静![1]三十四五岁的乳母把一个四岁左右的梳着唐儿髻[2]的女孩放在留桶里边,一面哄着她,给她剃顶搭[3]。旁边是一个年纪十三四岁的看小孩的女儿。

看小孩的:"奶妈,这之后,也给我的后襟剃一下吧。"

乳母:"哼,哪里来的话![4]要剃后襟和脸孔,还不如先去把鬓角上的那秃疤癞治好了吧!这额角活像是拗掉了嘴的广岛汤罐[5]嘛。说起头发,又黄又卷,像是同油豆腐一起煮过了的样子。还是别搞那些臭美吧。"

看小孩的："喂，奶妈，你不剃末，就不剃完了。怎么那样的盘货[6]，也用不着呀！我的头如果是海带煮油豆腐的话，那么你的满积着肤皮[7]的头正是鹿角菜拌麻豆腐[8]哩！的确，你这位太太是美得很！"噘出嘴唇来说着。

乳母："是有点儿不一样嘛！"

看小孩的："所以同普通人是有点儿不一样的嘛！鼻子仰天，在说楼上有些布焦臭哩。牙齿是暴牙，想要去窥看板廊[9]底下。嘴巴老是张着，就是拖着铁棒，耳朵也总是远哩远哩的。"[10]

乳母："这个丫头，你好好的记住了！"

看小孩的："我不记住怎么办？那么，你为什么说我的坏话的呢？"

乳母："因为是坏，所以说的是老实话嘛。"

看小孩的："我也是这样的呀！"

乳母："还不服么？你这嘴强的家伙！"

看小孩的："如果我是嘴强，那么你是屁股强喽。"

乳母："什么，这个虱子精！"

看小孩的："这个狐臭精！"

乳母："我什么时候有狐臭？"

看小孩的："我也什么时候长虱子了？"

乳母:"你没有搽锅屋药么[11],烂眼的家伙?"

看小孩的:"不是在搽茄子药么,胡猁眼儿?"[12]

乳母:"什么,这个脏丫头!"

看小孩的:"哼,爱打扮的奶妈子,不成东西!"

乳母:"又想哭了吧,阿姑?那么样的坏家伙,你别理她好了。阿姑,你静静的,是剃着头哩。"

看小孩的学样说话:"阿姑,你静静的!看那副样子!——是剃着头哩!"

乳母:"吵得好讨厌!误人家的事哩。要是理你,人家就要动起肝气来。真厌烦得很!"

看小孩的:"你的肝气会得要犯上三年。——阿姑,阿姑,你别静静的坐着。摇头摇头,摇动你的脑瓜吧!这么的做,让你的脑瓜剃得交关痛,奶妈就大大的倒霉了。嗳,爽快得快!你还要摇头动得更快些。"

乳母:"不行呀!脑瓜那么摇动,头就剃不好了。好好的剃了,成了一个好姐儿,去让妈妈称赞去吧。喂,后边还有那么的一剃刀,哦呀,成了好孩子了呀!"

看小孩的:"哦呀,成了一个脏孩子了!"

乳母:"吵得好讨厌!这不是成了那么好的孩子了么?喂,阿姑,大概今天要带了上神道老爷[13]那里去吧。"

女孩:"阿奶,痛!完了算吧。"

乳母:"嗳,嗳!只有一丁点儿了。哦,哦,这个,这个。毛虫来聚在一块儿,现在奶奶正在剃掉毛虫哩。咦,啊呀啊呀,真是可恶的毛虫呀!喂,喂,脏得很!嗳,腌脏腌脏!啊,啊,还有些毛虫——"

看小孩的:"阿姑,那是诳话呀!那并不毛虫。你说,不成不成吧!"[14]

乳母:"你又来多嘴么?——那么老实的让剃着头嘛,阿姑,回头拿什么当奖赏,舔娃娃呢,还是一律四文的娃娃好呢?"[15]

女孩:"嗯,要番太[16]的。"

看小孩的:"番太的炭结[17]么?"

女孩:"嗳。"

乳母:"阿姑是老实,所以说了嗳。什么,这哪里会是炭结呢。是在番太那里看过的骑在达摩肩上的小孩儿吧?[18]当然要买给你的。咦,现在是剃第二遍了,轻轻的只摸一下就好啦。"

女孩:"嘎哩嘎哩的要痛呀!"

乳母:"哪里会,阿奶给剃是不痛的。喂,好了好了!哎,干净得很,成了好孩子了!"

看小孩的:"腌脏得很,成了脏孩子了。阿姑是个脏孩子吧?"

女孩:"嗯,好孩子,不是脏孩子。宝宝是好孩子,愚太官[19]是脏孩子,阿奶,是不是?"

乳母:"是呀,是呀!"

看小孩的:"不,愚太官是好孩子,阿姑是脏孩子!"

女孩:"唔,不是这么样!"

乳母:"又来找麻烦了!真是,真是一刻工夫都不肯不说话的。回家去给告诉太太吧。怎么办,你记住了吧!"

看小孩的:"哼,什么事都没有。那边如果是阿姑的奶妈,这边是看愚太郎阿官的人呀!不是不重要的嘛。是看管传宗接代的小主人的呀。哎,若是在《先代萩》里边,那正是政冈[20]的地位嘛。做起戏来,那是半四郎[21]脚色哩。这是有一点儿不一样的呀!"

乳母:"啊,吵闹得很!请来吧,正像是讨饭婆子来了的样子![22]愚太官虽然是男孩,可是次男[23],所以是不中用的。阿姑是老大,所以该是嗣子,对不对,阿姑?将来不久,就会有好姑爷到来的。愚太官是脏孩子,所以走出到别处去。"

女孩:"宝宝是好孩子。"

乳母:"嗳,嗳,自然是好孩子!"

看小孩的:"不,不!——可是,在前几天里,老爷同太太在讲话,说把愚太定为嗣子吧。"

乳母:"什么,哪里会定为嗣子?这个阿姑虽然是女孩,但总是老大,所以不会送到别人家去的。有了那么的讲话也总是不行,我要反对到底不答应的。"

看小孩的:"无论你怎么的挣扎,咬得动么?[24]又并不是你的儿女。"

乳母:"是我所喂养大的,所以和我的儿女是一样的。"

看小孩的:"无论怎么样,嗣子是我们的愚太官了。"

乳母:"嗯,不是,那是我们的阿姑!"

看小孩的:"是愚太官!"

乳母:"是阿姑!"

看小孩的:"是愚太官,愚太官,愚太官,愚太官,愚太官!愚太官,愚太官,愚太官,愚太官!"

乳母:"是阿姑,阿姑,阿姑,阿姑,阿姑!阿姑,阿姑,阿姑,阿姑,阿姑!"

看小孩的:"可恶的奶妈!打她几下吧!这么,这么,这么,这么!"装作打的样子。

女孩:"打阿奶不行!"拉长了声音。

乳母："你看吧，终于弄哭了！——哦，哦，请你饶恕了吧，饶恕了吧。那真是可恶的家伙呀？"给小孩吃奶，把她哄住了。

注释：

1 这里并无什么特别用处，只是模仿戏台的开场，说起话来而已。
2 唐儿即是说中国小孩，这是旧时小女孩所梳的发髻，顶上作双环。
3 日本在维新前男人均剃去前额及头顶一部分头发，小儿则剃去四周，女孩亦然，只留上头，亦可以挽髻。
4 原语说是"太是出奇"，叫人听了惊异得发呆，今意译了别的一句话。
5 出口氏注云，广岛出品，用黄铜所制的开水壶，上面多雕出云龙模样。
6 "盘货"原指商家在某一期日，将店中存货盘查一过，引申作为列举别人缺点，有如将架上搁着的货物，一一拿下来报名，所以原语意云"卸架"。
7 这是头上的皮屑，浮在头发中间，与一般头垢不同，日本旧用汉字"云脂"，似系中国传去的别名，似无可查考。
8 鹿角菜日本相沿用汉名鼠尾藻，系一种可供食用的藻类，色黑，枝干歧出，故名。麻豆腐与北京用绿豆滓所制者不同，乃是豆腐中和以白芝麻，日本名为白和。
9 日本房屋盖是南洋系统，地板离地面颇高，大抵有一尺许，特别在檐前廊阔二三尺，下有空隙甚多，因板廊称"缘"，故此名"缘下"。

在中国无此类构造，亦遂无近似的名称，如日本俗语谓出力无人见为"缘下用力"，在中西房屋中均无例可引。

10　铁棒是旧时查夜的人所拿的一种器具，大概模仿佛教的锡杖，在棒头装有五六个银圈，拖在地上时铁圈琅琅发声，用以警戒行人。查夜人兼管火警，如遇市中有火烛，便报告住民，说明远近，如距离远则云远哩远哩。这里上句说她到处多嘴，说人是非，是拖铁棒的本义，下句又利用远哩的话，说她耳朵不灵，因为日本语说耳朵远意思即是说有点聋了。

11　锅屋药普通称为锅屋带，亦称虱子带，锅屋盖是药店的字号，在布条上涂上一层灰黑色的药，系在身上可以辟虱子云。本文说搽，因为不说出是带，所以当作平常药膏，其实这种药是不可以涂在皮肤上边去的（据冈田甫的川柳末摘花注解）。

12　据出口氏注云，一名八方散，凡赘疣红黑痣，白癜风白云疯均有效。本文所说，似可以疗治腋臭。胡狲眼儿系骂人眼圆而凹下。

13　原文云"诺诺萨玛"，日本小儿语称日、月、神、佛均为"诺诺"，后加敬称"萨玛"，中国因别无小儿用语，故无适当译语，今只好译其大意而已。

14　意思叫他摇头表示。

15　舔娃娃是指一种用木头或陶器做成的玩具，形似洋娃娃，但一头可供婴儿用嘴去舔，有地方便直叫作 oshaburi，意思即是御舔或阿舔。一律四文的娃娃系四文均一的廉价玩具，不论何物每个均售四文钱。

16　番太是番太郎之略。当番即是值班，凡值班在看守着的便都叫作番人，诙谐的去当做人名，又改成番太郎了。这里是指江户时代的制度，在街道上分区设置番小屋，即是番人值班的公所，里边住着番人和他的家眷，晚上拖着铁棒查夜，平时传达公务，有似巡丁兼任地保。收入当然很是微薄，所以番太郎那里往往带卖种种杂货，如草鞋、扫帚、火盆、草纸、蜡烛，据下文可知也卖炭结。又在冬天售卖烤白薯，夏天则卖金鱼，小孩所用玩具，及粗点心，亦有寄售，大抵四文一件云。

17 "炭结"本应据古文作"炭墼"，《吴下田家志》载九九消夏谣云，九九八十一，家家打炭墼。今从俗写作结，北京今称炼炭。

18 出口氏注引山中翁说，此系今户的泥烧玩具，在达摩肩上坐着一个系肚兜的赤体小孩。

19 愚太系愚太郎之略，乃是小孩的小兄弟的名字。"官"字原文作"样"，是普通的称号，无适当的译语，南方方言称小孩为阿官，似尚可利用。

20 《伽罗先代萩》系旧剧故事，乳母政冈一心为了小主人鹤喜代，甚至牺牲了自己的独子千松也在所不惜，终于成功，是民间最得人同情的一个戏剧中的人物。

21 岩井半四郎系当时一个名优，原文写作"半四郎"，注音却是大和屋，这乃是他的字号。

22 上文末了这一句原本说得很是郑重拉长，与讨饭婆子高叫"请赏赐一点儿吧"有点相像，所以乳母这么的说，译文也只用意译了。

23 日本家族制度根据封建礼法，偏重大宗，照例一切家产悉归长男，作为嗣子，次男以下均不得分享，例须分出去自立门户，或给人家当赘婿与养子。又子女分长次系男女分算，不像中国的以年岁计，所以男孩即使生在第四，也称长男，上边的三个女儿则依次称长女次女三女，嗣子的权利还是属于男孩。这里依日本惯例，愚太郎虽生在第二，却仍是长男而非次男,其名字便是证据。乳母所说只是帮助那小女孩的话,与事实是不相符的(例外的事如长男荒唐浪费,或别有事情,家长决定"废嫡",改立别的儿子为嗣,或由女儿继承,招女婿入赘,那也是有的)。

24　此句系直译,意思只是说你胜得他过么罢了。

# 日本狂言选（节选）

## 侯爷赏花

**脚色三人：**
侯爷，主角
大管家
花园主人

**侯　爷**　我乃鼎鼎大名的侯爷是也。[1]叫使用人出来，有话商量。大管家在么？

**大管家**　喳。

**侯　爷**　有么？

**大管家**　在这里。

**侯　爷**　叫你出来非为别事。近来什么地方都不出去，有点儿气闷，因此今天想到哪里去游览一番，你看怎么样？

**大管家**　我也正在想对你禀告，你却说出来了。稍为到什么地方去走走，那是很好的。

**侯　爷**　到哪里去好呀？

**大管家**　那么到哪里去好呢？

**侯　爷**　我想索性去慢慢的玩它一天，你且来想想看吧。

**大管家**　慢慢的游玩它一天的地方，那是哪里好呢？

**侯　爷**　是呀，那是哪里好呀？

**大管家**　哦，说是这里那里，到底还不如去看宫城野吧。

**侯　爷**　宫城野是什么呀？

**大管家**　从这里往里边去，是名叫宫城野的胡枝子花的胜地，在东山边的人们都把这花移种在院子里的，就去看那个花去吧。

**侯　爷**　那是好的，但是随时都可以去看得么？

**大管家**　那主人和我因为特别要好，所以无论什么时候去，都可以看得的。

**侯　爷**　那就好极了。那么现在就去吧。喊，喊，走呀，走呀！

**大管家**　先请等一会儿。

**侯　爷**　什么事？

**大管家**　主人看了你的身份，一定要请你即兴吟一首诗歌的。这歌你吟得来么？

**侯　爷**　什么，歌就是小曲么？

**大管家** 不，不，不是那么简单的东西。这是要用三十一个字音联结成功的短歌呀。

**侯　爷** 不，不，这样烦难的东西，我是吟不来的。

**大管家** 啊，为了一首歌所妨碍，你去游玩不成，这岂不很是可惜的事情么？

**侯　爷** 可惜是可惜，但是因为不会吟诗，那也是没有办法。反正别的地方也可以去得，你就且来想想别处吧。

**大管家** 我有一件事想请你看的，不，我想起了一件事情来了。这也是有些少年人，要去看宫城野，预先做好的一首歌，给我记了下来，现在便传给了你，反正比谁都先说了出来，这就可以算是你的歌了。你看这怎么样呢？

**侯　爷** 那就很好了。可是这歌是什么东西呢？

**大管家** 这歌是说："七重八重，以至九重也是有的，可是十重都开出来了的，胡枝子的花呀！"[2]

**侯　爷** 倒是很有意思的歌。可是谁去吟它呢？

**大管家** 这是要你去吟的呵。

**侯　爷** 我一个人么？

**大管家** 是呀！还有几个人来吟嘛？

**侯　爷**　不行，不行。便是练习上两三天，我一个人去吟它也是干不来的。

**大管家**　吟不来的么？

**侯　爷**　对啦。

**大管家**　那是可惜的事了。要怎么样办才好呢？哦，有了。你可以靠傍了别的东西吟出来么？

**侯　爷**　靠傍了别的东西吟出来，靠傍些什么呢？

**大管家**　我在你的旁边，装作不客气的扇扇子的样子，说七重的时候，我把扇骨七根给你看。

**侯　爷**　什么，说七重的时候，把扇骨七根给我看么？

**大管家**　正是。说八重的时候是八根。

**侯　爷**　八根？

**大管家**　九重当然是九根。

**侯　爷**　九根？

**大管家**　十重也开时，我便啪啦的全打开了。

**侯　爷**　什么？十重也开，啪啦的？

**大管家**　正是。

**侯　爷**　啪啦的，啪啦的，啪啦的。呵呵，自然吟得来。

**大管家**　胡枝子吟得来么？

**侯　爷**　什么，胡枝子么？

大管家　正是。

侯　爷　胡枝子，胡枝子，胡枝子。这胡枝子还是吟不来。

大管家　这个也还吟不来么？

侯　爷　对啦。

大管家　这有什么可以靠傍的东西呢？哦，有了好办法了。我是在老侯爷手里便使用着，在他有什么事不适意的时候，总说我这连鬓胡的家伙，现在要说胡枝子的时候，我就不客气的请你看我的连鬓胡吧。[3]

侯　爷　什么，说胡枝子时候，你给我看连鬓胡么？

大管家　正是。

侯　爷　胡子胡枝子，胡枝子胡子。呵呵，当然吟得来。

大管家　"的花呀"吟得来么？

侯　爷　花是世上很多的东西，怎么会得吟不来呢？

大管家　那么这事情差不多就成了。请你出发吧。

侯　爷　那么现在就去吧。喊，喊，走呀走呀！

大管家　知道了。

侯　爷　靠了你的聪明，想起到了去看宫城野，这样可喜的事是再也没有了。

大管家　我也是偶然说起来，得以奉陪前去，是很大的

129

喜事。
**侯　爷**　我不识路径，走到了你告诉我。
**大管家**　呵，已经到了。我去通知你的驾到。请在那儿稍为等着吧。
**侯　爷**　知道了。
**大管家**　请问，请教！
**主　人**　外边有人说请问的。说请教是谁呀？说请问的？
**大管家**　是我。
**主　人**　喊，大管家，请了，请了。
**大管家**　近来没有来拜访，一向平安么？
**主　人**　一向都平安哩。今日为什么出来了？
**大管家**　今日出来，非为别事。因为我的主公听到了你的庭园的事情，想要游览一番，所以来到这里，如果赏给一看，那就幸甚了。
**主　人**　本来要请赏光，但是近来不曾打扫，所以不大好请赏光了。
**大管家**　不，不曾打扫，这事并无妨碍。因为想要游览，特地前来，所以请给一看，连我也是很感觉庆幸的。
**主　人**　既然这么的说，那么就请赏光吧。请你去请过来吧。

大管家　知道了。

主　人　嘎啦，嘎拉，嘎啦，(开门。)

大管家　侯爷在么?

侯　爷　在这里呢?

大管家　我报知你已前来，说近来特别不曾打扫，不大好请赏光，后来我说不打扫也无妨，主人就说那么请过来吧。

侯　爷　那么就进去么?

大管家　是。

侯　爷　你也跟着来吧!

大管家　喳!

侯　爷　喊，你看这竹篱吧! 格子结得多么妙，而且特别和这柴门配合得多好呀!

大管家　是很好的配合。

侯　爷　喊喊，来呀来呀!

大管家　喳!

侯　爷　这些上好的踏脚石多么紧密的排列着呵!

大管家　正是。

侯　爷　看那装着板凳的地点，可见主人是爱好风雅的。

大管家　这是主人。(介绍。)

**侯　爷**　不曾见过面。

**主　人**　初次相见。

**侯　爷**　突然走来，想看庭园，承蒙赐看，实在是意外的运气。

**主　人**　粗陋的地方，承蒙驾临，是很有光荣的。

**侯　爷**　我想索性慢慢的玩一天，交椅可以拿来么？

**主　人**　请你缓缓的赏览吧！

**侯　爷**　大管家，拿交椅来！

**大管家**　喳！交椅拿来了。

**侯　爷**　你也靠近这里看着吧。

**大管家**　喳！

**侯　爷**　第一今天天气好，游山是很好的。

**大管家**　正是。

**侯　爷**　喊，主人虽然说是不曾打扫，这样望过去的泉水上，树叶子一片也不浮着，真是干净得很哩！

**大管家**　正是。

**侯　爷**　喊，你看见对面那远山的样子么？

**大管家**　看见的。

**侯　爷**　在好许多山的中间，相像的山一座也没有，真是造得很巧妙的庭园呀！

**大管家**　正是。

**侯　爷**　喊，你看见右边的岛上架着的那圆洞桥的样子么?

**大管家**　看见的。

**侯　爷**　看那架着桥的地点，是很好的配合。

**大管家**　正是。

**侯　爷**　在那桥边的好像是老树，那是什么呀?

**大管家**　那么是什么呀?

**侯　爷**　这才看出来像是老梅树。

**大管家**　的确像是梅树。

**侯　爷**　各方面长出枝条去，真是树相很好的梅树呀!

**大管家**　正是。

**侯　爷**　这其间往左边一直伸长出去的一枝看见了么?

**大管家**　看见了。

**侯　爷**　从底下到中间的一段也没什么，末梢那里像是猴子弯着臂膊的样子，倒可以当作什么东西用呀。

**大管家**　是。

**侯　爷**　在那弯的地方锯了下来，做磨茶叶的磨子的挽手，怎么样呢?[4]

**大管家**　嘘! 请别说这样的话吧。

**侯　爷**　挽手是不成的么?

**大管家**　正是。

**侯　爷**　喊，喊，主人。那桥边像是梅树的古树，树相特别的有意思，请你别让人拗折树枝吧。

**主　人**　这是我所珍惜的梅树，所以拗折树枝的事是断不行的。

**侯　爷**　可见是这么样的。喊，在那山中间看去雪白的，那是什么呀？

**大管家**　沙滩。

**侯　爷**　沙滩么？

**大管家**　正是。

**侯　爷**　沙滩是很好的配合。

**大管家**　是很好的配合。

**侯　爷**　喊，你看见那左边的瀑布么？

**大管家**　看见的。

**侯　爷**　非常清爽，宽宏而且洁净。

**大管家**　是很洁净。

**侯　爷**　你看见瀑布潭的两边的石头么？

**大管家**　看见的。

**侯　爷**　海石呢还是山石，不能分别得清楚，可是这作成种种的景致，第一这些都是样子很好的石头。

**大管家**　正是。

**侯　爷**　这其间右边的石头你看见了么?

**大管家**　看见的。

**侯　爷**　这从底下到中间的一段也没什么，末了那里像是捏的拳头什么似的，握着突出来的样子，倒可以当作什么东西用呀。

**大管家**　是。

**侯　爷**　在那突出的地方敲了下来，做火石用怎么样呢?

**大管家**　嘘!请别说这样的话吧。

**侯　爷**　火石是不成的么?

**大管家**　喊，主人。我这主公是很会说笑话的。

**主　人**　看来正是这样。

**侯　爷**　喊，在那山中间看去深红的，那是什么呀?

**大管家**　宫城野。

**侯　爷**　宫城野么?

**大管家**　正是。

**侯　爷**　宫城野开了开了。红花上面开着白花，白花上面又有红的烂漫的开着，这正像是撒着赤豆饭的样子呀![5]

**大管家**　嘘!请别说这样的话吧。

侯　爷　纸片飘飘。

大管家　这是短册。[6]

侯　爷　短册么？

主　人　喊，大管家。凡是驾临这里的各位，都要请即兴吟一首歌的，因此也请你的主公吟咏一首吧。

大管家　知道了。

侯　爷　喊，喊，我听到了。但是我向来没有做过歌，所以请你饶恕了吧。

主　人　那一定是你的谦退，还是请来吟它一首吧。

大管家　既然是主人的希望，那么还是请你构思起来吧。

侯　爷　的确，既然是主人的希望，那么我就构思起来看吧。

大管家　那是很好的。

侯　爷　怎么说来好呢？

主　人　怎么说来好泥？

侯　爷　那么这样吧。

主　人　吟得好快呀！

侯　爷　七根八根。

主　人　喊，喊，什么什么？

大管家　七重八重。

侯　爷　七重八重。

主　　人　七重八重。

侯　　爷　九品净土。[7]

主　　人　喊喊，什么什么？

大管家　以至九重也是有的。

侯　　爷　以至九重也是有的。

主　　人　以至九重也是有的。

侯　　爷　啦啦的开了。

主　　人　喊喊，什么什么？

大管家　可是十重都开出来了。

侯　　爷　可是十重都开出来了。

主　　人　可是十重都开出来了。且来吟起来看吧，——七重八重，以至九重也是有的，可是十重都开出来了，开出来了的，这是特别有意思的歌，想必下文一定更值得听吧。请你快点说给我们听吧。请吧请吧，喊，请吧。

侯　　爷　什么事呢？

主　　人　刚才所吟的歌特别有意思，想要知道那下文呢。请你快点说给我们听吧。

侯　　爷　刚才的歌的下文还有什么呢？

主　　人　那么歌就太短一点了。

侯　爷　什么？短么？

主　人　正是。

侯　爷　短一点的话，你把"十重都开出来了"拉长了念好了。

主　人　那么字数还是不够。

侯　爷　什么？字数不够么？

主　人　正是。

侯　爷　如果字数不够，那是容易办的事情。"十重都开出来了，开出来了，开出来了"怎么好便怎么念吧。

主　人　阿呀，你真会说开人玩笑的话。你不说下文，前后都不成东西，你不肯说出来么？

侯　爷　阿呀，这怎么说呢？喊喊，我现今记起这歌的下文来了。

主　人　什么什么？

侯　爷　东西物事——

主　人　说什么？

侯　爷　东西物事——

主　人　说什么？

侯　爷　十重都开出来了。

主　人　十重都开出来了。

**侯　爷**　十重都开——

**二　人**　出来了的。[8]

**侯　爷**　大管家的连鬓胡呀!

**主　人**　无聊的话! 赶快走吧。

**侯　爷**　真丢了脸啦。

**主　人**　那不中用的家伙![9]


注释:

1　侯爷原文云"大名",日本古代京都模仿长安,称为平安京,分东西两部,称左京右京,这里用作侯爷的名称,即是说住在那里的"大名"。"大名"这字与日本时代联系,可以有好几种意义。最初只是大地主,因为他占有大量的"名田"(个人名义的私有田地),所以这样称呼,与"小名"相对。其次是"幕府"时代将军的家臣,本身原是大地主,故用此名,却兼着职守的意义了。后来地位愈高,成为封建的小"诸侯",仿佛是小国王了,虽然分属将军的家臣,还是照旧。狂言起于镰仓幕府时代,这"大名"应解作第二项的意义,但是习惯上往往与诸侯相混,这里也不强加分别,便只笼统的称作侯爷了。京都中央部称为中京,分上下两部分。

2　花的重台千瓣者通称八重,今引申为七至十重。

3　胡枝子借用汉文萩字,读音与"胫"字同音,这里原文说是"长腿的家伙"。下面连鬓胡也作"小腿",今因迁就胡枝子的字音,所以勉强改写了。

4　日本古时系用末茶,所以须将茶叶放在磨里碾碎,因为用的也是普洱茶的团茶的缘故。散茶大概起于中国明朝,日本室町时代尚未有此习惯。

5　日本民俗有吉事的时候,多煮赤饭表示庆祝。用赤小豆加糯米内蒸为饭,称为赤饭,或用粳米煮成,则称红饭,赤白相杂,颜色可观。小孩游戏多采胡枝子花,称为红饭。

6　民间多习为吟咏,往往对花得句,将短歌写在狭长片纸上,挂于树枝间,通称短册,侯爷却不知道。

7　扇面九根称为九本,音与"品"字相同,这里便联想到佛教的九品净土,所以说了出来。

8　"开出来了"的原文依文法是动词的加体格,照例应该接连名词性质的词句。

9　本篇系从芳贺矢一所编《狂言五十番》(一九二六)中选出,本名《萩大名》,今意译如上。萩在中国原训萧艾,日本借用秋草的意义,并不是同一草木,云是中国的胡枝子。

# 花姑娘

**脚色三人:**
侯爷,主角
大管家
夫人

侯　爷　有人么？

大管家　是，来了。

侯　爷　近来不到花姑娘那里去，恐怕她会疑心我变了心吧。

大管家　正是。

侯　爷　今天晚上我要去看花姑娘，有一件事想托你，你肯听我么？

大管家　老爷真是太客气了。有什么事，只管请吩咐吧。

侯　爷　啊，好极了。实在并不是别的事情，我骗那里边的罗刹[1]，告了几天假。我说七天之内因为要坐禅，叫她不要前来，我用了种种的话骗她，总算答应了，现在想赶到花姑娘那里去，散一散这多少天的气闷。你披上这件坐禅衲，等到我回来为止，替我在这里打坐。倘若罗刹出来，无论说些什么，你只摇头，千万不要开口。好好用心，不可露出马脚来。奉托奉托。

大管家　这可有点为难，万一露了出来，夫人会把我打死的。这一层怕不行。

侯　爷　唔，不行？那么你不怕我，只怕夫人么？跪好了，砍了吧！

**大管家**　请等一等，自然是老爷比夫人更可怕呀。无论怎样我都遵命。

**侯　爷**　真的么？

**大管家**　一定一定，哪里会假呢？

**侯　爷**　好吧好吧，我因为一心想去看花姑娘，所以这样说了吓你一下罢了。那么，一切都奉托了。喊，裹了这坐禅衲试一试看。且看样子怎么样。好极好极。我去了，早早的回来。千万不要开口。再会再会。我早早的回来。

**大管家**　老爷，老爷，请早点回来。

**侯　爷**　唔，你放心吧。

**大管家**　老爷，老爷，很对不起，到了花姑娘那里，请传言一声问候那边的红梅。

**侯　爷**　行，行。下次带了你去和红梅相会，你高高兴兴的等着吧。

**大管家**　多谢多谢。

**侯　爷**　妙呀妙呀。赶紧去看花姑娘去吧。

**夫　人**　我家的老爷说七天之内要去坐禅，来告了假，并且连汤水都不喝，真是可笑。坐禅的时候，叫我也不要去访问，但是实在忍耐不住，不免来窥探一下。

啊，啊，裹着坐禅衲，多么不舒服。——哈，这样年轻的人，要什么经呀典呀的。这样简直是会要了你的命的。吃一点什么东西吧？这是什么怪样子，什么也不说，只是摇头。不会有不愿意的事的。把这衲去了吧。我一定要把它拿开。

**大管家** 呀，完了完了。请饶恕我吧。

**夫　人** 怎么？我道是老爷，你怎么来坐在这里？呀，好不生气！老爷往哪里去了？你说出来！不说就打死你！

**大管家** 唉，说，说。性命要紧呀！说，说。

**夫　人** 快说快说！呀，好不生气！

**大管家** 老爷往花姑娘那里去——

**夫　人** 嘿，你也说花姑娘么？

**大管家** 不，——往花婆娘那里去了，叫我披着坐禅衲坐在这里，我种种推托，他拔出刀来说要砍了。若说不愿，就要被砍了，没有法子，所以这样的坐着。并不是我要这样做，请饶命吧。（哭。）

**夫　人** 那么是说你不愿意，因为要砍了，没有法子才这样做的么？

**大管家** 正是这样。

**夫　人** 这也难怪。现在我也有一件事想托你，你肯听么？

**大管家**　说那里话。夫人的吩咐，我就是性命也愿意舍掉的。

**夫　人**　好极了。那么你把坐禅衲给我披上，装作你那样子。

**大管家**　这可有点不成。老爷回来了，一定会把我杀掉的。请饶了我这个吧。

**夫　人**　你这家伙，只怕老爷，不怕我么？那么，打死了罢！

**大管家**　唉，披吧，披吧。性命要紧呀！披吧。

**夫　人**　快点给我披上了。喊，冠者，很像老爷的模样么？

**大管家**　同老爷一模一样。

**夫　人**　好吧。你往上京的伯母那里去吧。看老爷高兴的时候，再差人去叫你来。现在快点走吧。

**大管家**　是。等到事情了结的时候，请差一个人来。——呀，真遇见了倒霉的事情了。现在赶紧往上京去吧。

**侯　爷**　（披着女衫，折裾，散发，唱着小调走出来。）

"绵绣的衣带解了，

好不动人怜惜呀。

柳丝似的纷乱的芳心。

叫人怎能忘怀？"

"远远的送了来，

回顾人影站着的方向，

只见细细的月牙儿

留在天际,

阿呀,好不难舍呀!"

哼,太是高兴了,独自唱起歌来了。太郎冠者一定不耐烦的等着吧。我赶紧回去,也叫他好高兴起来。唉,人总要做人家的主子。——你看他听了我的吩咐规规矩矩的坐着哩。喊,太郎冠者,现在回来了。为什么不则声?可怜不很舒服吧。但是,你也应当高兴:一会见,就问起你的事哩。我顺便把当时的情形讲给你听了吧。我走到的时候,听得里边一点没有声息,觉得有点奇怪,偷偷地走近前去,探听里面的情形,听见花姑娘的声音说起话来了。她说道:

"灯光暗暗的,

正是寂寥时节,

敢是郎来也?"

我想这真是惭愧,轻轻的敲檐下的板门,这时候她又说了:

"正是流言传播的时节,

又有谁来扣我的柴门?"[2]

于是我就答歌道:

"下雨的夜里,

谁又会冒雨而来呀。

问道是谁,

难道还等着谁么?"

花姑娘便从里边出来,拉了我的手,引到内房里,"阿呀,这样的雨天,难得到这里来,先把外衣脱了吧。"拿出衣服来给我换了,随后共诉衷曲,且歌,且舞,不久早鸦就叫起来了。似乎不到半个时辰,早鸦就叫了起来。我说要告别了,其时花姑娘说道:

"这里是山阴,

是树林下,树林下,

月夜的乌鸦是常叫的,

不如且睡罢,

这还是半夜的时分。"

她虽然这样说,天却已亮了,人也已出来了。我又说要走,花姑娘却说出平常没有问过的话来,她说,"我想看一看尊夫人的容貌。"我就把罗刹的尊容做了一首小调回答她说:

"看过人家的妻,

再看我的妻,

再看我的妻，

好似深山里的瘦猢狲，

给雨淋透了，

跼作一团的样子。"

她听了哈哈的笑了。还有这件衫子是花姑娘给我的纪念品，给罗刹看见了不会有什么好事的。收了起来罢。

"舍又舍不得，

藏起来时只增个记念，

朝夕不离的留在身旁，

只落得日后追思，

徒洒相思泪，

好不悲伤呀！"

没有法子，就给了你罢。收好了，不要给那罗刹看见。揭了这个坐禅衲。让我来代你坐吧。

夫　人　什么不要给罗刹看见！你真坐的好禅！

侯　爷　呀，这是怎的！

夫　人　没有什么怎的不怎的！

侯　爷　请饶恕我吧！拜恳，拜恳。

夫　人　哪里去？我不答应你，我不答应你！[3]

147

注释：

1 "罗刹"本云"山神"，系对于妻子的嘲笑名称，大抵含有妒妇悍妇的意思。

2 这里语意双关，不易翻译。"正是"又可解作灶马，戛戛叩门原用蟋蟀一字通借。

3 这一篇从《狂言记》卷五译出，系和泉流原本。

## 柴六担

**脚色四人：**

主人

大管家，主角

茶店主人

伯父


主　人　我乃是这近地的人氏是也。叫使用人出来，有话吩咐。喊，大管家在么？大管家到哪里去了？大管家，大管家。

**大管家**　呀，像是在呼唤我了。——你呼唤我，有什么事情？

主　人　我叫了好一会了，你在干什么？

**大管家**　那就是为了什么。这两天接连的下大雪，因了太冷了，所以蹲在厨房里的炉灶旁边哩。

主　人　你这可恶的家伙。当了听差，还是那么老在说冷冷的么？现在叫你出来，非为别事。我每年照例，要给在京都的伯父那里，叫牛背着送柴炭去，现在你辛苦一趟，给我送了去吧！

大管家　不，这个请你吩咐二管家吧。

主　人　喊，大管家！如果要吩咐二管家，我自然会说的。现在要你去。

大管家　喳，我领命了。那牛是几头呢？

主　人　这是柴六担，炭六担。[1]

大管家　呀，呀！柴六担，炭六担么？

主　人　正是。

大管家　那么是十二头么？

主　人　正是这样。

大管家　喊，请你也想一想看吧。在这大雪天里，赶着十二头牛，怎么能走到京都去呢？请你等候一下，看天晴了的时候，再打发去就好。

主　人　不行不行，从前两人就等着，今天有点晴了，你赶快去吧！

大管家　嗯。

主　　人　嗯就是不答应么？你说是不去么？

**大管家**　不，并不是这样。

主　　人　你不干脆的去么？

**大管家**　嗯，我去，我去。

主　　人　不，你还是不想么？

**大管家**　不去怎么能行呢。

主　　人　那么还有要交给你的东西。你等着吧。

**大管家**　知道了。

主　　人　喊，喊，这是我自己酿造的酒，每年照例送过去的。你说详细都在这封信里，带了去吧。

**大管家**　这我都知道。

主　　人　准备起来，早点去吧！

**大管家**　喳。——阿呀，阿呀，这回分派到了麻烦的事情了。在这大雪天里，怎么能赶了十二头牛，到京都去呢！可是这乃是主人的命令，没有办法。还是准备起来，出发去吧。呀，这是怎么的，雪又着实的下起来了。啊，冷呀，冷呀！

**茶店主**　我乃在这岭上开茶店的是也。今天也来开起店来吧。这几日里，每天每天都下着岂有此理的大雪。就是在平常，冬天的往来也是冷静得很的，况且又是这个大雪，过路的人更是稀少，这在我们这一行业乃是很不幸的事情。如今先把店面摆设起来。像今年这样的雪，一直没有下过。只希望在今日里还有些往来的人那就好了，可是觉得有点不大靠得住哩。〔摆设好了〕来一看，倒是很好的。

**大管家** 哗哗！嚁嚁![2]喊，那地方不是道路，你们滚到哪里去呀！哗哗！阿呀，阿呀！下得好，下得好，一住也不住地尽在下。在这么的大雪天里，赶着十二头牛，爬过山坡，派遣出去，那吩咐的主人真是没有人情的人呀。哗哗！呃，那小牛本来是小牛，那么大牛呢，为什么彷徨着不快走的呢？喊喊，并排着走吧，走吧！

呀，这是怎么的，对面天气整个的黑暗下来了。从那山头上，要刮下大雪来了吧。这个样子，有人连雪下了或是积了都不知道，还是高枕而卧，有的一个人在走路，也还有人是赶了牛在雪里边走哩。这世上真是有种种不同的境遇呀。呀，那正是大风雪哪。阿呀，冷呀冷呀！吓，戴的笠子都要被吹掉了！

从这里起是上山坡了。哗哗！——哈哈，山坡倒是

151

不费什么心,牛都并排着走上前去了。老话说得好,鬼神无邪路嘛。[3]啊啊,那个,那个!喊,喊,喊,那里是山崖呀!阿唷,刚说了一句好话,就是那个来嘛!滑呵,滑呵!这是怎么的,那头花白牛又倒退起来了。喊,走吧,走吧!——呀,山岭望得见了。到了那茶店里,也让你们休息一会儿,我自己也烫起酒来,且来喝一杯吧。

呀,还是风夹雪么!脸也不能对着前面。呀,冷呀,冷呀!啊,痛,痛!这是怎么一回事?原来低着头走,撞在杉树上去了。呵,好容易到了岭上了。来来,在这里休息一下吧。喊喊,牛都聚到这边来休息吧!哈,还没有说出之先,都已在树底下去蹲着了。阿呀,真是一点都不疏忽的东西。——喊喊,老板,老板!

**茶店主** 呀,大管家么,你来得好!

**大管家** 什么来得好呀?

**茶店主** 又是往京都的伯父那里去么?

**大管家** 正是如此。在这大雪天里被打发出来了。

**茶店主** 很辛苦了。先来喝一碗热茶吧。

**大管家** 什么?给我茶喝么?

**茶店主** 正是。

**大管家** 你在这路上开着茶店，是不应该说这样寒碜的话来的。给我酒吧，给我酒吧！

**茶店主** 不，酒是没有。

**大管家** 这为什么呢？

**茶店主** 下着这样大雪，没法子到山脚下取酒去。

**大管家** 什么？没有酒么？

**茶店主** 正是。

**大管家** 南无三宝！[4]啊，冷呀，冷呀！来到这里，就可以喝酒，满心欢喜着来，一听说没有酒，更是经不起这寒冷了。这样子恐怕要冻死了吧！啊，冷呀，冷呀！

**茶店主** 这正是难怪你的。

**大管家** 这里虽然有着好东西，可是主人的，不好去动手，犯下不得了的罪。

**茶店主** 不，那不是酒么？

**大管家** 的确，那是酒。

**茶店主** 把那个拿来喝一杯，不行么？

**大管家** 你真是胡说八道的人。拿到别处送人的东西，怎么可以喝得呢？

**茶店主**　你说的很对，可是有时候得用，那么喝它一杯，也是没有妨碍的。

**大管家**　唔，实在这样说来也是有理的。与其在这里冻死了，还不如从这中间喝它两三杯，趁了这力量，做成任务，倒是替主人尽了力。[5]喝一杯吧？

**茶店主**　对啦，对啦。来喝一杯吧！

**大管家**　那么借个酒杯给我。

**茶店主**　不，酒杯没有，就拿这天目茶碗[6]去使用吧。

**大管家**　那个，那个，那个就行。

**茶店主**　先来烫一下吧。

**大管家**　不，不，烫起来等不及。喊喊，给我倒酒吧。

**茶店主**　那么倒了。——"骨都骨都。"

**大管家**　呵，正好正好。

**茶店主**　怎么样？

**大管家**　我心里只是想着，想喝酒，想喝酒，这时喝了下去，胸口里冷冷的，说是吞下剑去，就是那个样儿吧。

**茶店主**　你瞧，还是烫一下吧。

**大管家**　不，不，没有妨碍。

**茶店主**　那么，再来喝一杯吧！

大管家　请你轻轻地倒,〔里边的酒〕不叫它太减少了!

茶店主　——"骨都骨都。"

大管家　满了。那么喝吧。到底这是酒呀,不知怎的觉得暖和起来了。

茶店主　那当然是这么样的。喊喊,你就借着这个力量,早点去吧。

大管家　且慢。现今还想喝它一杯哩。——呀,那头花白牛,以前一直睄着我的脸,什么呀,牟?(笑。)你是说现在来喝[7]一杯么?(笑。)的确,你倒是想很对的。〔桶里〕上边缺少了三四杯,在那长路上,可以说是撒了泼了的呀。喊喊,现在再来倒一杯吧。

茶店主　那么,给你倒吧。——"骨都骨都。"

大管家　满了。啊,这气味真好。——喊,总之你要知道,世间再没有像酒那么好的药了。第一,延长寿命,忘却旅中的愁闷,又能防寒。现在在我个人的身上就应验了。如果还有人说酒是有害的,那么这大管家就可以当作例子给他看。(笑。)

茶店主　你说的对,像酒那么好的东西再也没有了。

大管家　正像冰冻解了的样子,两双手都暖和起来了。索性让它暖到脚尖也罢。现在再给我倒一杯来。

**茶店主** ——"骨都骨都。"

**大管家** 满了。（笑。）以前我全不觉得那雪是红的还是黑的，现今高兴起来，满山的雪看去全是雪白的了。（笑。）且来给你倒上一杯吧。

**茶店主** 多谢多谢。喝了不碍事么？

**大管家** 是我请你喝，用不着什么客气。快喝吧。

**茶店主** 那么喝吧。呀，请来舞一场，当作下酒菜吧。

**大管家** 什么？舞一场么？

**茶店主** 正是。

**大管家** 我一定舞，一定舞，呀，就只是没有扇子。[8]

**茶店主** 那才是讨厌的事哩。

**大管家** 不，我有好办法。我拿这个舞吧。你来帮我吹唱呀！

**茶店主** 知道了。

**大管家** "不来看，不来看鹌鹑舞么？"

**茶店主** "不来看，不来看鹌鹑舞么？"

**大管家** "想要射一只鹌鹑，

来当作现今的酒菜，

小弓上配了小箭，

这里那里的在寻找。"

**茶店主**　"不来看，不来看鹌鹑舞么！"
**大管家**　"这时节鹌鹑下来了五万只。
　　　　　因为是许多的鸟儿，
　　　　　里边也混着几只山鹊。"
**茶店主**　"不来看，不来看鹌鹑舞么！"
**大管家**　"高兴着的鹌鹑们，
　　　　　一点都不慌张，
　　　　　你道是弓箭太拙的缘故么？
　　　　　唐土的养由基射落过云中雁，
　　　　　我国的赖政也把叫作鵺的怪物[9]
　　　　　一箭射了下来了。"
**茶店主**　"不来看，不来看鹌鹑舞么！"
**大管家**　"即使比不上那些，
　　　　　鹌鹑呵，我要射取它一只。
　　　　　拿起第一支箭搭上了，
　　　　　弓扳得十足，
　　　　　呼的放了出去。——
　　　　　第一支箭射歪了。"
**茶店主**　"不来看，不来看鹌鹑舞么！"
**大管家**　"拿第二支箭把它干了吧！

> 第二支箭也是晃晃荡荡的。
> 肃静吧，孩儿们！
> 别那么的笑呀。
> 拿第三支箭去射了来，
> 拔了羽毛，
> 再交给你吧。"

**茶店主** "不来看，不来看鹌鹑舞么！"

**大管家** "第三支箭也是偷偷的跑了！
有这许多的鹌鹑，
也用不着弓箭吧。
三只五只，
一下子用手去抓了来好了！
预备用手抓，
笑着近前去，
爬着近前去，
到了靠近旁边的时节，
哗啦一下全都逃跑了。"

**茶店主** "不来看，不来看鹌鹑舞么？"

**大管家** "这事情太是可笑了，
所以成了一道歌。"

**茶店主**　那歌是说什么呀？

**大管家**　"鸟都一只不剩的逃跑了，

这便是没有鹌鹑的深草山呀！"[10]

**茶店主**　好呀，好呀，好呀！真是的，这真是好玩的事情。喊，你的主人家听说是特别仁厚的人，是这样的么？

**大管家**　什么，说很仁厚么？

**茶店主**　正是。

**大管家**　（笑。）什么很仁厚的？昨天还是天没有亮的时候，叫道喊，大管家，你在磨蹭着干什么？去打扫院子里的雪吧。我就说奉命，可是今天一早起肚里闹虫子，痛得很厉害。呀呀呀，你又说这样胡话，违背主命么？他虽是这么说，可是我的肚里，痛呀，痛呀痛呀！喊，你说诳话么？抓住了我直立着。无论他怎么说，只是闭了嘴，不去同主人争吵。他说，你不到院子里去么？虽是他这么说，可是痛呀，痛呀，痛呀。这个样子如果走到雪里边去，那就非冻死不可，须得到下房去养病才好。你这么〔胡为〕，就是因为放任惯了的缘故。现在知道了吧？知道了吧，知道了吧！痛呀，痛呀，痛呀！扎扎实实地挨了一顿揍。我就想到，唉唉，世间干不得的事是当听差了！假如做父母的人还是生存的话，那么我就不会来干这样下贱的差使了。我所怀念不忘的就只是现在冥土的我的爹妈罢了。（哭。）你试想吧，我就像男子汉似的哭了一场。

**茶店主** 那正是当然的呀。

**大管家** 那个堂客从破纸窗里张看着，（笑。）——大管家，又在照例的叫苦了。阿唷，阿唷，哭呀，哭呀！（笑。）鳄鱼嘴[11]似的张着大嘴，笑了起来。啊，啊，太太并不知道，人家这样的挨了打，不说一句可怜的话，反而那么的笑，这真是，真是可以怨恨的事情呀！（且哭且笑。）阿唷，阿唷，那个恨人的脸儿呵！（笑。）简直像是鬼脸嘛！（笑。）她笑得几乎把下巴颏儿都要笑掉了似的。俗语说的，鬼堂客那里没有鬼神[12]，可不是么？那么还说得上什么很仁厚呢？（笑。）

**茶店主** 阿呀，阿呀，那真是些讨厌的人呀！现在我把这酒给你倒上吧。

**大管家** 嗳，拿到这边来吧。啊，这是很舒服的！哈哈，那边看去像是富士山的，乃是松树枝吧。这真是想不到的来看这一场雪景。

**茶店主** 正是如此。

**大管家** 呀,什么哪?那只黄牛,伸出它的头来,说道"牟"么?(笑。)是说要喝酒么?什么,你喝么?还是我替代你来喝吧。

**茶店主** 你还喝么?可以不用了吧。——"骨都骨都。"——呀,已经没有了。

**大管家** 没有了那是没法子呀。你要这酒桶么?

**茶店主** 因为是开茶店的,不会有不要酒桶的道理。

**大管家** 那么,这就送给了你吧。

**茶店主** 多谢,多谢!

**大管家** 你要用柴么?

**茶店主** 柴是早晚都不可少的东西,自然更是需要了。

**大管家** 那边,在牛背上装着六担的柴,当作今天的礼物,送给了你吧。

**茶店主** 很是多谢,可是收了也不要紧么?

**大管家** 因为在路上多碍事,所以给你。

**茶店主** 多谢,多谢!

**大管家** 不过你要给我喂养那六头牛,等到我回来。

**茶店主** 那请你放心好了。

**大管家**　那么我去去就来，一切拜托了。

**茶店主**　知道了。再见，再见，一切都好。

**大管家**　我站了起来，那些牛也都动了。且别动，且别动呀。（笑。）雪冻住了，不再落下来了。笠也难看，蓑也脱掉了，只穿下着雪的衣裳走路吧。把六头牛和酒桶都搁了下来，特别轻松得多了。哗哗！喊喊喊，你们那么的走，那是原来的路呀！为什么这么的慌张呀？（笑。）呵，这我弄错了。我自己倒是向后退着哩！（笑。）牛先生，真真对不起了！（笑。）呀呀，你又想发野兴[13]了么，这么的高兴。喊，还不走么，还不走么！以为我没有拿着鞭子，所以不动么？这个，就叫你享受这个吧。（笑。）——呀，京里的人呀，请买八濑和大原地方的黑木[14]吧，请看呀，这是背着雪的牛呀！——（笑。）牛也晃晃荡荡地走着哩。这下去是要下坡了。别滑呀，别滑呀。痛呀，痛呀，痛呀，扎扎实实地摔了一交！牛没有滑，我倒滑倒了。（笑。）呀，那红牛该只是一头，看去却是有两头或是三头。（笑。）伯父的家近来了。喊，喊，用力的走，用力的走吧！——咦，这里就是了。牛都来靠在这地方吧。我好像是有点儿醉了。——请问。

伯　父　呀,外面有人说请问的。请教的是谁呀?说请问的是——?

大管家　是我呀。(笑。)

伯　父　呀,大管家,你来得好!且请进吧。

大管家　知道了。

伯　父　今天你来,为什么事呢?

大管家　主人差遣我来的。

伯　父　他怎么说?

大管家　不,没有什么口信。

伯　父　没有书信么?

大管家　不,书信是——(笑。)对啦,这就是写的东西说话罢。这里是书信。

伯　父　嗳,什么?柴六担炭六担送上。喊,喊,柴放到柴间里去,炭就搁在院子里吧。——呀呀,大管家,大管家!喊,大管家!

大管家　是。

伯　父　信里说柴六担,炭六担送上。柴在哪里呢?

大管家　不,柴没有来。

伯　父　你也是认得字的吧。你看这里。柴六担。

大管家　柴六担[15]——

伯　父　炭六担送上，这样写着的。

大管家　——送上！（笑。）呀，缘故明白了。我在前几时改了名字了。

伯　父　改成什么了。

大管家　我的名字改成"柴六担"了，因此这里说着柴六担将炭六担送上。（笑。）

伯　父　还有这里说，依照平常的例，送上自造的酒一桶，酒没有来么？

大管家　什么？酒么？不，酒是一滴也没有给喝。

伯　父　不，不，不是说这事。我说酒没有来么？

大管家　嗨，说酒没有来么？

伯　父　正是。

大管家　不，酒没有来。

伯　父　那么这事情有点难懂了。主人叫送来的酒，可不是你在路上喝了么？

大管家　不，我没有喝。

伯　父　那么，这是怎么了呢？可恶的家伙，你不说么？还不说么？（打。）

**大管家** 痛呀,痛呀,痛呀!请你等一下吧!

**伯　父** 怎么说?

**大管家** 那酒是因为牛——

**伯　父** 牛怎么样?

**大管家** 因为牛说喝了吧。

**伯　父** 牛会得说喝了吧的么?

**大管家** 不,我是说我喝了吧。(笑。)

**伯　父** 呀,你这家伙,你真是可恶的东西。哼哼,是你喝了那酒吧!

**大管家** 请饶恕我吧,请饶恕我吧!

**伯　父** 到哪里去!有人么?给我捉住了!别叫逃跑呀,别叫逃跑呀![16]


注释:

1　原文云六驮,凡人兽所能背负的分量称曰驮,今改译为担。

2　原文系指挥牛马前进的口令,今改用地方农民驱牛的话。

3　俗语本来说鬼神都正直,这里借用原文"横道"双关字面,作道路解。

4　三宝原系佛教语,指佛法僧三者。俗语用以表示失望悔恨的意思,大意等于说"阿呀,完了"。

5　原文云尽了忠义,这句封建性的话在日本民间口头原是很通行的,今改用意译。

6 天目山在中国福建,南宋时出产了一种陶器,由日本僧人带了回国,很被珍重,这便称为天目茶碗,后来模造的也用这名称。说是茶碗,其实容量颇大,民间用作饭碗,也仍称为饭茶碗。

7 说牛的叫声是"牟"(读作美长音),这里拿去与日本语诺美(喝字的命令格)双关,所以这样说。

8 日本歌舞的时候,手里照例要拿一把折扇,用以做出种种姿态。中国古时也有舞扇这句话。下文"吹唱"是说后场伴奏和帮唱,这里便是属于后者的一种。

9 这种怪物最初是一种夜中飞鸣的鸟,见于《太平记》,为源赖政所射落。后来《平家物语》中转变成猴头狸身蛇尾,手足似虎,鸣声如枭的妖怪了。

10 深草山在日本京都附近,以月与鹌鹑著名。

11 鳄口是神庙前所挂着的一种铜乐器,状如扁圆盒子,下半开口,礼拜者执粗索力扣作声,作为传达之用。引申比喻张嘴阔大。

12 俗语说鬼神也敌不过泼妇。

13 野兴(Dagurui)指兽类交尾期的激昂。

14 八濑与大原均在日本京都附近,那地方取树木截作一尺长短,放土灶内蒸黑,名为黑木,用作柴火,由妇女顶在头上,至京中售卖,通称"大原女",有名于时。

15 原文作木六驮,上文木改译作柴,所以这里也是如此。

16 这一篇系依据芳贺矢一编的《狂言五十番》译出,和泉流的狂言集中未见。

## 附　子

**脚色三人：**
主人
大管家，主角
二管家

**主　人**　我乃近地的人氏是也。叫用人们出来，有话吩咐。大管家在么？

**大管家**　有。

**主　人**　叫二管家来。

**大管家**　奉命！——二管家，老爷叫！

**二管家**　知道了。

**二　人**　两人都到了。

**主　人**　我叫你们出来，非为别事。我要到什么地方游山去，你们两人给我看家吧。

**二　人**　奉命！

**主　人**　因此有什么东西，要叫你们看管，你们在那里等着。

二　　人　是。

主　　人　喊，喊，我把这个交给你们看管，你们好好的看着吧！

大管家　那是什么呀？

主　　人　那是附子呵！

大管家　那么，两个人里只要一个吧。

二管家　正是。

二　　人　我跟随你去吧。

主　　人　我不是说了么，你们怎么听的？

大管家　你说那个在看家，所以我们两个人里叫一个跟随了你去。

主　　人　那是你们听得不对。那东西叫作附子，是于人身体有大毒的东西，只要碰着从那边吹过来的风，人就忽然的死了，所以千万不要走近旁边去，好好的看守着。

大管家　那么，这样有大毒的东西，你也怎么好用呢？

主　　人　你不懂也是难怪的。那是很爱主人的东西，若是他主人动手去弄，一点都没事，别人弄一下就那么的死了。你们千万不要走近旁边去，只好好的看守着吧！

**大管家** 如果是那么样，——

**二　人** 奉命！

**主　人** 我一会儿就回来的。

**二　人** 请你一会儿就回来吧。

**大管家** 呀，呀！今天主人外出，我们给他看家，就来宽心的说说话吧。

**二管家** 很好，我们就来宽心的说说话。

**大管家** 先到下边去吧。

**二管家** 知道了。

**大管家** 喊，你怎么想？主人以前无论往哪里去，总是从两人中间叫一个跟随了去，今天却叫两个人都看着家，可见那附子是很要紧的东西哩。

**二管家** 你说得对。叫两个人看着家，可见这东西是非常要紧的。

**大管家** 阿呀，阿呀，阿呀！

**二管家** 什么事呀？

**大管家** 从那边有暖风吹来了，怕会得死了，所以惊惶哩！

**二管家** 刚才的并不是风呀。

**大管家** 那么，这就好了。——可是，我倒想去把那附子看它一下呢！

**二管家** 阿呀,你说的什么胡话!主人说过,若是他主人动手去弄,一点都没事,别人弄一下就即刻死了,所以这种事是来不得的。

**大管家** 你说的很对。可是假如有人问我,你们哪里听说有什么附子,那是怎样的东西呀,答说什么都不知道,那也不好吧。因此我想去看它一下子也好。

**二管家** 你说的虽然也不错,但是据说从那边有风吹来,碰着了就会得死的,所以这事是来不得的呀。

**大管家** 既然如此,碰着风就会得死,那么不让碰着风,从这边扇着去看,岂不可以么?

**二管家** 从这边扇着么?

**大管家** 正是。

**二管家** 那倒是很好的。

**大管家** 那么我来扇着,你去解那绳子吧。

**二管家** 我去解那绳子,你给用力的扇着。

**大管家** 知道了。

**二管家** 扇吧!扇吧!

**大管家** 扇着哩!扇着哩!

**二管家** 解绳了,解绳了!

**大管家** 解吧,解吧!

**二管家**　呀,已经解开了。

**大管家**　干成功了!你顺便把盖子打开了吧。

**二管家**　我给解了绳子,你来打开那盖子吧。

**大管家**　那么,我来打开盖子,你给用力的扇着。

**二管家**　知道了。

**大管家**　扇吧!扇吧!

**二管家**　扇着哩!扇着哩!

**大管家**　打开了,打开了。

**二管家**　打开吧,打开吧。

**大管家**　呀,已经打开了。

**二管家**　干成功了!

**大管家**　看来这第一并不是什么生物。

**二管家**　何以见得?

**大管家**　若是生物,它就那么飞出去了,现在看来总之不是什么生物。

**二管家**　正是如此。

**大管家**　那么来仔细的看吧。

**二管家**　很好。

**大管家**　你用力的扇着!

**二管家**　不会大意的。

**大管家**　扇吧！扇吧！

**二管家**　扇着哩！扇着哩！

**大管家**　扇吧，扇吧！

**二管家**　扇着哩，扇着哩！

**二　人**　扇吧！扇吧！

**大管家**　呀，看见了！看见了！

**二管家**　看见怎么样？

**大管家**　我看见是白白的，粘粘的样子。

**二管家**　我看见是黑黑的，粘粘的样子。[1]

**大管家**　我想把那附子拿来吃它一点。

**二管家**　你说的什么胡话？说是碰着那风就会得死的东西，怎么可以随便的吃呢？

**大管家**　不，不！我给这附子迷住了，老是想要吃。我走去吃一口吧。

**二管家**　喊，喊！你且等待一下吧！主人不在家的时候，发生了什么凶事，叫我一个人为难，这事是来不得的。

**大管家**　不，不！没有妨碍的。你放手吧！

**二管家**　只要是我在这里，这里是不行的。这是来不得的。

**大管家**　不，没有妨碍！你放手呀！

**二管家**　这事是来不得的。

大管家　我说，你放手吧！

二管家　这事是来不得的！

大管家　"我撒开依恋的袖子，

　　　　径往附子的旁边去了也！"[2]

二管家　这是怎么一回事！立刻就会得死了！阿呀，真是讨厌的事呀！

大管家　呀！了不得，了不得！

二管家　喊，喊！怎么了，怎么了？

大管家　不要操心！好吃得了不得！

二管家　什么？好吃得了不得么？

大管家　正是。

二管家　那么，这是什么呀？

大管家　这是糖呀！

二管家　什么？是糖么？

大管家　正是。

二管家　喊，喊！我也来舔一下吧。

大管家　你也来尝尝看。

二管家　的确，这是糖呀！我们被主人骗了。

大管家　呀，呀！你不要独自在舔吃，拿到这边来吧。——啊，真好吃！吃得放不下了！

二管家　　呀，呀！你不要独自在舔吃，拿到这边来吧。

大管家　　这是怎么回事！又拿到哪里去了。呀，呀！你不要独自在舔吃，拿到这边来吧。

二管家　　又到哪里去了。呀，呀！你不要独自在舔吃，拿到这边来吧。

大管家　　这里怎么回事！又拿到哪里去了。呀，呀！你不要独自在舔吃，拿到这边来吧。

二管家　　拿到这边来吧。

大管家　　拿到这边来吧。

二管家　　拿到这边来吧，拿到这边来吧！

大管家　　哈哈，这是很好的事情！全都光了！

二管家　　的确，全都光了！

大管家　　主人回来的时候，我就立刻告诉他。

二管家　　是你舔起头来的，我也立刻告诉他。

大管家　　这是说说玩话罢了。那么，怎么办好呢？

二管家　　怎么办才好呢？

大管家　　先到下边去吧。

二管家　　知道了。

大管家　　喊，喊！主人回来的时候，怎么对他说呢？

二管家　　那么，怎么对他说好呢？你想个办法看吧。

**大管家** 呀,想出好办法来了。把那壁龛上挂着的条幅拿来撕破了。

**二管家** 你真是尽说胡话的人。已经吃了那个附子,怎么又去撕破那珍藏的条幅呢?[3]

**大管家** 喊,喊,这样才可以当作口实呀。

**二管家** 那么,不来撕破,还等什么呢?"嗤,嗤,嗤!"[4]

**大管家** 哈,干了好事了。主人回来的时候,我就老实告诉他。

**二管家** 你叫撕破,这才撕了的,我也老实告诉他好了。

**大管家** 这也说说玩话罢了。

**二管家** 这样就很好。

**大管家** 还有那台子[5]和天目茶碗,也来把它打碎了吧。

**二管家** 喊,喊!你可不是发了疯了么?已经撕破了珍藏的条幅,怎么又去打碎那台子和天目茶碗呢?

**大管家** 呀,这样才可以当作口实呀!我也来帮忙,把它打碎了吧。

**二管家** 那么,不来打碎,还等什么呢?

**大管家** 先从这天目茶碗动手吧。

**二管家** 好吧。

**大管家** ——"哗喇哩,啹!"

二管家　——"啕哗喇哩!"

二　人　哈,哈,哈!

大管家　打得粉碎了。

二管家　正是如此。

大管家　台子也踏碎了吧。

二管家　好吧。

二　人　——"劈列拍喇,劈列拍喇!"(笑。)

大管家　踏得粉碎了。

二管家　正是如此。

大管家　等主人回来的时候,我们呜呜的哭着吧。

二管家　哭就没事么?

大管家　正是。就没事啦。就快要回来了,你到这边来吧。

二管家　知道了。

主　人　缓缓的游了一趟山,现在赶紧回家去吧。两个人该等待我好久了吧。——喊,喊!大管家,二管家!我回来了,回来了。

大管家　他回来了!哭吧,哭吧!

二管家　知道了。(二人哭泣。)

主　人　这是怎么回事!听说我回来了,就都该跳出来迎接。现在却是呜呜的哭着,这是什么事情呢?

**大管家**　你来说吧!

**二管家**　还是由你来说吧!

**主　人**　不管谁都行,还不快说么?

**大管家**　那么我就来说吧。主人不在家,觉是太是冷静了,因此二管家说来摔跤玩吧,我是不曾摔过跤,对他说了,可是说非摔不可,拉了我的膀子起来,我很是狼狈,去抓住了那条幅,便是那个样子,——

**二管家**　正是如此。

**二　人**　那么的撕破了!(哭。)

**主　人**　这是怎么回事!把我所珍藏的条幅那么样的撕破了,那不能宽放过去呀!还有什么,快点说来!

**大管家**　后来左右的牵扯,骨冬的被扔倒在那台子和天目茶碗的上头,便是那个样子,——

**二管家**　正是如此。

**二　人**　那么的砸碎了!(哭。)

**主　人**　呀,呀,可恶的家伙!把我那台子和天目茶碗那么样的打碎了,那不能宽放过去呀!还有什么,快点说来!

**大管家**　事情弄得这样,我们想是再也活不成了,便想吃那附子,去寻死吧。

**二管家** 正是如此。

**大管家** 吃了一口还死不掉。

**二管家** 吃了两口也还不死。

**大管家** 三口四口，——

**二管家** 以至五口，——

**大管家** 吃了十多口，直到吃光了，也还死不去！阿呀！可庆贺的这命根子的结实呀！

**主　人** 什么命根子的结实！

**二　人** 务必请饶恕吧，请饶恕吧！

**主　人** 这些坏家伙，骗子！到哪里去？给我抓住了！别让逃跑呀，别让逃跑呀！[6]

注释：

1 和泉流本只有"黑黑的"一句，鹭流本虽有上句，但中国白糖在明嘉靖时才有，以前都是黑糖，这里所说当然也是黑糖。

2 大管家这里系用词曲调子，虽然原本出处未能知悉。

3 和泉流本说明是牧溪和尚的墨画观音。

4 这是形容撕破条幅的声音。下文打碎茶碗及台子处均同。

5 台子是安放茶具的器物。天目茶碗见《柴六担》注6。

6 这一篇译自《狂言五十番》，系鹭流原本。附子乃是原名，在中国当作毒药时大抵称为"乌头"。

## 骨　皮

**脚色五人：**

*方丈*

*徒弟，主角*

*施主甲乙丙*

**方丈**　我乃本寺的方丈是也。叫徒弟出来，有话吩咐。——徒弟在家么？在家么？

**徒弟**　喳，师父叫我是什么事情？

**方丈**　叫你出来非为别事。我老了，料理寺里的事务也很觉得吃力，从今天起将本寺交给你管，你便这样的去办罢。

**徒弟**　这虽然是万分感激的事，但是我还没有什么学问，再迟几时也不打紧，还不如请你将来再说罢。

**方丈**　听了你这番驯良的回答，非常中意了。但是虽说是隐居，也并不往外边去，还是住在寺里，倘有什么事情，仍旧可以来说的。

**徒弟**　既然这样，便任凭尊意办去罢。

**方丈**　这本来也不必再加叮嘱，你要专心去做，使施主们中意，寺也繁盛起来。

**徒弟** 不必挂念，我总要使得施主们中意就是了。

**方丈** 那么我就进去了，有什么要问的事情，可以进来问我。

**徒弟** 是。

**方丈** 施主们到来了，就来通报。

**徒弟** 是。——呀，呀，真高兴呀！方丈什么日子才将寺交付出来，我正在等着，今天居然交给我管了，可不是大大的喜事么。施主们听了，想必一定高兴，我也要当心使他们中意才是哩。

**甲** 我乃近地的人是也。往什么地方去有点事，忽然似乎是天要下雨的样子，且到檀那寺去借一柄雨伞来罢。——就是这里了。请问，……请教。

**徒弟** 外面有人说请问的。——请问的是谁呀？请教的是……？

**甲** 是我呀。

**徒弟** 呀，请了请了。

**甲** 近来不曾奉候，不知道方丈和你都可好么？

**徒弟** 是，都很好。只是师父不知道怎样想起，把本寺交给我管了，请你也照先前一样的到这里来玩玩。
**甲** 恭喜恭喜，我不曾知道，所以没有来道喜。今天来的非为别事，因为要往什么地方去有点事，忽然似乎天要下雨的样子，请你借给我一柄雨伞。
**徒弟** 那是很容易的事情。请你暂且在这里等一等罢。
**甲** 多谢多谢。
**徒弟** 这个，借给你。
**甲** 多谢多谢。
**徒弟** 以后还有什么事情，只请你说出来。
**甲** 以后再来奉托，现在失陪了。
**徒弟** 去了么？
**甲** 是。
**二人** 再会。——再会。
**甲** 多谢多谢。
**徒弟** 请了。
**甲** 呀，好不高兴呀！快点去罢。
**徒弟** 师父说过，施主们到来了，就来通报，我须得进去，将这情形报告一番。——师父在家么？
**方丈** 呃，在家呢。
**徒弟** 想必很冷静罢。

**方丈** 倒也没有什么。

**徒弟** 刚才某先生到来了。

**方丈** 那是来烧香的呢,还是有别的事情?

**徒弟** 他是来借雨伞的,便即借给他了。

**方丈** 借给他了很好,但是将哪一柄雨伞借给他了。

**徒弟** 将前几天新买的那一柄雨伞借给他了。

**方丈** 你真是粗心的人。那柄雨伞,自己也还没有撑过,怎么借给人家了。以后还会有这样的事情。要不借给他,也有说法的。

**徒弟** 那么,怎样说呢?

**方丈** "那本来是很容易的事情,只因前天师父撑了出去,遇着十字路口的狂风,变了骨是骨,皮是皮,现在骨皮缚在一起,挂在顶棚底下,所以未必能合用了。"你只要这样,很像真实的说便好。

**徒弟** 知道了,以后我便照样说。现在去了。

**方丈** 去了么?

**徒弟** 是。

**二人** 再会。——再会。

**徒弟** 这是怎么一回事。虽然是师父的吩咐,怎的不将现有的东西借给人家呢。

乙　　我乃近地的人是也。今天要往远地方去，且到檀那寺去借一匹马来罢。赶快去罢。——就是这里了。请问，……请教。

徒弟　外面又有人说请问的。——请问的是谁呀？请教的是……？

乙　　是我呀。

徒弟　呀，请了请了。

乙　　今天来的非为别事，因为要往远地方去，虽然很抱歉，倘肯将马借给我一用，那是我非常感激的。

徒弟　那本来是很容易的事情；只因前天师父撑了出去，遇着十字路口的狂风，变了骨是骨，皮是皮，现在骨皮缚在一起，挂在顶棚底下，所以未必能合用了。

乙　　喂，我说的是马呢。

徒弟　是，说的正是马哩。

乙　　呃，那么不必费心了。现在失陪了。

徒弟　去了么？

乙　　是。

二人　再会。——再会。

徒弟　请了。

乙　　呃，——这真是，莫名其妙的话了。

**徒弟** 照着师父所教的说了,一定中意罢。——师父在家么?

**方丈** 呃,在家呢。有什么事件么?

**徒弟** 刚才某先生到来借马。

**方丈** 好在正闲着,你借给他了么?

**徒弟** 不,我照你前回所吩咐的说了,没有借给他。

**方丈** 我不记得什么马的话,你怎样说的呢?

**徒弟** 前天你撑了出去,遇着十字路口的狂风,变了骨是骨,皮是皮,现在骨皮缚在一起,挂在顶棚底下,所以未必能合用了。我是这样说的。

**方丈** 这是怎么一回事。有人来借雨伞的时候,才教你的那样说的;现在人家来借马,怎么也可以这样的说呢?要不将马借给他,也有说法的。

**徒弟** 那么,怎样说呢?

**方丈** "前天放它出去吃草,却发了野兴[1],将腰骨跌断了,现在盖着稻草,睡在马房角里,所以未必中用了。"你只要这样,很像真实的说便好。

**徒弟** 知道了,以后我便照样说罢。

**方丈** 千万不要说出疏忽的话来。

**徒弟** 是。——这是怎么一回事。照着吩咐我说的说了,又要挨骂。唉，这真叫我为难了。

丙　　我乃近地的人是也。往檀那寺去有点事情。赶快去罢。——就是这里了。请问……请教。

徒弟　外面又有说请问的。——请问的是谁呀？请教的是……？

丙　　是我呀。

徒弟　呀，请了请了。

丙　　近来不曾奉候，不知道方丈和你都可好么？

徒弟　是，都很好。只是师父不知道怎样想起，将本寺交给我管了，请你也照先前一样的到这里来玩玩。

丙　　恭喜恭喜，我不曾知道，所以没有来道喜。今天来的非为别事，明天是先人的忌日，请方丈和你都到舍间来，这是我非常感激的。

徒弟　我可以去，只是师父大约去不成了。

丙　　大约他没有工夫罢？

徒弟　并不是没有工夫，前天放他去吃草，却发了野兴，将腰骨跌断了，现在盖着稻草，睡在马房角里，所以未必能去了。

丙　　喂，你说的是方丈呢。

185

徒弟　是，说的正是师父哩。

丙　　那是很可惋惜的。那么便请你一个人过来罢。

徒弟　是，我就去。

丙　　现在失陪了。

徒弟　去了么？

丙　　呃，——这真是，莫名其妙的话了。

徒弟　这回无论怎样一定中意罢。——师父在家么？

方丈　呃，在家呢。有什么事情么？

徒弟　刚才某先生到来，说因为明天是忌日，请你和我都去，我便回答说我可以去，只是你大约去不成了。

方丈　明天正好是闲空着，本来倒是可以去的。

徒弟　我照着你所吩咐的说了。

方丈　我并不记得说过。你怎样说的呢？

徒弟　前天放他去吃草，却发了野兴，将腰骨跌断了，现在盖着稻草，睡在马房角里，所以未必能去了。我是这样说的。

方丈　你真是这样说的么？

徒弟　是，真的。

方丈　这真是，你是个呆子。无论怎么说，总是不会懂。有人来借马的时候，才教你那样说的。照这情形看起来，到底不能住持这寺的了。你给我出去罢。

**徒弟** 是。

**方丈** 还不去么，还不去么！（打。）

**徒弟** 阿唷，阿唷，……即使说是师父，怎么便这样的殴打。便是你，难道就没有发过野兴的事情么？

**方丈** 我什么时候，发过野兴了？要是有，快说出来，快说出来。

**徒弟** 说出来的时候，可要丢了脸了。

**方丈** 我没有要丢了脸的行为。要是有，快说出来，快说出来。

**徒弟** 那么，说出来了。

**方丈** 快说出来。

**徒弟** 呃，有一天，门前的"一夜"来了。[2]

**方丈** 那个"一夜"怎么了。

**徒弟** 请听下去吧。你用手招她，带到卧房里去了。那还不是野兴发了么？

**方丈** 你这可恶的东西！编造出并不曾有的事情，叫师父出丑。凭了弓矢八幡[3]，不再让你逃走了。

**徒弟** 即使说是师父，我也不输给你。

**方丈**　荷荷，——荷荷。(相打。)

**徒弟**　记得了么？嚄嚄，好不喜欢。胜了，胜了。

**方丈**　呀呀，将师父打到这模样，往哪里走！有人么？给我捉住了！别叫逃跑呀，别叫逃跑呀！[4]

注释：
1　野兴（Dagurui）指兽类交尾期的激昂。
2　一夜为一夜女之略，即娼女。
3　弓矢八幡系武士誓词，谓在八幡神之前，凭弓矢而立誓，八幡为弓矢之神。
4　这一篇从《狂言二十番》译出。

## 沙弥打官司

**脚色四人：**

女人

方丈

沙弥，主角

乡官

**女人**　我乃住在近地的人氏是也。有一个出家的儿子，近来有好久不曾看见了,所以今天想到寺里去访问他一下子。真是在做母亲的人,有好久不看见,便觉得不大放心。要他在家里才好哩。呀,说着话的时候,已经到了这里了。请教,——方丈在家么?

**方丈** 呀,外边有人说请教的。那是谁呀?

**女人** 呀,是我呀。

**方丈** 嗯,请了请了。就请进吧。

**女人** 近来好久没有拜访,你是康健么?

**方丈** 正是,平安无事的。你那边也康健,是很好的。

**女人** 近时不曾遇见沙弥,也是康健,做着事吧?

**方丈** 正是。他是康健的。今日刚派到人家赴斋去了。一会儿就回来,你就多等一下吧。

**女人** 那沙弥也托了你的福,会得干那时食与非时的功课了,在我真是很感谢的。[1]

**方丈** 那么那么,说到这里,我正想有一天到你那里去,和你去谈下子,现在倒是正好的机会。那沙弥真是不中用的人。第一是学问全不用功,无论吩咐他什么事情,愚僧所说的话一句也不听。真是叫人操心,没有什么办法的家伙。

**女人** 阿呀,阿呀!我还以为他是用心学问,所以好久也没有到我那里去的哩，现在听你的话，才知道有这种岂有此理的事情。

**方丈** 而且愚僧一不在家，他便招集邻近的小孩们，房间院子里到处奔跑，器具什么有的打破，有的损坏，简直是没有什么办法。

**女人** 这样说来，你的生气正是很当然的。本来还不是那么胡闹的年纪，真是太要不得了。因为这不能再还给我这边，如果不中你意，就请你把他赶出去了吧。

**沙弥** 今天早上到人家去赴斋，不料吃了好东西回来。现在回到寺里，把这事情说给师父去听吧。——呀，那才是好哩！

**女人** 什么呀，那才是好哩？你那个样子算是什么呀？

**沙弥** 这真是，样子怎么了？

**女人** 说怎么了？那么不懂规矩的直站着，连在父母师父前面的礼仪也不知道。那真是叫人操心的家伙呀！

**沙弥** 这是在先有人说了什么话了。

**女人** 喊，沙弥，你的事情，无论哪里都没有说好的。

**方丈** 总之这要还给你，你带了他去吧。

**女人** 这早已送给你做徒弟了。我不能再接受,所以无论怎么办,任凭师父的意思做吧。

**方丈** 那么,刚好就在你的面前赶了出去吧。——不能再把你放在这寺里了,你出去吧!

**沙弥** 喊,喊,你如果不留我,那么你自己出去吧。我是决不出去的。

**方丈** 你看那个样子。愚僧说的话是不会听的。总之且到乡官那里,请他给赶出去吧。[2]请你带他跟着我来。

**女人** 知道了。

**方丈** 真是教人生气的事情。现今就给赶出去了事。

**沙弥** 这到底是从什么事起来的呢?今天早上说赴斋去,被打发出去,是赴斋的事情不中意了么?这件事真有点弄不明白。

**女人** 这是因为你平常不听师父的话的缘故呀。你也不能再回到我这边来。

**方丈** 请问。请教——

**乡官** 说请教的是谁呀?呀,师父么?请进来吧。怎么想起了到这里来的?

**方丈** 从前同你私下说过的那个沙弥,现在带了来了。请你了解,给我赶了出去。

**乡官** 带到这里来吧。我好加以戒饬。

**方丈** 知道了。妈妈,你把沙弥带上来吧。

**女人** 知道了。喊,喊,你上前去吧。

**乡官** 那女人是谁呀?

**女人** 我乃是沙弥的母亲。沙弥在还不知道东西南北的时候,被抛弃在十字街口,是我拣了起来,养大成人的,现在变了连这都不记得的糊涂家伙了。

**沙弥** 喊,我说,我本来不是牛马的孩子,人的孩子养大成人,岂不是没有什么奇怪么?

**方丈** 对了母亲,说出这样的话来。愚僧要了来作为徒弟,学问既然不做,那么碾茶叶也行吧,我这样说了,茶叶也并不去碾。真是什么办法都没有。

**沙弥** 不不,你别这么说。我很用心学问,闲空时候也想要碾茶叶,可以要碾的茶叶并没有,现在你却来说那样的话。

**方丈** 愚僧不在家的时候,招集许多人来,吵闹不堪。

**沙弥** 不不,并不是这样。寺门前的年青人都说教念《阿弥陀经》吧,教下围棋象棋吧,聚集拢来。我看见师父在前几时,有寺门前的"一夜"来了[3]——

**方丈** 嘘!喊,喊,喊!这种事情,你给师父来出丑么？——总之，请你给赶出寺去吧！
**乡官** 我虽是偏向着师父，可是这个情形，我不好赶他出去。你带了他回去吧。
**方丈** 务必求你叫他出去才好。
**乡官** 不不，他是归你教管的嘛。赶快带了去吧。我要走进里边去了。你快快回去吧，回去吧。
**女人** 那真是教人操心的事呀！师父，这已经送给了你的，我是不知道。现在我回家去了。
**方丈** 不，喊喊，且等着吧。有事情和你商量。
**沙弥** 你回去了么？请慢慢的回去。那是很好的。
**方丈** 那真是的，要了你这样的人做徒弟，照顾到现在，现今想起来真是悔恨得很。
**沙弥** 有什么事要那么悔恨的呢？
**方丈** 你在乡官的面前出我的丑。
**沙弥** 我不看见的话也不说。那"一夜"的事情并不只是一回两回呀！
**方丈** 你还说那坏话么？可恶的家伙。
**沙弥** 可不是并没有假么？
**方丈** 你是可恶的家伙。
**沙弥** 但是"一夜"和你乃是两口子嘛。

**方丈**　可恶的家伙！往哪里逃？

**沙弥**　两口子嘛，两口子嘛！

**方丈**　决不放过呀！决不放过呀！[4]


注释：

1　"斋"系佛教用语，佛教定律过午不食，斋在午前，故训时食，午后则为非时，不能再进食了。

2　乡官原文云地头，系室町时代的一种地方下级官吏，却很有权威，故俗语云哭的孩儿和乡官都是拗他不过的。

3　"一夜"见《骨皮》注2。

4　这一篇从《狂言五十番》译出，原名云《公事新发意》，题目乃是直译原意。


## 工东呐

**脚色三人：**

盲人甲，勾当职乐师，主角

盲人乙，侍者

行人


**盲甲**　我乃住在此地的勾当[1]是也。先叫菊一出来，有话商量。——菊一在家么?

**盲乙** 喳。

**盲甲** 在么?

**盲乙** 是,在这里。

**盲甲** 叫你出来非为别事。这几天老是坐在家里,觉得无聊,今天想到什么地方去游玩一回,你看怎样?

**盲乙** 我本来就想这样说的,现在先吩咐出来了,那是再好不过的。

**盲甲** 那么,就要出去,你把酒筒预备好了。

**盲乙** 喳。——酒筒预备好了。

**盲甲** 那么去罢。喊,喊!这里来,这里来!

**盲乙** 喳。

**盲甲** 喊,你看怎样?这样地你我出去游玩,旁人看了或者要觉得好笑,但是换一个地方,也觉得愉快,可不是么?

**盲乙** 是。未必有觉得好笑的人,请你不必劳心,随意游玩的好。

**盲甲** 呀,说着话时觉得四面很是冷静了,这好像已经是野外了。

**盲乙** 这实在好像是野外了。

**盲甲**　喊,想到现已来到宽阔的地方,不觉心里很是舒畅了。

**盲乙**　正是,这是有趣起来了。

**盲甲**　我早想告诉你一句话。你老是唱一点小曲和词调,总不是事,练习点《平家物语》或者倒是好的罢。

**盲乙**　我本来就想这样请求,现在先吩咐出来了。倘若肯赐指教,那是万分感谢的。

**盲甲**　那么,幸而周围似乎没有别人,就说一节给你学习学习罢。

**盲乙**　那是万分感谢。领教罢。

**盲甲**　"且说一之谷的地方既然打了败仗,各人都想得名,拼命的厮杀,有的削下了脚跟踏在地上,有的打落了下巴搂在怀中。因为是一场混战,大家拾起脚跟来贴在下巴上,拿了下巴去垫在脚跟下:奇哉怪哉,脚跟上长出胡须,下巴上毕剥毕剥地裂开了二三百条的皱坼!"

**盲乙**　好呀,好呀!这真是,实在是难得听的曲调。

**盲甲**　那么去罢。喊,喊!这里来,这里来!

**盲乙**　喳。

**盲甲**　世上虽然也有说《平家》的人,却没有什么好手,你要努力练习才好。

**盲乙** 总当努力学习,请你指教。

**盲甲** 将来我如升了检校,我替你设法补勾当的缺罢。

**盲乙** 那更是多谢了。

**盲甲** 呀,特别听见水响,好像是河边了。

**盲乙** 是,好像是河边了。

**盲甲** 这须得渡过去。怎么办呢?

**盲乙** 那么怎么办才好呢?

**行人** 我乃此地人氏是也。有事情要往山的那边去,现在赶快去罢。——呀,那里有两个瞎子似乎正要渡河。且看他们怎样地做。

**盲甲** 喊,喊,先投一颗石子试试深浅罢。

**盲乙** 喳。——呀,呃!"工东!"

**盲甲** 喊,喊,这里好像很深。

**盲乙** 是,这里好像深得很。

**盲甲** 到那边投一颗试试罢。

**盲乙** 喳。——呀,呃!"当!"

**盲甲** 这似乎还浅。

**盲乙** 是,这似乎很浅。

**盲甲** 那么渡过去罢。喊,喊!这里来!这里来!

**盲乙** 不,不,请等一等。

**盲甲** 什么事?

**盲乙** 让我背了你过去。

**盲甲** 不,不。那可以不必。你跟着我渡过去罢。

**盲乙** 不,带我出来,就是为这样的时候,要用着我。神佛保佑,还是让我背过去罢。

**盲甲** 不,不,你的眼睛也看不见,倘若有了意外那怎么好。大家拉着手渡过去罢。喊,来罢,来罢!

**盲乙** 不,平常服役,就是为这样的时候,要用着我。请让我背过去罢。

**盲甲** 既然这样的说,那么就劳你背过去罢。不过现在要预备一下子,你也走到这里来预备好了。

**盲乙** 喳。

**行人** 呵,瞎子这东西倒是很乖巧的,投颗石子试试水的深浅。碰巧遇见了这件事。我便劳他背过河去罢。

**盲乙** 请你好好地扶住了。那么就渡过去罢。呃,呃!水要不深才好呢。呃,呃!已经好好地背过来了。没有什么意外,那是很可度幸的事。

**行人** 呀,这真是可喜的事。今天不意地碰见了好运气。

**盲甲** 菊一,预备好了没有? 菊一,菊一! 这是怎么的! 菊一走到哪里去了。菊一，菊一！喊，菊一！

**盲乙** 嗳！

**盲甲** 什么嗳！怎么不背我过去呢？

**盲乙** 刚才已经背过来了。

**盲甲** 什么背过来了？我正在这里等着，还没有背过去哩。你好像独自渡过去了。

**盲乙** 你也已经来到这边哩。

**盲甲** 什么已经来到这边？这真是，讨厌的东西！快点滚到这边来罢。

**盲乙** 咦，这真莫名其妙了。呃，呃！——那么请背上罢。

**盲甲** 好好地背着走。

**盲乙** 那么渡过去罢。呃，呃！这好像是有点深哩。

**盲甲** 给我好好地背着走。

**盲乙** 呃，呃！这是怎么的！深呀，深呀，深呀！——南无三宝！

**行人** 喊，喊，这真是有趣的事，——阿，这可是对不起了。

**盲甲** 这个真是，出了很讨厌的事情了。身上都弄湿了。正因为这个我本来就说不要背的，——

**盲乙** 这真是，很对不起了。我替你绞一绞衣服罢。我也是很小心地走着，可是脚下一绊便跌倒了。这要请你饶恕。
**盲甲** 偶然的过失，也是没有法子的。那个酒筒并没有什么罢?
**盲乙** 不晓得怎么了。——呀，酒筒没有什么?
**盲甲** 觉得有点冷了。先喝一杯罢，把它倒出来。
**盲乙** 喳。
**行人** 真好运气! 喝他一杯。
**盲乙** 那么倒出来罢。"骨都，骨都!"
**盲甲** 这倒似乎很不少，喝下去连寒气也会不觉得了罢。
**行人** 这个，真好味道!
**盲甲** 菊一，怎么不倒?
**盲乙** 刚才已经倒了。
**盲甲** 仿佛是倒了的样子，可是一点都没有。
**盲乙** 这莫名其妙了。刚才倒了酒的，——那么再倒一杯罢。
**盲甲** 喊，喊，早点倒罢。
**盲乙** 是。"骨都，骨都!"
**行人** 再喝他一杯罢。一杯来了，那么喝罢。这个，真是好酒!

**盲甲** 这似乎还不少,你也喝些。

**盲乙** 那么我也喝罢。"骨都,骨都!"这个,这是好酒!

**盲甲** 喊,菊一,怎么不倒?

**盲乙** 呀,刚才已经倒了。

**盲甲** 仿佛是倒了的样子,可是一滴都没有。这一定是不给我喝,却独自偷喝了。

**盲乙** 喊,你也没有勾当身分,这样卑鄙地只顾独自喝酒。恐怕倒是你喝了说不喝。

**盲甲** 你这讨厌的东西,不但不给人家酒喝,还诬赖人喝了说不喝。这些废话不必多说,还是再倒一杯来罢。

**盲乙** 是。——已经没有了。

**盲甲** 什么?没有?

**盲乙** 正是。

**行人** 喊,喊,这真是有趣的事,弄点手脚让他们吵起架来罢。

**盲甲** 阿唷,阿唷,阿唷!喊,菊一,你不但不给酒喝,为什么还来打我?

**盲乙** 你说什么?打?

**盲甲** 正是。

**盲乙** 我正在收拾酒筒,并没有伸手过去。

**盲甲** 没有伸手过来?除了你还有谁?

**盲乙** 阿唷,阿唷,阿唷!喊,勾当,你不但说了许多许多的话,为什么还打我这没有过失的人?

**盲甲** 我并没有伸手过去。

**盲乙** 没有伸手过来?除了你还有谁?

**盲甲** 阿唷,阿唷,阿唷!喊,菊一,为什么这样地作弄我?

**盲乙** 我并没有伸手过去。

**盲甲** 没有伸手过来,除你还有谁?

**盲乙** 阿唷,阿唷,阿唷!喊,勾当,为什么这样作弄没有过失的人?

**盲甲** 什么?作弄?

**盲乙** 正是。

**盲甲** 我并没有伸手过去。

**盲乙** 没有伸手过来?除了你还有谁?

**盲甲** 阿唷,阿唷,阿唷!

**盲乙** 阿唷,阿唷,阿唷!

**行人** 喊,喊,这真是有趣的事。再种种作弄了玩罢。——这是怎么的?真打起架来了。在这种地方是不宜久留的,趁路还没有黑的时候赶快走罢。

**盲甲** 这不能再忍耐了。不肯饶放你过去。

**盲乙** 我也不肯吃亏。

**盲甲** （呐喊）呀，呀，呀！

**盲乙** 你知道了罢！喊，喊，可喜呀！得胜了，得胜了！

**盲甲** 喊，喊，把勾当打到这个样子，往哪里走！有人么？给我捉住了！别叫逃跑呀，别叫逃跑呀！[2]

注释：

1　日本古时盲人官职，有检校、勾当及座头等几级，大概以弹琵琶，说《平家物语》故事为业。

2　这一篇从《狂言二十番》译出，原名《井哙》，读作 dobukachiri，表现投石试测河水深浅的声音，今改写如上。

# 枕草子（节选）

[日] 清少纳言

## 四时的情趣

春天是破晓的时候〔最好〕。渐渐发白的山顶，有点亮了起来，紫色的云彩细微的横在那里，〔这是很有意思的〕。

夏天是夜里〔最好〕。有月亮的时候，这是不必说了，就是暗夜，有萤火到处飞着，〔也是很有趣味的〕。那时候，连下雨也有意思。

秋天是傍晚〔最好〕。夕阳很辉煌的照着，到了很接近了山边的时候，乌鸦都要归巢去了，便三只一起，四只或两只一起的飞着，这也是很有意思的。而且更有大雁排成行列的飞去，随后变得看去很小了，也是有趣。到了日没以后，风的声响以及虫类的鸣声，也都是有意思的。

冬天是早晨〔最好〕。在下了雪的时候可以不必说了，有时只是雪白的下了霜，或者就是没有霜雪也觉得很冷的天气，赶快的生起火来，拿了炭到处分送，很有点冬天的模样。但是到了中午暖了起来，寒气减退了，所有地炉以及火盆里的火，〔都因为没有人管了〕，以致容易变成了白色的灰，这是不大对的。

## 正月元旦

正月元旦特别是天气晴朗，而且很少有的出现霞彩，世间所有的人都整饬衣裳容貌，格外用心，对于主上和自身致祝贺之意[1]，是特有意思的事情。

正月七日，去摘了在雪下青青初长的嫩菜[2]，这些都是在宫里不常见的东西，拿了传观，很是热闹，是极有意思的事情。这一天又是参观"白马"[3]的仪式，在私邸的官员家属都把车子收拾整齐，前去观看。在车子拉进了待贤门的门槛的时候，车中人的头常一起碰撞，前头所插的梳子也掉了，若不小心也有折断了的，大家哄笑，也是很好玩的。〔到了建春门里〕，在左卫门的卫所那边，有许多殿上人站着，借了舍人[4]们的弓，吓唬那些马以为玩笑，才从门外张望进去，只见有屏风立着，主殿司[5]和女官们走来走去，很有意思。这是多么幸福的人，在九重禁地得以这样熟悉的来去呢，想起来是很可羡慕的。现在所看到的，其实在大内中是极狭小的一部分，所以近看那舍人们的脸面，也露出本色，白粉没有搽到的地方，觉得有如院子里的黑土上，雪是斑驳的融化了的样子，很是难看。而且因为马的奔跳骚扰，有点觉得可怕，便自然躲进车里面去，便什么都看不到了。

正月八日〔是女官叙位和女王给禄的日子，凡是与选〕的人都去谢恩，奔走欢喜，车子的声响也特别热闹，觉得很有意思。

正月十五日有"望日粥"[6]的节供，〔进献于天皇〕。在那一天里，各家的老妇和宫里的女官都拿粥棒[7]隐藏着，等着机会，别的妇女们也用心提防着后边，不要着打，这种神气看来很有意思。虽是如此，不知怎的仍旧打着了，很是高兴，大家都笑了，觉得甚是热闹。被打的人却很是遗憾，那原是难怪的。有的从去年新来的赘婿[8]，一同到大内来朝贺，女官等着他们的到来，自负在那些家里出得风头，在那内院徘徊伺着机会，前边的人看出她的用意，嘻嘻的笑了，便用手势阻止她说："禁声禁声。"可是那新娘若无其事的样子，大大方方的走了来。这边借口说："且把这里的东西取了来吧。"走近前去，打了一下，随即逃走，在那里的人都笑了起来。新郎也并不显出生气的模样，只是好意的微笑，〔新娘〕也不出惊，不过脸色微微的发红了，这是很有意思的事情。又或是女官们互相打，有时连男人也打了。〔原来只是游戏〕，不知是什么意思，被打的人哭了发怒，咒骂打他的人，〔有时候〕也觉得是很好玩。宫中本来是应当不能放肆的地方，在今天都不讲这些了，什么谨慎一点都没有了。

**其二　除目[9]的时候**

有除目式的时候，宫中很有意思。雪正下着，也正是冰冻的时候，四位五位的人拿着申文[10]，年纪很轻，精神也很好，似乎前途很有希望。有的老人，头发白了的人，夤缘要津有所请求，或进到女官的司房，陈说自身的长处，任意喋喋的讲，给年轻的女官们所见笑，〔偷偷的〕学他的样子，他自己还全不知道。对他们说："请给好言一声，奏知天皇，请给启上中宫吧！"这样托付了，幸而得到官倒也罢了，结果什么也得不到，那就很是可怜了。

**其三　三月三日**

三月三日，这一天最好是天色晴朗，又很觉得长闲。桃花这时初开，还有杨柳，都很有意思，自不待言说。又柳芽初生，像是作茧似的，很有趣味。但是后来叶长大了，就觉得讨厌。〔不但是柳叶〕，凡是花在散了之后，也都是不好看的。把开得很好的樱花，很长的折下一枝来，插在大的花瓶里，那是很有意思的。穿了樱花季节的直衣和出袿[11]的人，或是来客，或是中宫的弟兄们，坐在花瓶的近旁，说着话，实在是有兴趣的事。在那周围，有什么小鸟和蝴蝶之类，样子很好看的，在那里飞翔，也很觉得有意思。

### 其四　贺茂祭的时候

贺茂祭的时候很有意思。其时树木的叶子还不十分繁茂，只是嫩叶青葱，没有烟霞遮断澄澈的天空，已经觉得有意思，到了少为阴沉的薄暮的时候，或是夜里，听那子规那希微的鸣声，远远的听着有时似乎听错似的，几乎像没有，这时候觉得怎样的有意思呢？到得祭日逼近了，〔做节日衣服用的〕青朽叶色和二蓝[12]的布匹成卷，放在木箱的盖里，上面包着一些纸只是装个样子，拿着来往的〔送礼〕，也是很有意思的。末浓、村浓以及卷染[13]等种种染色，在这时候比平常也更有兴趣。〔在祭礼行列中的〕女童在平日打扮，洗了头发加以整理，衣服多是穿旧了的，也有绽了线，都已破旧了的，还有屐子和鞋也坏了，说"给穿上屐子的纽袢吧！""鞋子给钉上一层底吧！"拿着奔走吵闹，希望早日祭礼到来，看来也是有意思。这样乱蹦乱跳的顽童，穿上盛装，却忽然变得像定者[14]一样的法师，慢慢的排着行走，觉得是很好玩的。又应了身分，有女童的母亲，或是叔母阿姊，在旁边走着照料，也是有意思的事情。

注释：
1　对主上致祝贺之意即指朝拜，对自己的祝贺则指新年的有些仪式，如新正三日例有"固齿"之习惯。牙齿的意思通于"年龄",所以有祈祷延龄之意。古时吃鹿肉或野猪肉,其后佛教兴盛,戒食兽肉,改食盐鱼及年糕,此风至今犹存。

2 原文"若菜",指春天的七草,即是荠菜、蘩蒌、芹、芜菁、萝蔔、鼠麴草、鸡肠草。七种之中有些是菜,有的只是可吃的野草,正月七日采取其叶食作羹吃,云可除百病,辟邪气。

3 中国旧说,马为阳兽,青为阳春之色,故正月七日看青马,可以禳除一年中的灾害。日本遂有天皇于是日看马的仪式,自十世纪初改用白马,故文字上亦改写"白马节会",唯仍旧时读法曰青马云。

4 殿上人指公卿中许可升殿者,其品级须在五位以上。舍人系禁中侍卫,由有爵位者的子弟中选拔,任左右近卫府舍人各三百人,各带弓箭兵仗,司警卫之役。

5 主殿司为后官十二司之一,专司官中薪炭灯油的事,皆由女官任之。

6 正月望日也是节日,煮粥加小豆,称"望日粥",此种风俗至今也还留存。

7 煮粥用过的木材,称为粥棒,或曰粥杖,用以打女人的后背,云可宜男。

8 日本古时结婚,皆由男子往女家去,称为"往来",写作"通"字。在《源氏物语》及中国唐代传说中,多说及此事,与平常的入赘情形有别。

9 原文"除目"系用中国古语,"除"谓除旧官,后转称拜官曰除,除书曰除目,犹后世所谓推升朝报。唐人诗云:"一日看除目,三年损道心。"日本古时除官,有内外之分,正月九日至十一日,为地方官任免日期,文中即指此事。国司例用五位以下的官,但亦有兼用四五位的。

10 申文系本人自叙履历愿望,遇官职有阙,申请补用,亦有请文章博士代撰者,《枕草子》第一七三段列举"文"之美者,于《白氏文集》及《文选》之外,有"博士的申文",即指此,例用汉文,参照唐时公文程式而成。

11 这里是指夹衣,三月里穿的。直衣是指贵人的常服,与礼服相对。"直"犹言平常,但非许可升殿的人不能着用。"袿"意云里衣,谓穿在直衣底下的衣服,常时衣裾纳入裳内,其露出裤腰外者称为出袿。

12 青朽叶系贺茂祭时所穿的服色,乃是经线用青,纬线用黄所织成的丝织物,夹衣的里子系用青色。二蓝为蓝与红花所染成的间色,即今的淡紫色,若织物则经线为红,纬线为蓝。

13 末浓谓染色上淡下浓,多系紫或绀色。村浓用一种染色,处处淡浓不一样,村或作斑,二字读音相同。卷染为绞染之一种,用绢线随处结缚,及染后则缚处色白,中国古称绞缬。

14 定者即香童,大法会在行道的时候,由沙弥执香炉前导,祭礼中以女童充任。


## 御猫与翁丸

清凉殿里饲养的御猫,叙爵五位,称为命妇[1],非常可爱,很为主上所宠爱。有一天,猫出来廊下蹲着,专管的乳母马命妇[2]看见,就叫它道:

"那是不行的,请进来吧!"但是猫并不听她的话,还是

在有太阳晒着的地方睡觉。为的要吓唬它,便说道:

"翁丸在哪里呢,来咬命妇吧!"那狗听了以为是真叫它咬,这傻东西跑了过去,猫出了惊,逃进帘子里去了。正是早餐的时候,主上在那里,看了这情形,非常的出惊。他把那猫抱在怀中,一面召集殿上的男人们,等藏人[3]忠隆来了,天皇说道:

"把那翁丸痛打一顿,流放到犬岛去,立刻就办!"大家聚集了,喧嚷着捕那条狗。对于马命妇也给予处罚,说道:

"乳母也调换吧。那是很不能放心的。"因此马命妇便表示惶恐,不敢再到御前出仕。那狗被捕了,由侍卫们流放去了。

女官们却对于那狗很觉得怜惜,说道:

"可怜啊,不久以前还是很有威势的摇摆走着的哩!这个三月三日的节日,头弁[4]把它头上戴上柳圈,簪着桃花,腰间又插了樱花,在院子里叫走着,现在遇着这样的事,又哪里想得到呢。"又说道:

"平常中宫吃饭的时候,总在近地相对等着,现在却觉得怪寂寞的。"这样说了,过了三四天的一个中午,突然有狗大声嗥叫。这是什么狗呢,那么长时间的叫着?正听着的时候,别的那些狗也都乱跑,仿佛有什么事的叫了起来。管厕所的女人走来说道:"呀,不得了。两个藏人打一只狗,恐怕就要打死了吧!说是给流放了,却又跑了回来,所以给它处罚呢!"啊,可怜的,这一定是翁丸了。据她说是忠隆和实房这两个人正打那狗,叫人去阻止,这才叫声止住了。去劝阻的人回来说道:

"因为已经死了,所以抛弃在宫门外面了。"大家正有觉得这是很可怜的,那天晚上,只见有遍身都肿了,非常难看的一只狗,抖着身子在院子里走着。女官们看见了说道:

"啊呀,这可不是翁丸么?这样的狗近时是没有看见嘛。"便叫它道:

"翁丸!"却似乎没有反应。有人说是翁丸,有人说不是,各人意见不一,乃对中宫说了。中宫道:

"右近[5]应该知道,叫右近来吧。"右近这时退下在私室里,说是有急事召见,所以来了。中宫说道:

"这是翁丸么?"把狗给她看了,右近说道:

"像是有点相像,可是这模样又是多么难看呀。而且平常叫它翁丸,就高兴的跑了来,这回叫了却并不走近前来。这好像是别的狗吧。人家说翁丸已经打死,抛弃掉了,那么样的两个壮汉所打的嘛,怎么还能活着呢。"中宫听了,显得怜惜的样子。

天色暗了下来，给它东西吃也不吃，因此决定这不是翁丸，就搁下了。到了第二天早晨，中宫梳头，漱口，我在旁边侍候，拿了镜子给看，那个狗在柱子底下趴着。我就说道：

"啊，是昨天翁丸给痛打的吧。说是死了，真是可悲呵！这回要变成什么东西，转生了来呢？想那〔被打杀的〕时候，是多么难过呵！"说着这话的时候，那里睡着的狗战抖着身子，眼泪滚滚的落了下来，很出了一惊。那么，这原来是翁丸。昨夜〔因为畏罪的关系〕，一时隐忍了不露出来，它的用心更是可怜，也觉得很有意思。我把拿着的镜子放下，说道：

"那么，你是翁丸么？"狗伏在地面上，大声的叫了。中宫看着也笑了起来。女官们多数聚集了拢来，并且召了右近内侍来，中宫把这事情说了，大家都高兴的笑了。主上也听到了这事，来到中宫那里，笑说道：

"真好奇怪，狗也有这样的〔惶恐畏罪的〕心呢。"天皇身边的女官们也听说跑来，聚集了叫它的名字。似乎这才安心了样子，立起身来，头脸什么却还是很肿的，我说道：

"做点什么吃食给它吧。"中宫笑着说道：

"那么终于显露了说了出来了。"忠隆听说，从台盘所[6]

里出来，说道：

"真的是翁丸回来了么？让我来调查一下吧！"我答道：

"啊，不行啊，这里没有这样的东西。"忠隆却说道：

"你虽是这么说，可是总有一朝要发现的吧。不是这样隐瞒得了的。"但是这以后，公然得到赦免，仍旧照以前的那样生活着。但是在那时候，得到人家的怜惜，战抖着叫了起来，那时的事情很有意思，不易忘记。人被人家怜惜，哭了的事原是有的，〔但是狗会流泪，那是想不到的〕。


注释：

1　日本古时女官的名称，官位在四五位以上，中国旧时用于官吏之妻，日本袭用之，至近时才废止。这里系用以称呼御猫，《花柳余情》引《小石记》云："长保元年（九九九）九月十九日，大内御猫生子，皇太后及左右大臣有隔日赐宴等事，又任命猫乳母马命妇，时人笑之，真怪事也。"

2　猫的乳母系看管猫的人。马命妇为乳母的名字，通例大率以其父兄或丈夫的官职连带为名，这里称马命妇，大概因为她有直系亲属在马寮（御马监）任职的缘故吧。

3　藏人为藏人所的官员，专司官中杂役事务。忠隆即源忠隆，长保二年任藏人之职。

4　太政官的弁官，兼任藏人头之职者，其时的头弁为藤原行成。

5　即下文的右近内侍，内侍为女官名称，右近为右近卫府的略称，盖因其家族有任近卫府官员的缘故。

6 在清凉殿内，早餐间的南面，凡三间，系安放食器的地方。

## 可憎的事

可憎的事是，有紧要事情的时候，老是讲话不完的客人。假如这是可以随便一点的人，那么说"随后再谈吧"，那么就这样谢绝了，但偏是不得不客气些的人，〔不好这样的说〕，所以很是觉得可憎。

砚台里有头发纠缠了磨着。又墨里面混杂着砂石，磨着轧轧的响。

忽然有人生了病，去迎接修验者来祈祷，可是平常在的地方却找不到，到外边去了，叫人四面寻找，焦急的等待了好久，总算后来等着了，很高兴的请他念咒治疗，可是在这时候大概在别处降伏妖怪，已是精疲力尽了的缘故吧，坐下了念经，就是渴睡的声音了，这是很可憎的。

没有什么地方可取的人，独自得意的尽自饶舌的谈话。在火盆围炉的火上，尽把自己的两手烤着手背，并且伸长着皱纹烘火的人。什么时候有年轻的人，做出这种举动的呢？只有年老的才有这种事情，连脚都搁到火炉边上，一面说着话，两脚揉搓着。举动这样没规矩的人，到了人家去，大抵在自己所坐的地方，先把扇子扇一下尘土，也不好好的坐下，就那么草草的，将狩衣的前裾都塞在两膝底下去。像这样没规矩的事的人，以为是多是不足道的卑贱的人吧；却不道是稍微有点身分的，例如式部大夫或是骏河前司，也有这样做的。

又，喝了酒要噪闹，擦嘴弄舌，有胡须的用手摸着胡须，一面敬人家的酒，这个样子看了真觉得讨厌。意思是说，"再喝一杯吧"，战抖着身子，摇晃着头，口角往下面挂着，像是小孩子刚要唱"到了国府殿"[1]的时候的样子。这〔在下贱的人那里也罢了〕在平常很有身分的人这样的做了，真觉得看了不顺眼。

羡慕别人的幸福，嗟叹自身的不遇，喜欢讲人家的事，对于一点事情喜欢打听，不告诉他便生怨谤，又听到了一丁点儿，便觉得是自己所熟知的样子，很有条理的说与他人去听，这都是很可憎的。

正想要听什么话的时候，忽而啼哭起来的婴儿。又有乌鸦许多聚集在一起，往来乱飞乱叫〔都是可憎的〕。

偷偷的走到自己这里来的男子，给狗所发见了叫了起来，那狗〔真是可恨〕，想打杀了也罢。又本是男子所不应当来的，给隐藏在很是勉强的一个地方的人，却睡着了发出鼾声来。本来秘密出入的地方戴着长的乌帽子[2]，容易给人看见，便加意留心，却不防因为张皇了，撞在什么东西上边，噗哧的一声响，这是很可憎的。在挂着伊豫地方的粗竹帘的地方，揭起帘子来钻过去，发出沙沙的声音，也是可憎的。有帛缘的帘子因为下边有板，进出的时候声响也就愈大。可是这如是轻轻的拉了起来，则出入时也就不会响了。又如拉门什么用力的开闭，也很是可恨。这只要稍微抬起来的去开，哪里会响呢？若是开的不好，障子等便要歪曲了，发出嘎嘎的声音。

渴睡了想要睡觉，蚊子发出细细的声音，好像是报名似的，在脸边飞舞。身子虽然是小，两翅膀的风却也相当大的哩。这也是很可憎的。

坐了轧轧有声的车子走路的人，我想他是没有耳朵的么？觉得很是可憎。我如是坐了借来的车子，轧轧的响的话，我便觉得那车子的主人也是可憎了。

在谈话中间，插嘴说话，独自逞能的饶舌，这是很可憎的。无论大人或是小孩，凡是插嘴来说，都是可恨。在讲古代的故事什么，将自己所知道的事，忽然从旁边打断，把故事弄糟了，实在是可憎的事。

老鼠到处乱跑，甚是可恨。有些偶然来的子女，或者童稚³，觉得可爱，给点什么好玩的东西。给他弄的熟了，后来时常进来，把器具什物都散乱了，这是可憎的。

在家里或是在公家服务的地方，遇见不想会面的人来访，便假装着睡觉，可是自己这边的使用人却走来叫醒，满脸渴睡相，被叫了起来，很是可憎。后来新到的人，越过了先辈，做出知道的模样来指导，或是多事照管，非常可憎。自己所认识的男子，对于从前有过关系的女人加以称赞，这虽然过去很久了的事情，也煞是可憎。况且，若是现在还有关系，那么这可憎更是不难想象了。可是这也要看情形来说，有时候也并不是那么样的。

打了喷嚏，自己咒诵⁴的人〔也是可憎的〕。本来在一家里除了男主人以外，凡是高声打嚏的人，都是很可憎。跳蚤也很可憎，在衣裳底下跳走，仿佛是把它掀举起来的样子。又狗成群的叫，声音拉得很长，这是不吉之兆，而且可憎。

乳母的男人实在是很可憎的。若是那所养的小孩是女的，他不会得近前来，那还没有什么。假如这是男孩的话，那就好像是他自己的东西，走上前去，拿来照管，有一点事不如少爷的意的，便去向主人对这人进谗，把别人不当人看，很是不成事体，但是因为没有人敢于举发他，所以更是摆出了不得的架子,来指挥一切了。

注释:
1 "到了国府殿"是当时童谣的一句,今无可考。国府殿疑即国守。
2 乌帽子本是礼冠下的一种头巾,用黑绢缝作袋状,罩于发髻上面,但后来以纱或绢做成,上涂漆,便很有点坚硬了。
3 此处语意似重复,但原本却有分别,盖前者系对父母而言,后者则泛一般。
4 古时多有忌讳,打嚏的时候在旁的人每为咒诵,以避免灾祸,今俗信尚存留此习。唯自己咒诵,则为可憎的举动。

## 使人惊喜的事

使人惊喜的事是,小雀儿从小的时候养熟了的,婴儿在玩耍着的时候走过那前面去,烧了好的气味的熏香[1],一个人独自睡着,在中国来的铜镜上边,看见有些阴暗了[2],身分很是上等的男子,在门前停住了车子,叫人前来问讯。洗了头发妆束起来,穿了熏香的衣服的时候。这时虽然并没有人看着,自己的心里也自觉得愉快。等着人来的晚上。听见雨脚以及风声〔便都以为那人来了〕,都是吃一惊的。

注释：
1 旧时用各种香料熏衣，将衣被搭在熏笼上，犹现今用的香水。
2 日本铜镜最初系从中国输入，认为是上等精品，甚见珍重，故以发现上面有阴影为忧虑。这一段原是说心里感觉怦怦的惊动，并不一定是惊喜，如这一则即是一例。

## 愉快的事

看了觉得愉快的事是，画得很好的仕女绘上画，有些说明的话，很多而且很有意思的写着。看祭礼的归途，见有车子上挤着许多男子，熟练的赶牛的人驾着车快走。洁白清楚的檀纸上，用很细的笔致，几乎是细得不能再写了，写着些诗词。河里的下水船的模样。牙齿上的黑浆[1]很好的染上了；双陆掷异同[2]的时候，多掷得同花。绢的精选的丝线，两股都打得很紧。请很能说话的阴阳师，到河边上，被除咒诅。[3]夜里睡起所喝的凉水。在闲着无聊的时候，得有虽然不很亲密，却也不大疏远的客人，来讲些闲话，凡是近来事情的有意思的，可讨厌的，岂有此理的，这样那样，不问公私什么，都很清楚的说明白了，听了很是愉快的事。走到寺院去，请求祈愿，在寺里是法师，在社里是神官[4]，在预料以上的滔滔的给陈述出愿心来〔这是很愉快的事〕。

注释：

1 旧时妇人多将牙齿染黑，用五倍子粉及铁浆做成，名为"齿黑"，此风一直维持下来，至明治维新时始见废止。

2 双陆系古代游戏，从中国输入。用骰子两颗，凡掷得同花者为胜，异花为负。

3 阴阳师属于阴阳寮的官员，专司卜筮及被除等事，凡人虑有人咒诅，率请其解除，则所有罪秽悉随水流去，以至冥土云。

4 神官为神社里的职官，司祈祷的事，此系神道教的事情，与阴阳道从朝鲜中国传过去，出于道教者不同。

## 鸟

鸟里边的鹦鹉，虽然是外国的东西，可是很有情味的。〔虽是鸟类〕，却会学话人间的语言。还有子规，秧鸡，田鹬，画眉鸟，金翅雀，以及鹊类，〔也很有意思〕。

山鸡因怀恋同伴而叫了，所以看镜，〔见了自己的影子，以为是同伴了〕，用以自慰，实在很是有情的。至于〔雌雄〕隔着一个山谷，乃是很可怜了的。

鹤虽是个子很大，可是它的鸣声，说是可以到达天上，很是大方。头是红色的雀类，斑鸠的雄鸟，巧妇鸟，〔也都有意思〕。

鹭鸶的样子很不好看，眼神也是讨厌的，总之是不得人的好感，但是诗人说的在"万木的树林里不惯独宿"，所以在那里争夺配偶，想起来也是很有趣的。箱鸟[1]。

水鸟中鸳鸯是很有情趣的。据说雌雄互相交替着，扫除羽毛上的霜，这是很有意思的事情。都鸟[2]，古歌里说，河上的千鸟和同伴分散了，所以叫着，〔觉得是可怜〕。大雁的叫声远远的听着，很可感动的。野鸭也正如歌里所说的，拍着翅膀，把上面的霜扫除了似的，很有意思。

莺是在诗歌中有很好的作品留下来，讲它的叫声，以及姿态，都是美丽上品的，但是有一层，它不来禁中啼叫，实在是不对的。人们虽说"确是这样的"，但是我想这未必如此吧，十年来在禁中伺候，却真的一点声音都不曾听见。在那殿旁本来有竹，也有红梅，这都是莺所喜欢来[3]的地方呀。到得后来退了出来，在微末的民家毫无足观的梅花树上，却听见它热闹的叫着哩。夜里不叫，似乎它很是晚起，〔但这是它的生性如此〕，也没有什么办法。到了夏秋的末尾，用了老苍的声音叫着，被那些卑贱的人改换名字叫作"吃虫的"了，实在非常觉得惋惜而且扫兴。假如这是常在近旁的鸟，像麻雀什么，也就并不觉得什么了。歌人说的"从过了年的明日起头"，在诗歌里那么歌咏着，也就为的是在春天才叫的缘故吧。所以如只在春天叫着，那就多么有意思呵。

人也是如此,如果人家不大把他当人,世间渐渐没有声望,也还有谁来注意,加以诽谤的呢?像鹞鹰乌鸦那样平凡的鸟类,世上更没有仔细打听它们的人了。因为〔莺和它们不是一样〕,原是很好的东西,所以稍有缺点,便觉得不满意了。

去看贺茂祭回来的行列,把车子停在云林院或是知足院前面的时候,子规在这时节似乎〔因了节日的愉快的气氛所鼓动〕忍不住叫了起来,这时莺也从很高的树木中,发出和这声音学得很相像的叫声[4],合唱了起来。这是说来很有趣味的事情。

子规的叫声,更是说不出的好了。当初〔还是很艰涩的〕,可是不知在什么时候,得意似的歌唱起来了。[5]歌里说是宿在水晶花里,或是桔树花里,把身子隐藏了,实在是觉得有点可恨的也很有意思的事。在五月梅雨的短夜里,忽然的醒了,心想怎么的要比人家早一点听见子规的初次的啼声,那样的等待着。在深夜叫了起来,很是巧妙,并且抚媚,听着的时更是精神恍惚,不晓得怎么样好。但是一到六月,就一声不响了。在这种种方面,无论从哪一点来说它好,总都是多余的了。

凡是夜里叫的东西,无论什么[6]都是好的。只有婴儿或者不在其内。

注释：

1  箱鸟，一说是翡翠，一说是雄鸡，究竟不知道是什么。

2  都鸟，即是海鸥，因中国说鸥鸟便联想起海来，而都鸟却是在内河，特别是江户的隅田川。千鸟乃日本的一种候鸟，故有同伴失散之说，形似田鹬，喜在河海边居住。

3  民间俗说，莺喜在梅花上定住，故诗画上二者每相连在一起。

4  上文说莺啼只宜在春天，入夏便不佳，所谓已是"老声"。但这里说贺茂祭乃是四月中的事，莺学子规啼叫，却也是很有意思的，即对于前说多少的加以改订了。莺学子规固然不坏，但子规的鸣声自当更佳，所以下节接下去，是那么的说。

5  子规初啼的时候，声音还是艰涩，但到了五月，仿佛是自己的时候到了，便流畅起来了。

6  夜里叫的不但是子规，这里并包括水鸡、鹿及秋虫等。

## 高雅的东西

高雅的东西是，淡紫色的衵衣，外面着了白袭的汗衫的人。[1] 小鸭子。[2] 刨冰放进甘葛，盛在新的金碗[3]里。水晶的数珠。藤花。梅花上落雪积满了。非常美丽的小儿在吃着覆盆子，〔这些都是高雅的〕。

注释：

1  这里所指当然是说女童。

2 为什么这里说"小鸭子"是高雅的,殊不可解。或谓当解为"鸭蛋",亦同样费解。
3 甘葛即甘葛煎,古时未有蔗糖,故取甘葛煮汁,以助甜味。金椀者金属碗。

## 不相配的东西

不相配的东西是,头发不好的人穿着白绫的衣服,卷缩着的头发上戴着葵叶。[1]很拙的字写在红纸上面。

卑贱的人家下了雪,又遇着月光照进里边去,是不相配,很可惋惜的。月亮很是明亮的晚上,遇着没有盖顶的大车,而这车又是用了黄牛[2]牵着的。年老的女人,肚子很高的,喘息着走路。又这样的女人有那年轻的丈夫,也是很难看的,况且对于他到别的女人那里去,还要感到妒忌。

年老的男人昏昏贪睡的模样,又那么样的满面胡须的人,抓了椎树的子[3]尽吃。牙齿也没有的老太婆,吃着梅子,装出很酸的样子,〔都是不相配的〕。

身分很低的女人,穿着鲜红的裤子。[4]但是在近时,这样的却是非常的多。

卫门府的佐官的夜行[5],〔穿了那么样的装束,所以是不相配,但是〕狩衣装束那也是显得没有品格。又穿了人家看了害怕的赤袍，大模大样的〔在女官住房的左近〕徘徊，给人家看见了，便觉得很可轻蔑。而且〔因为职掌的关系〕就是偶然开点玩笑，也总是审问的那样，问道："没有形迹可疑的么？"六位的藏人，〔兼任着"检非违使"的尉官的〕称为殿上的判官，有举世无比的权势，平民以及卑贱的人几乎认作别世界的人，不敢正眼相看的那么害怕着的人，却混在禁中的后殿一带的女官房间里，在那里睡着，这是很不相配的。挂在熏香的几帐的布裤[6]，一定是很沉重而且庸俗，虽然是〔灯光照着〕是雪白的，推想起来〔决是不相配〕。袍子是〔武官照例的〕阙掖[7]的，像老鼠尾巴似的弯曲的挂着，这真是不相配的夜行人的姿态呵。在这职务的期间，还是谨慎一点子，不要〔去找女人〕才好吧。五位的藏人[8]也是一样的。

注释：
1　贺茂祭的时候，用葵叶作种种装饰，四月中京都例有贺茂祭，很是热闹，从上贺茂的神山采来葵叶，作种种的装饰，或挂在柱帘上，直等到它凋落为止。卷缩发，一本作"白头发"。
2　黄牛在古代算是高贵的东西，称为饴色的牛。
3　椎木的实可食，但大抵皆小儿辈喜食，若须眉如戟的汉子贪吃此等东西，实可谓不相配。

4 女官例着绯裤,这里作者盖深有慨于当时的风气的颓废。

5 卫门府的佐官职司守卫宫禁,故夜间巡行是其本职,但这里是并指夜游,谓其借此潜入女人的家里住宿。

6 卫门府的佐官的裤子系用白色的粗布所制,所以说是沉重,而因为是白色,故鲜明易见。

7 武官例着"阙掖"的袍,这和文官所穿的"缝掖"相对,盖谓腋下不缝,但如何挂了起来会像老鼠尾巴似的,则因衣制不很明了,所以也就不能了然了。

8 此指不兼职兵卫府的藏人。

## 睡起的脸

在中宫职[1]机关所在西边的屏风外边,头弁[2]在那里立着,和什么人很长的说着话,我便从旁问道:

"那是同谁说话呀?"头弁答说:

"是弁内侍。"我说道:

"那是什么话,讲的那么久呵?恐怕一会儿大弁[3]来了,内侍就立刻弃舍了你去了吧。"头弁大笑道:

"这是谁呀,把这样的事都对你说了。我现在是就在说,即使大弁来了,也不要把我舍弃了吧。"

头弁这人,平常也不过意标榜,装作漂亮的样子,或是有趣的风流行为,只是老老实实的,显得很平凡似的,一般人都是这样看法，但是我知道他的深心远虑的，我曾经对中宫说道：

"这不是寻常一样的人。"中宫也以为是这样的。头弁时常说道：

"古书里[4]说得好，女为悦己者容，士为知己者死。"又说我们的交谊，是"远江的河边的柳树"[5]似的，〔无论何种妨害，都不会断绝的〕，但是年轻的女官们却很是说他坏话，而且一点都不隐藏的，说难听的话诽谤他道：

"那个人真是讨厌，看也不要看。他不同别人一样的，也不读经，也不唱曲，真是没有趣味。"可是头弁却对于这些女官讲也没有开口说话过，他曾这样的说道：

"凡是女人，无论眼睛是直生的，眉毛盖在额角上，或是鼻子是横生的，只要是口角有点爱娇，颐下和脖颈的一线长得美好，声音也不讨人厌，那就有点好感。可是虽然这样说，有些容貌太可憎的，那就讨厌了。"他是这样的说了，现今更不必说是那些颐下尖细，毫没有什么爱娇的人，胡乱的把他当作敌人，在中宫面前说些坏话的人了。

头弁有什么事要对中宫说的时候，一定最先是找我传达，若是退出在女官房里，便叫到殿里来说，或者自己到女官房里来，又如在家里时，便写信或是亲自走来，说道：

"倘若一时不到宫里去，请派人去说，这是行成这么来请传达的。"那时我就推辞说：

"这些事情，另外自有适当的人吧。"但是这么说了，并不就此罢休了。我有时忠告他道：

"古人万事随所有的使用，并不一定拘泥，还是这样的好吧。"头弁答说：

"这是我的本性如此呵。"又说明道：

"本性是不容易改的。"我就说道：

"那么过则不惮改，是说的是什么呢？"追问下去，头弁讪讪的笑说道：

"你我是有交谊的，所以人家都这么的说。既然这样亲密的交际，还用得着什么客气呢？所以且让我来拜见尊容[6]吧。"我回答道：

"我是很丑陋的，你以前说过，那就不会得看了中意，所以不敢给你看见。"头弁说道：

"实在要看得不中意也说不定，那么还是不看吧。"这样说了，以后偶然看到的时候，也用手遮着脸，真是不曾看见，可见是真心说的，不是什么假话了。

三月的下旬，冬天的直衣已经穿不住了，殿上宿直的人多已改穿罩袍罢了。一天的早晨，太阳方才出来，我同了式部女官睡在西厢房里，忽然里方的门拉开了，主上和中宫二人走了进来，赶快的起来，弄得非常张皇，很是可笑。我们披上唐衣，头发也来不及整理出来，那么被盖在里面[7]了，铺盖的东西还是乱堆着，那两位却进来了，来看待卫们出入的人。殿上人却丝毫不知道，都来到厢房边里说些什么。主上说道：

"不要让他们知道我在这里。"说着就笑了，随后即回到里边去，又说道：

"你们两人都来吧。"答道：

"等洗好了脸就去。"没有立刻上去。那两位进里边去之后，样子还是那么的漂亮，正在同式部闲话着的时候，看见南边拉门的旁边，在几帐的两端突出的地方，帘子有些掀开，有什么黑的东西在那里，心想是藏人说孝[8]坐着吧，也不怎么介意，仍旧说着话。忽然有笑嘻嘻的一个面孔伸了进来，这哪里是说孝，仔细看时，却完全是别个人。大吃一惊，笑着闹着，赶紧把几帐的帘幕整理好，躲了起来，〔却已经来不及〕，因为那是头弁本人呀。本来不想让他看了脸去的，实在是有点悔恨。同我在一起的式部女官，因为朝着这方面，所以看不见她的脸。头弁这时出来说道：

"这一回很明白的看见了。"我说道：

230

"以为是说孝,所以不曾防备着。以前说是不看,为什么这样仔细的端详的呢?"头弁回答说:

"人家说,女人睡起的脸相是很好看的,因此曾往女官的屋子里去窥探过,又想或者这里也可以看到,因此来了。还是从主上来到这里的时候就来了的,一点都没有知道吧。"自此以后,他就时常到女官房里,揭开帘子就走进来了。

注释:

1 中官职是专门管理中宫事务的机关,设在禁中。这一段是追记长德四年(九九八)三月里的事情。

2 头弁即藤原行成,其时为权左中弁,兼藏人头。

3 大弁共有二人,其时左大弁是源扶义,右大弁是藤原忠辅,此处不知系指何人。

4 这两句话出《史记·刺客列传》,是豫让所说的话。

5 古歌里说,远江的河边的柳树,虽是砍伐了也随即生长,比喻二人的交情不会受外界的障害。

6 古时女人的脸不轻易给男人看见,如相对说话的时候,也大抵用桧扇遮着脸,或者隔着帘子和几帐。

7 日本旧时女人礼服是散着头发,披在礼服上面的,今因匆忙,所以将礼服披在头发的上边了。

8 说孝姓藤原氏,其时任藏人。

## 在人家门前

在一户人家的门前走过,看见有侍从模样的人,在地面上铺着草席,同了十岁左右的男儿,头发很好看,有的梳着发,有的披散着,还有五六岁的小孩,头发披到衣领边,两颊鲜红,鼓得饱饱的,都拿着玩具的小弓和马鞭似的东西,在那里玩耍着,非常的可爱。我真想停住了车子,把他抱进车里边来呢。

又往前走过去,〔在一家的门口〕,闻见有熏香的气味很浓厚,实在很有意思。又像样的人家,中门打开了,看见有槟榔毛车的新而且美好的,挂着苏枋带黄栌色的美丽的大帘,架在榻上[1]放着,这是很好看的。侍从的五位六位的官员,将下裳的后裾折叠,塞在角带底下,新的手板插在肩头[2],往来奔走,又有正装的背着箭袋的随身,走进走出的,这样子很是相配。厨房里的使女穿得干干净净的,走出来问道:

"什么人家的家人来了么?"这样的说,也是很有意思的。

注释:
1 牛车不曾架着牛,却将辕放在一个架子上,这就叫作"榻"。

2　下裳的衣裙很长，行动很不方便，有事的时候，便塞在带子里，手板即是朝笏，插在肩头，便空出右手来了。

## 秘密去访问

秘密去访问〔情人〕的时候，夏天是特别有情趣。非常短的夜间，真是一下子天就亮了，连一睡也没有睡。无论什么地方，都从白天里开放着的，〔就是睡着〕也很风凉的看得见四面。也还是话说不了，彼此互相回答着，这时候在坐着的前面，听见有乌鸦高声叫着飞了过去，觉得自己是明白的给看了去了，很是有意思。

在冬天很冷的夜里，同了情人很深的埋在被窝里，卧着听撞钟声，仿佛是在什么东西的响着似的，觉得很有趣。鸡声叫了起来，也是起初是把嘴藏在羽毛中间那么啼的，所以声音闷着，像是很深远的样子，到了第二次三次，便似乎近起来了，这也是很有意思的。

## 昆　布

我有一个时候，退出宫禁，住在自己家里，那时殿上人来访问，似乎人家也有种种的风说。但是我自己觉得心里没有什么隐藏的事情，所以即使有说这种话的人，也不觉得怎么可憎。而且白天夜里，来访问的人，怎好对他们假说不在家，叫红着脸归去呢。可是此外本来素不亲近的人，来找事件来的也并不是没有。那就实在麻烦，所以这回退出之后的住处，一般都不给人家知道，只有经房和济政诸位，知道这事罢了。

有一天，左卫门府尉[1]则光来了，讲着闲话的中间，说道：

"昨天宰相中将[2]说，你妹子的住所，不会不知道的。仔细的询问，说全不知道，还是执拗的无礼追问。"这样说了，随后又道：

"把真事隐藏过了，强要争执，这实在是很难的事情。差一点就要笑了出来，可是那位左中将[3]却是坦然的，装出全不知情的模样，假如他对了我使一个眼神，那我就一定要笑起来了。为的躲避这个困难的处境，在食案上有样子并不漂亮的昆布在那里，我就拿了这东西，乱七八糟的吃，借此麻糊过去，在不上不下的时候，吃这不三不四的食物，人家看了一定要这样的想吧。可是这却弄得很好，就不说什么的过去了。若是笑了出来，这就要不行了吧。宰相中将以为我是真不知道吧，实在这是可笑的事。"我就对他说道：

"无论如何，决不可给他知道呵。"这样说了，经过了许多日子。

一天的夜里,已经夜很深了,忽然有人用力的敲门,心想这是谁呢,把离住房不远的门要敲的那么响,便差去问的时候,乃是卫门府的武士,是送信来的,原来是则光的书信。家里的人都已睡了,拿灯来看时,上面写道:

"明天是禁中读经结愿[4]的日子,因此宰相中将也是避忌的时候,那时要追问我,说出你妹子的住所,没有别的法子可想。实在更隐藏不下去了。还是告诉他真实的地方呢?怎么办呢,一切听从你的指示。"我也不写回信,只将一寸左右的昆布[5],用纸包了送给他。

随后则光来了,说道:

"那一天晚上,给中将追问了一晚上,不得已便带了他漫然的在不相干地方,去走了一通。他热心的追问,这很是难受呀。而且你又没有什么回信,只把莫名其妙的一片昆布封在里边送了来,我想是把回信拿错了的吧。"这才真是怪的拿错的东西呢!也没有把这样的东西,包来送给人的。〔这里边谜似的一种意思〕,简直的没有能够懂得。觉得很是可气恼,我也不开口,只把砚台底下的纸扯了一角,在边里写道:

"潜在水底的海女的住处,

不要说出是在哪里吧,

所以请你吃昆布[6]的呀。"

则光见我在写字,便道:

"你是在作歌呀!那么我决不看。"便用扇子将纸片扇了回来,匆匆的逃去了。

平时很是亲密的交际,互相帮助着的时候,没有什么特别的事情,到得后来有点隔阂了,则光寄信来说道:

"假如有什么不合适的事情,请你不要忘记了以前所约的,即使不算是自家人,也总还是老兄的则光,这样的看待才好。"则光平常常是这样的说:

"凡是想念我的人,不要作歌给我看才好。这样的人我都当作仇敌,交际也止此为限了,所以想要和我绝交的时候,就请那么作歌寄给我吧。"因此就作了一首歌,当作回信道:

"在妹背山[7]崩了之后,

更不见有中间流着的

吉野川的河流了。"

这寄去了之后,大概真是不看这些和歌吧,就没有回信来。其后则光叙了五位的官位,做了远江介这地方官去了,我们的关系就是那么的断绝了。

注释：

1 左卫门府的大尉系从六位的官，则光原任修理次官，今盖是升任新职。

2 宰相中将即上文所说的头中将，盖新任宰相，即新任太政官参议，犹中国古时的"同平章政事"，故称作宰相。

3 左中将印源经房，新任左近卫府中将，略称左近中将。

4 古时禁中于春秋二季读经，在二月八月择日招僧，转读《大般若经》，凡阅四日而毕，最后的一日称结愿日。

5 昆布俗称海带。这里因则光信里说，只吃昆布，将事情蒙混过去，不曾说出住址来，这里叫他也如此做，就是隐藏一种谜似的意思。

6 日本古语昆布曰"米"（读若眉），与"目"字同训，故"吃昆布"凡四个读音，也可以训作"眼神"，即以眼示意。

7 "妹背"训作"男女"，或"夫妇""兄妹"。大和地方有妹山背山，隔吉野川相对而立，妹山在东，背山在西。歌言两山如是崩了，将古野川填塞了，就不见河流，喻兄妹一旦暌隔，也就不复是旧日的关系了。

## 优美的事

优美的事是，瘦长的潇洒的贵公子穿着直衣的身段。可爱的童女，特地不穿那裙子[1]，只穿了一件开缝很多的汗衫[2]，挂着香袋，带子拖得长长的，在勾栏[3]旁边，用扇子障着脸站着的样子。年轻美貌的女人，将夏天的帷帐的下端搭在帐竿上，穿着白绫单衣，外罩二蓝的薄罗衣，在那里习字。薄纸的本子,用村浓[4]染的丝线,很好看的装订了的。长出嫩芽的柳条上,缚着用青色薄纸上所写的书简。[5]在染得很好玩的长须笼[6]里,插着五叶的松树。三重的桧扇[7],五重的就太厚重,手拿的地方有点讨厌了。做得很好的桧木分格的食盒。[8]细的白色的丝瓣。也不太新,也还不太旧的桧皮屋顶[9],很整齐的编插着菖蒲。青青的竹帘底下,露出帷帐的朽木形[10]的模样来,很是鲜明,还有那帷帐的穗子,给风吹动着,是有意思的。夏天挂着帽额[11]鲜明的帘子的外边,在勾栏的近旁,有很是可爱的猫,戴着红的项圈,挂着白的记着名字[12]的牌子,拖着索子,且走且玩耍,也是很优美的。五月节时候的菖蒲的女藏人[13],头上戴了菖蒲的鬘,挂着和红垂纽[14]的颜色不一样,〔可是形状相像的〕领巾和裙带,将上赐的香球送给那并列着的皇子和公卿们,是很优美的。他们领受了,拿来挂在腰间,舞蹈拜谢,实在是很好看的。〔在五节〕捧熏炉的童女,还有着小忌衣[15]的贵公子们,都是颇优美的。六位藏人穿着青色袍值宿的姿态,临时祭[16]的舞人,五节〔舞女的随从〕的童女,也很优美。

注释:

1 原文云上裤,仪式时穿在大口裤外面,外白里红,童女所着例用红色。

2　名为"汗衫",亦写作"相衣",但字义转变,为当时童女的礼服了。"袙衣"本系中国古字,训作"里衣",罩在袙衣外面的衣服,日本却称为"汗衫"。生昌不用这正式名称,却说是"袙衣的罩衫",所以女官们笑了。

3　勾栏原取中国古义,谓栏干的末端向上弯曲,今俗作妓院之称,系后起之义。

4　村浓系一种染法,谓用同一颜色,而深浅不一,末浓谓染色上淡下浓,多系紫或绀色。

5　古代传送书简,多用此法,缚在一枝带叶的树枝上。

6　原文"须笼",系谓一种竹笼,编好之后特地将余剩的竹保留,有似长须,故以为名,古时用以盛馈赠之物。

7　桧扇系古时的折扇,用桧木薄片为之,普通二十三片,以白丝线缀合,无论寒暑皆置怀中,用以代笏。三重者谓两旁扇骨用桧木三片合成,五重则有五片,故云太厚。

8　即后世的所谓"便当箱",此系用松桧所制,盖取其微有香气。

9　日本古时用树皮葺屋顶,以代茅草,至今神社亦有特别保留古时制度者。

10　此为织物模样之一,仿为朽木的形状,略作云形,织染而外亦用于印刷,为糊裱隔扇墙壁之用。

11　帽额用于帘子,系指上部的一部布帛,此原系中国古语云。

12　猫在当时还没有普遍饲养,成为一般的家畜,只有贵族家庭,当作爱玩的动物,可参看本书"御猫与翁丸"的故事。

13　"女藏人"是低级的女官,在端午节头上插菖蒲,故称菖蒲的女藏人。

14 红垂纽系一种装饰，两折作结，挂于小忌衣的右肩，舞人则挂在左肩。

15 小忌衣为斋戒时所着的衣服，用白布蓝色印花，义取洁净，供奉神膳者用之。

16 贺茂神社及石清水八幡神社于定期祭祀之外，别有临时祭，贺茂在阴历十一月下旬的酉日，石清水在阴历三月中旬的午日，有神乐舞蹈。

## 懊恨的事

懊恨的事是，这边做了给人的歌，或者是人家做了歌给它送去的返歌，在写好了之后，才想到有一两个字要订正的。缝急着等用的衣服的时候，好容易缝成功了，抽出针来看时，原来线的尾巴没有打结，又或者将衣服翻转缝了，也是很懊恨的事。

这是中宫住在南院[1]时候的事情，〔父君道隆〕公住在西边的对殿[2]里，中宫也在那里，女官们都聚集在寝殿，因为没有事做，便在那里游戏，或者聚在厢廊里来。中宫说道：

"这是现在急于等用的衣服，大家都走拢来，立刻给缝好了吧。"说着便将一件平织没有花纹的绢料衣服交了下来，大家便来到寝殿南面，各人拿了衣服的半身一片，看谁缝得顶快,互相竞争,隔离得远远的缝着的样子,真像是有点发了疯了。

命妇的乳母[3]很早的就已缝好,放在那里了,但是她将半片缝好了,却并不知道翻里作外,而且止住的地方也并不打结,却慌慌张张的搁下走了。等到有人要来拼在一起,才觉得这是不对了。大家都笑着嚷道:

"这须得重新缝过。"但是命妇说道:

"这并没有缝错了,有谁来把它重缝呢?假如这是有花纹的,〔里外显然有区别〕,谁要是不看清里面,弄得缝反了的话,那当然应该重缝。但这乃是没有花纹的衣料,凭了什么分得出里外来呢?这样的东西谁来重缝。还是叫那没有缝的人来做吧。"这样说了不肯答应,可是大家都说道:

"虽是这么说,不过这件事总不是这样就成了的。"乃由源少纳言、新中纳言[4]给它重缝,〔命妇本人却是旁观着的〕,那个样子,也是很好玩的。那天的晚上,中宫要往宫里去的时候,对大家说道:

"谁是最早缝好衣服的,就算是最关怀我的这个人。"[5]

把给人家的书简,错送给不能让他看见的人那里去了,是很可懊恨的。并且不肯说"真是弄错了",却还强词夺理的争辩,要不是顾虑别人的眼目,真想走过去,打他几下子。

种了些很有风趣的胡枝子和芦荻[6],看着好玩的时候,带着长木箱的男子,拿了锄头什么走来,径自掘了去,实在是很懊恼的事情。有相当的男人在家,也还不至那样,〔若只是女人〕,虽是竭力制止,总说道:"只要一点儿就好了。"便都拿了去,实是说不出的懊恨。在国司[7]的家里的,这些有权势人家的部下,走来傲慢的说话,就是得罪了人,对我也无可奈何,这样的神气,看了也很是懊恨的。

不能让别人看见的书信,给人从旁抢走了,到院子里立着看,实在很是懊恼。追了过去,〔反正不能走到外边〕,只是立在帘边看着[8],觉得索兴跳了出去也罢。

为了一点无聊的事情,〔女人〕很生了气,不在一块儿睡了,把身子钻出被褥的外边,〔男人〕虽是轻轻的拉她近来,可是她却只是不理。后来男人也觉得这太是过分了,便怨恨说道:

"那么,就是这样好吧。"便将棉被盖好,径自睡了。这却是很冷的晚上,〔女人〕只是一件单的睡衣,时节更不凑巧,大抵人家都已睡了,自己独自起来,也觉得不大好,因了夜色渐深,更是懊悔,心想刚才不如索兴起来倒好了。这样想,仍是睡着,却听见里外有什么声响,有点恐慌，就悄悄的靠近男人那边，把棉被拉来盖着，这时候才知道他原是假装睡着，这是很可恨的。而且他这时还说道：

"你还是这样固执下去吧！"〔那就更加可以懊恨的了。〕


注释：

1　这一节是引用了作为反缝衣服的一个实例的，据说大约是正历三年（九九二）十二月的事，其时中官在她父亲遭隆的邸宅里，所谓南院即是东三条邸的寝殿。

2　对殿即与寝殿相对，亦可译"西厢"，但是并非侧屋，原来亦是朝南的房屋，只是东西分别，和主要的寝殿相对，与寝殿相联接处有渡殿，即是厢廊。寝殿亦称主殿，乃是正屋，即主人居住之处，但与寝室有别，至对殿则是眷属所居。

3　此殆即上一段所说的乳母，命妇为女官的一种官位。

4　源少纳言系姓源的女官，少纳言则是其家族的人的官职，新中纳言其姓未能详。

5　这一句话原意不很清楚，一本解作"就陪我进官去"。别本没有这句。

6　"胡枝子"原文云"萩"，为一种豆科植物，在日本甚见称赏，因花在秋时，故名字从草从秋，乃日本自造字，原本汉字乃系萧艾，并非一字，然胡枝子亦非确译，因此本中国产植物，不是日本所有。芦荻的花亦为日本所称赏，中国正当云"芒"，或译作"狗尾草"亦属非是，狗尾草乃是"莠"，此花因形似故名"尾花"，并不指定系是狗尾。

7  国司系地方长官。

8  普通解作抢看信的那人，立在帘边看着，但上文走到院子里，不在帘边了，故此处以属于著者为是。

## 登华殿的团聚

在淑景舍当东宫女御[1]进到宫里的时候，所有诸事无一不是极为佳妙的。正月初十进去，以后与中宫通信频繁，但是一直还没有见过面，这是二月初十说到中宫这边来，所以房间里的装饰特别考究，女官们也都准备好了。说是在夜中过来，过了不久工夫，天色也就亮了。在登华殿的东厢两间房里，设备好了。到了次晨一早，就早把格子扇打上，在黎明时分，关白相公同了夫人[2]俩个人，一同坐车来了。中宫的御座是设在两间房屋的南边，四尺屏风自西至东的隔开了，向北的立着，席子上面搁上垫褥，放着火盆。屏风的南面，在帐台之前，许多女官们都伺候着。

在这边伺候中宫理发的时候，中宫对我问道：

"你以前见过淑景舍么？" 我回答道：

"还没有呢，在积善寺供养[3]那一天，只瞥见了后影。" 中宫说道：

"那么，在这柱子和屏风的中间，在我的身后边看就好了。那是很美丽的一位呀。"我很是高兴，觉得更加想看一看，怎么样时间早一点才好呢。

中宫的服装是凹花绫和凸花绫的红梅衣[4]，衬着红色的打衣[5]，三层重叠着。中宫说道：

"本来在红梅衣底下，衬着浓红色的打衣，是很相配的。现在〔已经二月半了〕，或者红梅衣已不适宜了也不难说，但是嫩绿色的却不很喜欢，〔所以穿了红梅衣〕，不知道和红色的打衣能够配合么？"虽是这么的说，可是实在〔很是调和〕，觉得非常的漂亮。服装既然非常讲究，与美丽的姿容更互相映发，想那另外的一位必定也是这样的吧，尤其想望能够见到了。这时中宫已经蹩进所设的御席那里去了，我还是靠着屏风张望着，有女官们注意说道："这不好吧，回头给看见了，不得了呀。"听人家这样的说，也是很有意思的。

房间的门户都畅开着，所以看的很清楚。夫人在白的上衣底下，穿着两件红色的打衣，下裳大概是同女官一样的吧，靠近里面朝东坐着，只有衣服可以看见。淑景舍稍为靠着北边，南向坐着，衣服是穿了红梅衣，浓的淡的有好几重，上罩浓红的绫单衫，略带赤色的苏枋织物的衬袍，再加上嫩绿色的凹花绫的显得年轻的外衣，用扇子遮着脸，实在

245

是很漂亮，非常的优雅美丽。关白公穿着淡紫色的直衣，嫩绿色织物的缚脚裤，红色的衬衫，结着直衣的纽，背靠着柱子，面向着这边坐着。看着女儿们漂亮的模样，笑嘻嘻的总是说着玩笑话。淑景舍真是像画里似的那么美丽，可是中宫却更显得从容，似乎更年长一点的样子，和穿着的红色衣服映带着，觉得这样优美的人物哪里更会有呢。

早上洗脸。淑景舍的脸水是由两个童女和四个下手的女官，走过宣耀殿贞观殿[6]运来的。这边唐式破风的廊下，有女官六个等候着。因为廊下很是狭窄，只有一半的人送上去，便都自回去了。穿着樱色的汗衫，衬着嫩绿和红梅的下衣很是美丽的，汗衫的衣裙很长着拖着，交代着搬运洗脸水，真是很优美的景象。织物的唐衣的袖口有好几个从帘子底下露了出来，这是右马头相尹的女儿少将君，北野三位的女儿宰相君[7]，坐在附近的地方。看着觉得真是很漂亮。中宫这边的脸水，有值班的采女[8]，穿了青色末浓[9]的下裳，唐衣，裙带，领巾的正装，脸上雪白涂着白粉，在那里伺候着，由下手的女官传递上去，别有一种格式，令人想起唐朝的风俗，很有意思。

到了早餐的时刻了，梳发的女官到来，女藏人和配膳的女官们因为来伺候理发，把隔着的屏风撤去了，所以在偷看着的我，正如被人拿走了隐身蓑[10]一般，还想再看，可是没有办法，只得在御帘和几帐之间，从柱子底下去张看着。可是我的衣裙和裳，悉从帘子底里露了出来，给坐在那边的关白公所发见了。关白公追问道：

"那是谁呀，那边隐约看见的？"中宫答道：

"是少纳言哪，因为好奇，所以在那里张看的吧。"关白公道：

"唉，真是惭愧得很。原来我们是旧相识嘛。她一定在想，养得好丑陋的女儿呀，这样看着的吧？"一面说着玩笑话，可是实在是很得意的。

淑景舍的一方面也吃早饭了。关白说道：

"这是很可羡慕的。诸位都在早餐了。请快点吃完了，将剩下的东西给老头儿老婆子吃了吧。"这一天尽说着玩笑话，这其间大纳言和三位中将同了松君一同到来了。[11]关白公等得来不及了的样子，赶紧抱起松君来，叫他坐在膝上，实在是非常可爱的样子。本来狭窄的廊缘，加上束带正装的几重衬袍，便散布满了。大纳言是厚重端丽，中将是豁达明敏，看去都很漂亮，关白公本来不用说了，夫人也是宿缘[12]很好的。关白公虽然叫给坐垫[13]，但是大纳言和中将都说道：

"就要到衙门里去了。"随即赶紧走去了。

247

过了一会儿，式部丞某作为天皇的敕使来了，在膳厅的北边房里，拿出坐垫去，叫他坐了。中宫的回信，今天很快就好，就给带了去。在敕使的坐垫还未收起的时候，周赖少将作为东宫的使者又到来了。渡殿那边的廊太狭，便在这边殿廊下设了坐垫，收了来信。关白公和夫人以及中宫，顺次都看了。关白公说道：

"快点给回信吧。"虽是这样的劝告，可是淑景舍却不肯立刻照办。关白公说道：

"这是因为我看着的缘故吧。在不看着的时候，可是就会从这边一封封的寄去的。"这样说过，淑景舍的脸有点发红，微微的笑了，这样子实在是很美丽的。夫人也催道：

"赶快回信吧。"淑景舍乃面向着里边，写了起来。夫人也走近前去，帮着书写，所以似乎更是有点害羞的样子。中宫拿出嫩绿色织物的小桂和下裳，〔作为对使者的犒劳〕，从御帘底下送出去，三位中将接去交给使者，周赖少将很为难似的肩着[14]去了。

松君天真烂漫的说话，没有人不觉得可爱的。关白公说道：

"把这个松君，当作中宫的儿子。拿到人面前去，也不坏吧？"的确是的，为什么中宫还没有诞生皇子呢，实在是很惦念的事情。[15]

午后未刻的时候，传呼说"铺筵道[16]了"，过了不多久，就听得衣裳绰练的声音，主上已经进来了。中宫也就到那边去，随即进了帐台休息，女官们都退去，陆续的到南边的房间里去了。廊下有许多殿上人聚集着。关白公召了中宫职的官员来，叫拿了些果子肴馔前来，告诉大家说道：

"让各人都醉了吧。"大家的确都醉了，同女官们互相谈话，很是愉快的样子。

将要日没的时分，主上起来了，把山井大纳言[17]叫了来，穿好了装束，就回去了。穿了樱的直衣和红的衬衣，夕阳映照着〔非常的漂亮〕，可是多说也是惶恐，所以不说了。山井大纳言是中宫的异母的兄长，似乎感情不很亲密，可是很是漂亮。风情优美，或者反胜过伊周大纳言之上，但是世人却尽自说些坏话，这是很觉遗憾的。主上回去，关白公、伊周大纳言、井大纳言、三位中将、内藏头[18]都在那里恭送。

随后马典侍[19]来了，奉使传言命中宫进宫去。可是中宫说道：

"今晚可是……"显出为难的神气[20]，关白公听到了说道：

"没有这么说的，赶快的进去吧。"正在说话的时候，东宫的御使也是频繁的到来，很是忙乱。天皇那里的女官，以及东官方面的女官，都到来了，催促说道：

"快点去吧。"中宫说道：

"那么，我们先来把那位送走了再说吧。"淑景舍却说道：

"可是，我怎么能先走呢？"中宫说道：

"还是让我们送你先走吧。"这样说话，〔互相让着〕，也是很有意思的。后来关白公[21]说道：

"那么，还是让那路远的[22]先走了好吧。"于是淑景舍先回去，关白公等人也回去了之后，中宫才进宫里去。在回去的路上，关白公的玩笑话大家听了都很好笑，在临时架设的板桥上边，有人发笑得几乎滚下来了。

注释：

1　长德元年（九九五）正月十九日，关白藤原道隆的二女原子入宫，为东官居贞亲王的女御。是篇即记述当年二月间的事。居贞亲王后于一〇一二年即位，为三条天皇。女院为古代日本皇太后的尊称。淑景舍为大内五舍之一，植有桐树，故又称桐壶，此指居于淑景舍的女御藤原原子，为中宫定子之妹。

2　关白公即藤原道隆。夫人指道隆妻高阶贵子，从三位高阶成忠的女儿，曾为女官，故又称高内侍。

3 积善寺在京都二条北,"一切经供养"略称经供养,于正历五年(九九四)二月二十日曾举行一次,书写一切经一部,捐献于寺院,同时做盛大法会,以为纪念。当时宫廷中人,悉皆参加,中宫定子也去,故作者亦曾偕行。

4 这是一种表红里紫的袷衣,材料用各种绫绢,有固纹浮纹的区别,前者今暂译为"凹花",后者为"凸花",皆指织物的花样而言。

5 "打衣"系用原文,本意谓用砧打过,使衣坚挺有光泽。

6 淑景舍与登华殿中间,隔着宣耀殿和贞观殿这两所宫殿。

7 藤原相尹为右马头。古时有左右马寮,即御马监,其长官称为头。北野三位为菅原辅正,以文章博士曾任参议,故其女称宰相君,其曾祖菅原道真甚有名,举世尊崇,为文章宗主。少将君与宰相君二人,均是淑景舍的女官。

8 采女即是宫女,采自名家子女,司天皇膳食的事,与女官有别。

9 末浓谓染色上淡下浓,多系紫或绀色。

10 日本民间传说,鬼怪持有隐身蓑笠,穿着可以隐身,不为人所看见。

11 大纳言即藤原伊周。三位中将即藤原隆家,后为中纳言。松君系伊周的儿子藤原道雅,仕至从三位左京大夫。

12 意思即是说很是幸福,当世深信佛教,故说她宿世因缘甚好。

13 原文没有主名,这里姑从通说,作为关白公说。这里说二人一同走了,但下文三位中将又复出现,似走的只是伊周一个人。

14 上头所赐的衣物,例应披在肩上,拜谢而出,中国古称缠头,即是此意。小褂是女人所着之衣,所以周赖少将肩着回来,很有点难为情了。

251

15　中宫所生第一皇子敦康亲王，当时盖尚未诞生。

16　筵道犹言席道，系在院外或室内铺席作道路，席边用绢作缘，或于其上加铺毯子绸缎。

17　山井大纳官系藤原道赖，原是关白道隆的长子，因为与中宫等不是一母所生，所以不很亲近，住在妻家所在的山井地方，故以为名。

18　内藏头为藤原赖亲，道隆的第五男。

19　内侍司掌管官中奏传宣及诸仪式。设尚侍二人，典侍掌侍各四人，女嬬一百人。典侍为内侍司之二等官。马典侍是左马头藤原时明的女儿。

20　《春曙抄》于此处说明道，此等推托之词，盖由于对父母的礼仪的缘故吧。

21　原本也没有主名，不辨为谁的说话，今依田中澄江本，作为关白的话，似尚适合。

22　由登华殿往淑景舍，因为要走过两个宫殿，比中宫往清凉殿要远一点。

## 讨厌的事

讨厌的事是，凡是去看祭礼禊祓[1]，时常有男子，独自一个人坐在车上看着。这是什么样的人呢？即使不是高贵的身分，少年男子等也不少有想看的人吧，让他们一起坐了，岂不好呢？从车帘里映出去的影子，独自摆出威势，一心独霸着观看，真觉得这是多么心地褊窄，叫人生气呀。

到什么地方去，或是寺里去参拜那一天，遇着下雨。使用的人说：

"我们这种人，是不中意的了。某人才是现今的红人哩！"仿佛听着这样的说话。只有比别人觉得多少可憎的人，才这样那样的推测，没有根据的说些怨言，自己以为是能干。[2]

注释：
1 禊祓系中国唐朝以前的风俗，于一定期日，在水边举行一种仪式，用以祓除不祥，最有名的例便是兰亭的修禊。日本也仿行这种风俗，仍称为禊。
2 《春曙抄》有此段，与别本同，但他注明此系衍文，其他也是可憎的事，故可从略。但其实不尽相同，今故仍之。

## 可羞的事

可羞的事是，男人的内心。[1]很是警觉的夜祷的僧人。[2]有什么小偷，躲在隐僻的地方，谁也不知道，趁着黑暗走进人家去，想偷东西的人也会有吧。那么给小偷看见了，以为这是同志，觉得愉快，也是说不定。

夜祷的僧人实在是很不好意思的。许多年轻的女人聚集在一起，闲话人家的事，或者嬉笑，或者诽毁，或者怨恨，〔在隔壁〕却都明白的听见。这样想来，很是不好意思的。

在主人旁边陪着的女人们生气似的说道：

"啊，真是讨厌，吵闹的很，〔请别说了〕！"可是也不肯听，等得讲得够了，大家毫不检点的各自睡了，这实在是可羞的。

男人〔在他心里虽然在想〕，这是讨厌的女人，不能如我的意，缺点很多，很有些不顺眼的事；但对于当面的女人却仍是骗她，叫她信赖着他，〔因此觉得自己也是被他这样的看待么〕，想起来实在是可羞的。〔普通的男人尚且如此〕，何况那些一般人认为知情知趣，性情很好的人[3]，更不会有令对方觉得冷淡的手段，去对付别人的了。他不但心里这样想着，〔还说出口来〕，将这边女人的缺点，对别的女人说了，至于对了这边女人自然也要说别的女人的话了。但是女人却不知道，他也把自己的事情告诉他人，现在只听着别人的缺点的话，反以为自己是最为男人所爱的了，这样的自负着哩。给男人这样的去想，实在是很可羞的。但是，假如决定第二次不再会见的人，那就是碰见了，就已经是没有什么感情的人了，也就没有不好意思的事情。女人有些极可怜的，绝不可随便抛弃的，可是男人们却似乎毫不关心，这是什么心思，真叫人无从索解。而且这种人关于女人的事情，特别是多有非难，很高明的说出一番道理来。尤其是和那毫无依靠的宫廷的女官们,去攀相好,到后来女人的身体不是平常的样子[4],则那男子却是装作不知道哩!

注释:
1 这里只是一个题目,后面第三节才仔细加以解说。一本作"好色男子的内心"。
2 在宫廷及贵家,常招僧人终夜祈祷保佑,此处所说情形,似不是生病。
3 别本解作"女人",意谓女人如此,男人自更注意,决不用这种方法对付,使她感觉冷淡了。
4 意思是说怀孕。

## 饼餤一包

"这是从头弁[1]的那里来的。"主殿司的官员把什么像是一卷画的东西,用白色的纸包了,加上一枝满开着的梅花,给送来了。我想这是什么画吧,赶紧去接了进了,打开来看,乃是叫作饼餤[2]的东西,两个并排的包着。外边附着一个立封[3],用呈文的样式写着道:

"进上饼餤一包,
依例进上如件。
少纳言殿[4]。"

后书月日,署名"任那成行"[5]。后边又写着道:

"这个〔送饼餤的〕小使本来想自己亲来的,只因白天相貌丑陋,[6]所以不曾来。"写的非常有意思。拿到中宫的面前给她看了,中宫说道:

"写的很是漂亮。这很有意思。"说了一番称赞的话,随即把那书简收起来了。

我独自说道:

"回信不知道怎样写才好呢。还有送这饼餤来的使人,不知道打发些什么?有谁知道这些事情呢?"中宫听见了说道:

"有惟仲[7]说着话哩。叫来试问他看。"我走到外边,叫卫士去说道:

"请左大弁有话说。"惟仲听了,整肃了威仪出来了。我说道:

"这不是公务,单只是我的私事罢了。假如像你这样的弁官或是少纳言[8]等官那里,有人送来饼餤这样的东西,对于这送来的下仆,不知道有什么规定的办法么?"惟仲回答道:

"没有什么规定,只是收下来,吃了罢了。可是,到底为什么要问这样的事呢?难道因为是太政官厅的官人的缘

故,所以得到了么?"我说道:

"不是这么说。"随后在鲜红的薄纸上面,写给回信道:

"自己不曾送来的下仆,实在是很冷淡的人。"添上一枝很漂亮的红梅,送给了头弁,头弁却即到来了,说道:

"那下仆亲来伺候了。"我走了出去,头弁说道:

"我以为在这时候,一定是那样的做一首歌送来了的,却不料这样漂亮的说了。女人略为有点自负的人,动不动就摆出歌人的架子来〔像你似的〕不是这样的人,觉得容易交际得多。对于我这种〔凡俗的〕人,做起歌来,却反是无风流了。"

〔后来头弁和〕则光成安[9]说及,〔这回连清少纳言也不作歌了,觉得很是愉快的〕笑了。又有一回在关白公和许多人的前面,讲到这事情,关白公说道:

"实在她说得很好。"有人传给我听了。〔但是记在这里〕,乃是很难看的自吹自赞了。


注释:
1 太政官的弁官,兼任藏人头之职者,即藤原行成,为书法名手,后世称"世尊寺样"。
2 饼馂系唐朝点心名,《和名类聚抄》十六云:"裹饼,中纳煮合鹅鸭等子并杂菜而方截。"盖似今之馅儿饼。《杜阳杂编》中有"上赐酒一百斛,饼餤三十骆驼"之语。

3　结封系古时一种封信法。将信笺叠成细长条,做成两结,于结处墨涂作记,立封则上下端各一扭折,不似如今的封缄。这里立封内容,便如下文,所谓呈文式样,即当时公式,盖也是仿唐朝程式。

4　原意云邸第,后来用在人名官名底下,表示敬意,通用于公私上下。少纳言本系女官通称,这里却似乎尊towards官名,有点游戏的意味。

5　此系头弁的假作的姓名,"成行"即是"行成"二字的颠倒。

6　日本传说,一言主神居大和的葛城山,称葛城神,古时役小角行者有法术,在葛城山修道,命一言主神在两山之间,修造石桥。此神因容貌丑恶,不敢白昼出来,乃只于夜间施工,桥终不成。役小角为七世纪时人,修真言宗"修验道",有许多神异的故事流传下来。

7　平惟仲为上文大进生昌的兄长,当时任左大弁,后升任中纳言。

8　著者虽说是私事,但这里措词系问男子的任为弁官或少纳言的,收到饼餤应该如何打发。后来回答里也便看出这个破绽来,所以反问你是否因为是太政官厅的官人才得到这种赠物。

9　则光即桔则光,平素厌恶和歌的人,原是武人,初与清少纳言结婚,因性情不合而离婚,但以后约为义兄妹。成安是谁未能知道,大抵也是厌恶和歌,与则光差不多的吧。


## 无可取的事

无可取的事是,相貌既然丑陋,而且心思也是很坏的人。浆洗衣服的米糊给水弄湿了。这是说了很坏的事情了[1],心想这是谁也觉得是可憎的,可是现在也没有法子中止了。

258

又门前燎火[2]的火筷子，〔烧短了没有别的用处〕，但是〔这样不吉犯忌的事〕，为什么写它的呢。这种事情不是世间所没有的事情，乃是世人谁也知道的吧。实在并没有特地写了下来，给人去看的价值；但是我这笔记原来不是预备给人家去看的，所以不管是什么古怪的事情，讨厌的事情，只就想到的写下来，便这样的写了。

注释：
1 从此句起，至"本来是世人谁都知道的吧"，原文简略，文义难明，诸家解说不一，今但从普通的说法译出。
2 文作"门燎"，是指送葬时门前所设的火堆，普通火筷多用竹制，用后弃火堆中一同烧却。本文中虽有补充说明，但只是臆测，与古时习俗有抵触之处。

## 可爱的东西

可爱的东西是，画在甜瓜上的幼儿的脸。[1]小雀儿听人家啾啾的学老鼠叫[2]，便一跳一跳的走来。又〔在脚上〕系上了一根丝绦，老雀儿拿了虫什么来，给它放在嘴里，很是可爱的。

两岁左右的幼儿急忙的爬了来，路上有极小的尘埃，给他很明敏的发见了，用了很好玩的小指头撮起来，给大人们来看，实在是很可爱的。留着沙弥发的幼儿，头发披到眼睛上边来了也并不拂开，只是微微的侧着头去看东西，也是很可爱的。交叉系着的裳带的小孩的上半身，白而且美丽，看了也觉得可爱。又个子很小的殿上童[3]，装束好了在那里行走，也是可爱的。可爱的幼儿暂时抱来玩着，却驯熟了，随即抱着却睡去了，这也是很可爱的。

雏祭[4]的各样器具。从池里拿起极小的荷叶来看，又葵叶之极小者，也很可爱。无论什么，凡是细小的都可爱。

肥壮的两岁左右的小孩，色白而且美丽，穿着二蓝的罗衣，衣服很长，用背带束着，爬着出来，实在是很可爱的。八九岁以至十岁的男孩，用了幼稚的声音念着书，很是可爱。

小鸡脚很高的，白色样子很是滑稽，仿佛穿着很短的衣服的样子，咻咻的很是喧扰的叫着，跟在人家的后面，或是同着母亲走路，看了都很可爱。小鸭儿[5]、舍利瓶[6]、石竹花。

注释：
1 姬瓜系一种香瓜，俗名金鹅蛋。日本旧有姬瓜雏祭，于旧历八月朔日，取瓜如梨大者，敷粉涂朱，画耳目如人面，以绢纸作衣服，为雏人形，设赤饭白酒供养。这里盖是此瓜所画人面。
2 世俗呼鸡作啾啾声，如老鼠叫。

3 旧例凡关白摄政家的子弟，在冠礼以前，即在殿上行走，称为殿上童。
4 日本古时仿中国禊祓的习惯，于三月三日举行一种仪式，用纸作为人形，祭毕弃于水浜，名为"形代"，即云替身。及后制作益精，不忍即弃，遂为雏人形的起源，每年取出陈列，并制作诸日用器具，多极精巧，此俗流传至今，称为女儿节云。
5 诸本多训作"鸭卵"，但鸭蛋并不比鸡蛋更为可爱，今从《春曙抄》作小鸭解。
6 舍利瓶乃佛教火葬后纳骨的器具，并不常见，且纵使瓶上有些华饰，也总不会使人觉得可爱。《春曙抄》本注云："或是玻璃壶吧，舍波二音相通。"田中澄江本于此句底下，亦取北村季吟说入附注中。

## 想见当时很好而现今成为无用的东西

想见当时很好而现今成为无用的东西，是云间锦做边缘的席子[1]，边已破了露出筋节来了的。中国画的屏风，表面已破损了。有藤萝挂着的松树，已经枯了。蓝印花的下裳，蓝色已经褪了。[2]画家[3]的眼睛，不大能够看见了。几帐[4]的布古旧了的。帘子没有了帽额[5]的。七尺长的假发变成黄赤色了。蒲桃染的织物现出灰色来了。[6]好色的人但是老衰了。风致很好的人家里，树木被烧焦了的。池子还是原来那样，却是满生着浮萍水草。

注释：

1 云间锦是一种织物，白地，用种种颜色的线织出花纹，作为席子的边缘，唯官中及神社始得使用。

2 蓝色印花，旧时使用鸭跖草（亦名淡竹叶）的花，故日久色褪。

3 "绘师"因音近或读作"卫士"，但因文义上讲不通，故从"画家"之说。

4 几帐即帷障之有木架者，上挂帷帐几四五幅，高五尺余，冬夏用材料不同。

5 帽额用于帘子，系指上部的一种布帛，此原系中国古语云。

6 蒲桃染系一种染色之名，即淡紫色，染时须加灰，后来紫色渐褪，灰的颜色乃出现，故如此说。

## 雪　夜

雪也并不是积得很高，只是薄薄的积着，那时节真是最有意思。又或者是雪下了很大，积得很深的傍晚，在廊下近边，同了两三个意气相投的人，围绕着火盆说话。其时天已暗了，室内却也不点灯，只靠了外面的雪光，〔隔着帘子〕照见全是雪白的，用火筷画着灰消遣，互相讲说那些可感动的和有风趣的事情，觉得是很有意思。这样过了黄昏的时节，听见有履声走近前来，心想这是谁呢，向外看时，原来乃是往往在这样的时候，出于不意的前来访问的人。说道：

"今天的雪你看怎么样,〔心想来问讯一声〕,却为不关紧要的事情缠住了,在那地方耽搁了这一天。"这正如〔前人所说的〕"今天来访的人"[1]的那个样子了。他从昼间所有的事情讲起头,说到种种的事,有说有笑的,虽是将坐垫送了出去,可是〔客人坐在廊下〕,将一只脚垂着,末了到了听见钟声响了,室内的〔女主人〕和外边的〔男客〕,还是觉得说话没有讲完。在破晓前薄暗的时候,〔客人〕这才预备归去,那时微吟道:

"雪满何山。"[2] 这是非常有趣的事情。

只有女人,不能够那样的整夜的坐谈到天明,〔这样的有男人参加〕,便同平常的时候不同,很有兴趣的过这风流的一夜,大家聚会了都是这样的说。

注释:

1 此歌见于《拾遗和歌集》中,为平兼盛所作,歌云:

"山村里积着雪,

路也没有,今天来访的人

煞是风流呵。"

平兼盛是十世纪中间的歌人,生存于村上天皇时代。

2 《和汉朗咏集》卷上引用谢观《白赋》,系四六文两句云:"晓入梁王之苑,雪满群山,夜登庾公之楼,月明千里。"这里故意暧昧其词,吟为

"雪满何山"。谢观盖唐朝人，其生平行事不可考，唯《朗咏集》中存其断句数联，而且都摘自所著《白赋》《清赋》及《晓赋》，并无其他诗句。

## 耳朵顶灵的人

像大藏卿[1]那样耳朵灵的人，是再也没有了。真是连蚊子的睫毛落下地，也可以听得出来吧。[2]我住中宫职宫署的西厢[3]的时候，同关白家的新中将[4]说着话，其时有在旁边的一个女官说道：

"请你把那中将的扇子的画的事情，说给我听吧。"她用很低的声音说，我回答她道：

"现在那位就要走了，等那时候〔告诉你吧〕。"幽幽的在她耳边说了，她还没有听见，只是说道：

"什么，什么？"侧着耳朵问。大藏卿远远的却听到了，拍手说道：

"真可恨呢。既然那么说，我今天就不走了。"这是怎么听见的呢，想起来真是吃惊。


注释：
1 大藏卿为大藏省即财政部的长官，其时为藤原正光，系前关白兼通的儿子。
2 蚊子的睫毛落地也能听见，盖系当时俗语，形容耳聪，出典当在中国。《春曙抄》本谓《列子》有"焦螟群飞，集于蚊睫"之句，谓蚊睫盖本于此，或有此可能，因为平常不会想到蚊子的眼睫毛去。
3 此系指长德四年（九九八）三月间事。
4 关白家的新中将即前一段的威信中将，因其为左大臣道长的养子。新年近卫中将，故如是称呼。

## 人的容貌

人的容貌中间，有特别觉得美观的部分，每次看见，都觉得这是很美，甚是难得。图画什么看见过几次，就不很引人注目了。身边立着的屏风上的绘画什么，即使非常漂亮，也并不想再看。但是人的容貌，却是很有意思的事。便是不大精巧的家具中间，也总会一点是值得注目的地方。难看的容貌也正是同样的道理，但是因此觉得〔聊以自慰的人〕，那就很是可怜的吧。

## 山寺晚钟

在清水寺[1]中住宿礼拜的时节，寒蜩正在盛鸣，觉得很是有情趣，其时中宫特地的叫人来，送一首歌给我，在红色的中国纸上面，用草体字[2]写着道：

"近山的晚钟的声音，

每一击是记着相思之情，

这你是知道的吧。

可是，你这是多么长久的逗留呵！"[3]仓卒旅行中，忘记携带了不致失仪的用纸，所以在紫色的莲花瓣上[4]写了回信送去了。

注释：
1 清水寺在京都音羽山，所供奉的是千手千眼观世音菩萨。
2 草体字即是草书字母，今称"平假名"者便是。
3 寺钟击一百八下，每一击即是报告想念你的数目，这事你当知道。但是你却逗留这么久呵。意思上下连续，是当时很时髦的一种写法。
4 法会中用散华，以紫色纸作莲花用之，今所说即指此。这里回信当是答歌，原本应当有，今似缺佚。

### 月下雪景

十二月二十四日[1]，中宫举办御佛名会，听了第一夜供奉法师诵读佛名经之后，退出宫来的人，那时候已经过了半夜[2]吧，或是回私宅去，或是偷偷的要去什么地方，那么这种夜间行路，往往有同乘一程的事，也是很有意思的。[3]

几日来下着的雪，今日停止了。风还是很猛的刮着，挂下了许多的冰柱，地面上处处现出黑的地方，屋顶上却是一面的雪白，就是卑贱的平民的住宅，也都表面上遮盖过去了。下弦的月光普遍的照着，非常的觉得有趣。好像是在用白银造成的屋顶上，装着水晶的瀑布似的，或长或短的特地那么挂着，真是说不出的漂亮。〔在自己的车前〕，走着一辆车子，也并不挂着车帷，车帘也很高的卷上了，月光一直照到车厢里，〔车子里的女人〕穿着淡色和红梅的，白色的衣服，重叠七八件，加上浓红的上衣，颜色极其鲜明的互映着，显得非常的好看，〔旁边的男子〕是穿着浅紫色的凹纹的缚脚裤，白色的单衫，棣棠和红色的出衣[4]露着，雪白的直衣连纽也解开了，从肩头脱了下来，很美丽的露出在外边。一边的缚脚裤伸在车辕的外面，路上的人遇着看见了，一定觉得很有意思吧。

因为月光很是明亮，〔女人〕有点害羞，将身子往里边靠拢，却被〔男子〕拉住了，外边全都看见，很是为难的样子，看了很有意思。〔男子〕朗咏着"凛凛冰铺"[5]这一句诗，反复的吟诵，也是很有趣的事。很想一夜里都跟着走路，但是要去的地方已经到了，很感觉遗憾。


注释：
1 原文只有月日，不说是何年代，御佛名会是在当时盛行的诸会之一，每年十二月十九日至二十一日，凡举行三天，将仁寿殿的观音迁于清凉殿,唱三世佛名,忏悔六根的罪障。图绘地狱里的情形,名为地狱变,亦称地狱变相。

2 佛名会凡诵经三日,第一日的诵读是至当夜子时完了,即现今午后十二时。

3 此一节即是"或是回私宅去"以下五句,别本无有,或者径从删削,云与上下文意不相贯串,今从《春曙抄》本译出,故悉仍之。下文所记情形,即《春曙抄》所标注的"男女同车",就是本文所指的"同乘",可见文章原是一贯的,盖由著者想象当时情景,觉得很有情趣,因随笔叙述,本非事实,如照事理推测,则牛车前后走着,决不能看见前面的事情如是清晰的。

4 出衣系衬在直衣底下的衣服,因其露出在直衣的裾下,故名。

5 《和汉朗咏集》卷上,"八月十五夜"项下,有公乘亿的对句云:"秦甸之一千余里,凛凛冰铺,汉家之三十六宫,澄澄粉饰。"本系咏月,今用以形容背后的雪景,也正恰好。公乘亿系唐诗人,据《全唐诗话》卷五云,咸通中以词赋著称,唯在后世不很有人知道,在日本因其收入《朗咏集》,故颇见重于世。

## 难看的事情

难看的事情是,衣服背缝歪在一边穿着的人。又把衣领退后[1],伸向后方的人;公卿所用的下帘[2]很是龌龊的旧车。平常少见的客人[3]的前面,带了小孩子出来。穿了裤的少年脚上蹑着木屐,这个样子现在却正在时行。壶装束[4]的妇人,快步的行走。法师戴了阴阳师的纸帽子[5]，在举行祓除的法事。又黑瘦而且容貌丑恶的女人装着假发，〔是很难看的〕。

满生着胡须，身体精瘦的男子，在那里白天睡觉。[6]这有什么好看的地方，所以这样睡着的呢？若是夜里，什么模样也看不见，普通一般又都是睡了，也不必因为我是丑陋，便那么起来不睡。只要早上赶紧起来，那就好了。在夏天时候，午睡了起来，〔也是难看的〕。只有非常美丽的人，那才稍为有点儿风趣，若是容貌平常的人，睡起的脸多是流着油汗，仿佛肿了的样子，而且弄得不好，似乎两颊也是歪斜了。〔午睡醒过来的人们〕互相对看着的时候，应该非常觉得扫兴，觉得没有人生的乐趣吧。

颜色暗黑的人，穿着生绢的单衣，也是很难看的。若是浆过或是砧打的衣服[7]，那虽然一样的透亮，但是也还没有什么。〔若是生绢的话〕，那便连肚脐也可以看得见了。


注释：
1　原文云"退领"，谓将衣领退后，使后颈露出。日本后世因妇女梳髻，后方特别突出，为防与衣领接触，故多如是穿着，在古时盖无此习俗。
2　"帘帷"原文"云下帘"，系车帘下的帷帐，故竹帘称为上帘，多以白的生绢为之。

3　《春曙抄》本解作"生病的人",谓出去访问病人,却带了小孩同行,未免吵闹,似亦可备一说。

4　壶装束系古时妇女外出时服装,系以练衣被头上,头戴斗笠。

5　阴阳师举行祓除,系神道教的行事,如佛教的法师代行,则为违法。纸冠以白纸折成三角形,着于额上,在后方系住,如中国南方服丧的人所戴的样子,阴阳师于执事时特戴此冠。《宇治拾遗物语》卷六,记有寂心上人在播磨国,道满法师着阴阳师之纸冠而行祓除,问何为着纸冠,答言因祓除之神嫌忌法师,故于祓时暂着此也。上人取纸冠而破之曰:"既为佛弟子,而奉侍祓除之神,犯如来之嫌忌,当坠无间地狱,无有出时。"

6　《春曙抄》本解作"与男子昼寝",今从通行诸本,但亦可备一说,因为细味文中语气,也有此种意味。

7　此种单衣因为颜色是红的,所以穿在身上,可以不十分显露出黑色的皮肤来,若是普通的生绢,便不免要露肚脐了。

# 题　跋

　　天色已经暗下来了[1],不能够再写文字,笔也写的秃了,我想勉强的把这一节写完了就罢了。这本随笔[2]本来只是把自己眼里看到,心里想到的事情,也没有打算给什么人去看,只是在家里住着,很是无聊的时候,记录下来的,不幸的是,这里边随处有些文章,在别人看来,有点不很妥当的失言的地方,所以本来是想竭力隐藏着的,但是没有想到,却漏出到世上去了。

有一年,内大臣[3]对于中宫进献了这些册子,中宫说道:

"这些拿来做什么用呢?主上曾经说过,要抄写《史记》……"我就说道:

"〔若是给我〕,去当了枕头也罢。"[4]中宫听了便道:

"那么,你就拿了去吧。"便赏给我了。我就写了那许多废话,故事和什么,把那许多纸张几乎都将写完了,想起来这些不得要领的话也实在太多了。

本来我如果记那世间的有趣的事情,或是人家都觉得漂亮的,都选择了来记录,而且也有在歌什么里头,苦心吟咏草木虫鸟的,历举出来,那么人家看了,就会说道:

"没有如期待的那么样。根底是看得见的。"那么这样的批评,也是该受的吧。但是我这只是凭了自己的趣味,将自然想到的感兴,随意的记录下来的东西,想混在那些作品的中间,来倾听人们的评语,那似乎是不可能的吧。然而也听见有读者说道:

"这真是了不起的事。"[5]这固然是觉得是很可安心的事,可是仔细想来也不是全无道理的。世人往往憎恶他人偏说他好,称赞的反要说是不行,因此真意也就可以推想而知吧。但总之,这给人家所看见了,乃是最是遗憾的事情。

## 其二  又跋

这是左中将[6]还叫作伊势守的那时候,他到我家里来访问[7],想在屋角里拿坐垫给他,这本册子却在上边,便一起的拿了出去了。急忙的想要收回,〔可是已经来不及〕,就被他拿了回去,经过了好久的时期,这才回到我的手里来。自此以来,这本册子就从这里到那里的,在外边流行了。[8]

注释:

1 这一句,田中澄江译本作"已经没有多少余白了"。别本即三卷本无此一节,只从"这本随笔"起。

2 "随笔"原文作"草子",即系"册子"的音变,这里说它的内容,所以改译作"随笔"了。

3 内大臣即中宫之兄藤原伊周,以前任大纳言,至正历五年(九九四)九月改任为内大臣。

4 此句语意暧昧不明,各家也解说不一,通说云枕即枕边,盖为身边座右常备的册子,随时记录事物的。三卷的译者池田龟鉴则谓此是著者有感于白居易的诗而说的,在《白氏文集》二十五有《秘省后厅》一诗,其诗云:"槐花雨润新秋地,桐叶风翻欲夜天。尽日后厅无一事,白头老监枕书眠。"著者盖有感于日后伊周兄弟流放,中宫失意闲居小二条宫,故为此言,以老监自况,所说也颇有意思。但伊周进册子为其任内大臣时事,尚在流放之前,清少纳言无由预知,引用香山诗意,且深得中宫的嘉许也。

5 "了不起的事"原意云"害羞",盖称赞人家的殊胜,为自己所万不能及,故感觉惭愧,犹云相形之下,自惭形秽。

6 左中将即源经房,时为左近卫衬少将。

7 "牡丹一丛"(本选本未选——编者注)中,有左少将往访著者于私宅,别本三卷本谓即是经房,且考订其时为长德二年(九九六)的六月下旬,谓这里所说的即是那时候的事情。

8 《春曙抄》本文中不见此节,但载在小注里,称一本在本段的末尾,有此一节,别本三卷本刚与上文相连,通行本又别作一段,今改定为本段的第二节云。

古希腊文学

# 财神（节选）

## 人 物

卡里翁（Kariōn）——家奴。

克瑞密罗斯（Khremylos）——老年的主人。

财神（Ploutos）——最初是瞎子。

歌队——由佃户组成。

布勒西得摩斯（Blepsidêmos）——主人的朋友。

穷神（Penia）

克瑞密罗斯的妻子

正直人

告密人

老婆子

少年人

赫耳墨斯（Hermês）——天神的使者。

宙斯的祭司

## 布 景

雅典街上，在克瑞密罗斯家的前面。

## 时　间

公元前三八八年。

## 一　开场

在雅典的一条街道上，一个穷老的瞎子摸索着走路。后面紧跟着一个年老的主人和他的家奴，主人名叫克瑞密罗斯，家奴名叫卡里翁，两人头上都戴着桂叶的花冠，表示从阿波罗庙的卣坛回来。卡里翁手里还拿着一块祭祀上分得的胙肉。他显出不耐烦的神气，随即开始独白。后面是克瑞密罗斯的家。

**卡里翁**　啊，宙斯和神们啊！给一个精神错乱的主人当奴仆，是多么苦恼的事呀！因为有时候奴仆说了很好的意见，可是他的主子却决定不那么做，那么奴仆便要受累。因为运命规定，一个人的身体并不属于本人，乃是属于买他的人的。这就算了吧。至于那从金鼎上宣唱神示的罗克西阿斯[1]，我要用这正当的批评来批评他一下。人家说他是聪明的医生和先知，但他却把我的主人弄成怔忡，跟在一个瞎子后面，这和他所该做的事情正是相反。因为亮眼的人本当领导瞎子，他却去跟随着瞎子，又强迫我同走，那人连咕的一声也不肯回答。[2]——主人，我不能再不作声了，你若是不告诉我，为什么跟着那人，我总要麻烦你。我知道现在戴着这花冠，你总是不会打我的。[3]

**克瑞密罗斯** 凭了宙斯！如果你还要麻烦我，我要摘去那花冠，好叫你挨打更痛点！[4]

**卡里翁** 废话！在你告诉给我，那是什么人之前，我是不肯干休的。我问这话，原是十分为你好。

**克瑞密罗斯** 那么我不瞒你，因为在我家的用人中间，我承认你是最忠诚的，也是——最会偷盗的。我是一个敬神的正直的人，可是境遇不好，老是贫穷。

**卡里翁** 这我知道。

**克瑞密罗斯** 别的那些人可是富有，抢劫庙宇的、政客们[5]、告密人和那些坏人。

**卡里翁** 你说得对。

**克瑞密罗斯** 于是我去问神，并不是为我自己，我这不幸的人我想已经快射完生命的箭了[6]，但是我那儿子乃是我的独子，所以我问神是不是要改变他的行径，使他成为一个无所不为的、邪恶的、腐败透了的人，因为那么样我以为是于生活上很有利的。

**卡里翁** 当时福玻斯从他的花环中间说了些什么呢？[7]

**克瑞密罗斯**　你就会知道。因为神明白的对我说，在我出来的时候首先遇着什么人，叫我决不要放过他，要劝说那人同到我的家里去。

**卡里翁**　那么你第一个遇着了什么人了呢？

**克瑞密罗斯**　就遇着这个人。

**卡里翁**　那么你还不懂得神的意思么，你这大傻子，他不是在很明白的告诉你，叫你的儿子去学本地人的模样么？

**克瑞密罗斯**　你凭了什么这样判断呢？

**卡里翁**　因为这就是在瞎子也很明了：在现今的生活里，做一个腐败透了的人是很有利的。

**克瑞密罗斯**　那乩示不会是这样说，应该是有别的更重大的意思。假如这家伙告诉我们，他是什么人，为什么缘故，因什么事情来到我们里，那么我们就可以知道那乩示对我们说的是什么意思了。

**卡里翁**　（对那瞎子）喊！你说你是什么人吧；还是要等我来动手？你赶快说吧！

**财神**　我说滚你的蛋！

**卡里翁**　（对克瑞密罗斯）你懂得了他说的是谁吧？

**克瑞密罗斯**　他对你说这话，不是对我说的。因为你问他问得那么的粗笨鲁莽。（对财神）如果你喜欢一个善守誓约的人的态度,请你对我说吧!

**财神**　滚你的蛋,我说!

**卡里翁**　你接收这人,和这兆头吧![8]

**克瑞密罗斯**　凭了得墨忒耳[9],你真该挨揍!你若是不说,我要教你不得好死!

**财神**　啊,你们俩,离开我去吧。

**克瑞密罗斯**　那还行么?

**卡里翁**　主人,最好还是照我所说的,我要叫这家伙不得好死。我要去把他放在什么山崖上,离开他走了,好让他跌下去,跌断脖子。

**克瑞密罗斯**　那就快动手吧!

**财神**　别这样!

**克瑞密罗斯**　那么你说么?

**财神**　可是如果你知道了我是谁,我相信你们一定要欺侮我,不肯放我走了。

**克瑞密罗斯**　凭了神们,我们会得放你走,假如你愿意走。

**财神**　那么先放松了我。

**克瑞密罗斯**　好,我们俩放松了。

**财神**　那么你们俩听吧,现在似乎不得不说出我所想要隐藏的事情来了。我乃是财神普路托斯。[10]

**克瑞密罗斯** 喊，你这一切人中间最污秽的家伙，你是财神，还那么闭着嘴么？[11]

**卡里翁** 你是财神么，那么的可怜相？

**克瑞密罗斯** 啊，福玻斯啊，还有神明和精灵们啊[12]，还有宙斯啊![13]你说什么呀？你真是他么？

**财神** 是。

**克瑞密罗斯** 他自己么？

**财神** 正是他自己。

**克瑞密罗斯** 那么告诉我，你这样腌臜，是从哪里来呢？

**财神** 我从帕特洛克勒斯那里来，他生下来就没有洗过澡。[14]

**克瑞密罗斯** 但是你这灾难是怎样来的呢？[15]你说给我听吧。

**财神** 宙斯嫉妒凡人，才这样处分我。因为在我还是小孩的时候，我声言将要单去找那些正直的、聪明的和那守秩序的。但是他把我弄瞎了，叫我什么也辨别不出。他是这么的嫉妒那些好人。

**克瑞密罗斯** 可是只有那些好人和正人才尊敬他。

**财神** 你说的对。

**克瑞密罗斯** 来吧，怎么样？若是你再能够看得见，同以前那样，那么你就避开那些坏人么？

**财神** 我答应。

**克瑞密罗斯**　你去找那些正直人去么？

**财神**　那是一定的，因为我有好久不曾看见他们了。

**克瑞密罗斯**　这也难怪，因为连我这有眼的也没看见他们。

**财神**　现在放我走吧。因为你们俩已经知道了我的事情了。

**克瑞密罗斯**　凭了宙斯，可是我们更要拉住你了。

**财神**　我不是说过，你们将要给我麻烦的么？

**克瑞密罗斯**　我请求你，你听从了我们吧，不要抛弃我们，因为你去找寻，再也找不着品行比我更好的了。

**卡里翁**　凭了宙斯，除了我再也没有别人了。[16]

**财神**　他们都这么说，可是一旦他真是得到了我，成了富人，那时便绝无限制的干出坏事情来了。

**克瑞密罗斯**　正是如此，但是也并不是一切都是坏人。

**财神**　凭了宙斯，却是一古脑儿。[17]

**卡里翁**　（旁白）你大大的该挨揍啦！

**克瑞密罗斯**　你会知道，如果你留在我们这里，你将有多少好处，所以你注意，听我说吧。因为我想，我想，——因了神的许可可以这么说，——我将给你除掉了这眼病，使你看得见。

**财神**　别这么干吧！因为我不要再看得见了。

**克瑞密罗斯**　你说什么？

**卡里翁**　这人是一个生成的可怜东西!

**财神**　我知道,宙斯如果听到了你们这些人的傻事[18],他会得收拾我的。

**克瑞密罗斯**　他现在不是也这么干么,让你跌跌撞撞的流浪着。

**财神**　我不知道,可是我怕他得很哩。

**克瑞密罗斯**　真是么,你一切神们中间最胆小的神?你还以为宙斯的君权和那些霹雳棒[19],值得三个铜元么[20],只要你眼睛看得见,即使在短期间里?

**财神**　啊,坏家伙,别说这话了!

**克瑞密罗斯**　你安心吧!因为我将给你说明,你比宙斯更有力量呢。

**财神**　你说我么?

**克瑞密罗斯**　正是。举例来说,宙斯凭了什么统治着神们的呢?

**卡里翁**　凭了他的银子,因为他最有钱。

**克瑞密罗斯**　那么,这是谁给他这些钱的?

**卡里翁**　就是这人。

**克瑞密罗斯**　人们为了谁,给他献祭的呢?不是为了这人么?

**卡里翁** 凭了宙斯[21]，他们公开的祷告要发财。

**克瑞密罗斯** 那么，岂不是因为他正是那原因，若是他愿意，就很容易的把这些献祭停止了的么？

**财神** 为什么呢？

**克瑞密罗斯** 因为人们将不再来献祭，没有牛，没有麦粉饼[22]，也没有别的什么，如果你不愿意的话。

**财神** 怎么呢？

**克瑞密罗斯** 怎么吗？若不是你在场，给他们银子，人们哪能买到东西呢。所以如果宙斯给你什么麻烦，你能够独立打倒他的威权的。

**财神** 你说什么？人们为了我才给他献祭么？

**克瑞密罗斯** 我正是这么说。凭了宙斯，凡是什么东西对于人们是光明的、美丽的和愉快的，都是由你而来的。因为世间一切都服从于财富。

**卡里翁** 我就是因了一小块银子成了奴隶，因为我不是和别人同样的有钱。

**克瑞密罗斯** 人家说那些科任托斯的妓女们[23]，什么穷人去访问她们的时候，理都不理，但是如果是富人，便立即将她们的身子转过来对着他了。

**卡里翁** 还有他们说做那些事情的孩子们[24]，并不是为了爱情，却为了银子的缘故。

**克瑞密罗斯** 那不是好的一等，却是娈童罢了。那好的并不要求银子。

**卡里翁** 要的是什么呢?

**克瑞密罗斯** 有的要一匹好马，有的几只猎狗。

**卡里翁** 或者因为不好意思要求银子，却用什么名字把坏事包藏起来吧。

**克瑞密罗斯** 人们中间的一切技巧都是因了你而发明的。[25]因为他们中间一个坐着做皮匠，一个做铜匠，一个却制造木器，有的从你得到了金子，又做了金匠。

**卡里翁** 凭了宙斯，有的剥人衣服[26]，有的挖墙洞。

**克瑞密罗斯** 一个漂布，又一个洗羊毛，一个鞣皮，又一个卖葱头。[27]一个被捉住的奸夫因了你只拔光了毛。[28]

**财神** 啊呀，可怜的人，这些我以前都不知道。

**克瑞密罗斯** 那大王岂不因此才能摆他的架子么?[29]公民大会岂不因此才能开成的么?[30]怎么? 不是你给装备了我们的兵船的么?[31]请你回答我。——还有驻在科任托斯的募军不是他给养的么?[32]潘菲罗斯不是因了他而吃苦的么?[33]

**卡里翁** 那"卖针的"[34]，不是也同了潘菲罗斯吃苦的么? 可不是因了他所以阿古里俄斯大放其屁么?[35]

**克瑞密罗斯** 菲勒普西俄斯不是为了你的缘故讲那些故事的么?[36]不是因了你所以我们和埃及人做同盟的么?[37]不是因了你所以拉伊斯爱那菲罗尼得斯的么。[38]

**卡里翁** 提摩忒俄斯的高塔[39]——

**克瑞密罗斯** 让它倒在你的头上!(对财神)一切的事情岂不是都因了你而做出来的么?那么只有你独自一个乃是我们这一切事以及好事的原因,这你应当好好的明白。就是在战事上,只要你坐下在哪一边,哪一边就会得胜。

**财神** 我单是一个人,就能做出这些事情来么?

**克瑞密罗斯** 凭了宙斯,你能,还能做出比这些更多的事情,所以从来不曾有人对于你觉得满足的。对于许多别的事情有人倒会觉得满足,比如恋爱。

**卡里翁** 还有面包。[40]

**克瑞密罗斯** 以及文化。[41]

**卡里翁** 还有糖果。

**克瑞密罗斯** 以及名誉。

**卡里翁** 还有薄饼。

**克瑞密罗斯** 以及勇敢。

**卡里翁** 还有无花果干。

**克瑞密罗斯** 以及进取心。

**卡里翁** 还有大麦饼。

**克瑞密罗斯** 以及军权。

**卡里翁** 还有豆粥。

**克瑞密罗斯** 可是从来不曾有人对你感觉满足的。若是一个人得到了十三条金子,他就还想多,要十六条了。[42]假如得到了十六条,他又想四十条,否则他就说这生活不值得生活了。

**财神** 我觉得你们俩说的都很对,只是我还害怕一件事。

**克瑞密罗斯** 你说出来吧,关于什么事?

**财神** 你们说的我所有的权力,我怎么的去使用它呢?

**克瑞密罗斯** 凭了宙斯,人们都这么说,财神是最胆小的。[43]

**财神** 不对,这是挖墙洞的在毁谤我。因为他曾经进到人家里去,只见一切物件都锁着,什么也得不到,所以就把我的谨慎先见叫作胆小了。

**克瑞密罗斯** 现在你不要顾虑。若是这件事情上,你自己也很热心,我将使你眼睛看得见,比林叩斯还要眼亮。[44]

**财神** 你是一个凡人,怎么能做到这事呢?

**克瑞密罗斯** 我从阿波罗的话里得着很好的希望,那是他自己摇着皮托的桂树对我说的。[45]

**财神** 那么他是与闻这事的么?

**克瑞密罗斯** 正是。

**财神** 你要留意[46]——

**克瑞密罗斯** 好朋友,不用操心!因为这是我个人,你要晓得,要去办成这事,即使我因此而死。

**卡里翁** 我也是,若是你愿意。

**克瑞密罗斯** 还有许多别人将成为我们俩的战友,那些正直而没有面包的人。[47]

**财神** 啊呀!你说的是我们的可怜的战友呀!

**克瑞密罗斯** 若是你使得他们富有,还同以前一样,那么他们就不是这样了。(对卡里翁)你去,赶快的跑,——

**卡里翁** 干什么去?你说。

**克瑞密罗斯** 你去招集那些种地的朋友,大概你可以找到他们在田野里劳作,让他们都到这里来,好同我们分得财神的一份财富。

**卡里翁** 好吧,我去了。但是叫家里的人来拿这片肉[48],给带进去吧!

**克瑞密罗斯** 我来管这个吧,快点跑去。(卡里翁下)但是你,一切神灵中最有力量的财神,同我进到这里去吧,因为就是这一家,你在今天里须得使它充满了财货,不管是用正当的或是不正当的手段。[49]

**财神** 可是，凭了神们，我每回走到别人家里去，总使得我很懊恼。因为我从来不曾从那里得过一点好处。倘若我碰巧进了吝啬人的家里，他立刻就把我埋在地下，假如有什么好人他的朋友走来，请求借一点儿银子，他抵赖说向来没有看见过我。或者碰巧进了傻子那里，我就被拿去送给那些妓女和骰子，一会儿的工夫就把我光身赶出在门外了。

**克瑞密罗斯** 你以前不曾遇着过有节制的人，但是我却正是有点这种性格的。因为我很爱节约，没有人可以相比，可是也爱使用，在应当这么做的时候。但是我们进去吧，我想介绍你见我的妻和我的儿子，那是我的独子，我最爱的——这自然在你之次。

**财神** 我相信你的话。

**克瑞密罗斯** 谁不对你说真话呢？

*克瑞密罗斯与财神同下。*


## 二 进场歌（略）


## 三 第一场（略）

## 四　第二场（对驳）

穷神上。[50]

**穷神**　你们不幸的小人儿俩，敢于干出这种鲁莽的、无法无天的勾当的人呀！哪里去，哪里去？你们为什么逃走？还不给我站住么？

**布勒西得摩斯**　赫剌克勒斯啊？

**穷神**　我要使你们坏人不得好死，因为你们敢干出那不可忍受的事，以前不管神或是人都没有敢做的，所以你们都非死不可。

**克瑞密罗斯**　可是你是谁呀？因为，我看你是那么的黄瘦。

**布勒西得摩斯**　好像是悲剧里的什么报仇女神[51]，相貌那么地有点疯狂的和悲剧味儿。

**克瑞密罗斯**　但是她没有拿着火把。[52]

**布勒西得摩斯**　那么她更该死了。

**穷神**　你们以为我是谁哩？

**克瑞密罗斯**　小客店女主人，或是卖蛋卷的女人吧。否则不曾受到侵犯，不会对我们这么大嚷的。

**穷神**　真的么？你们想要把我从全世界上赶出去，这可不是最大的恶事么？

**克瑞密罗斯**　不是还有那万人坑给你留着么？[53]但是你必须立

即告诉我,你是谁呀。

**穷神** 我乃是今天要来同你们俩算账的人,因为你们想要把我从这里赶了出去。

**布勒西得摩斯** 那是附近酒店的女堂倌,时常在酒吊子上欺骗我的么?[54]

**穷神** 我乃是穷神,和你们同住了多年的。

**布勒西得摩斯** (要逃走)啊,阿波罗王和神们呀!往哪里逃好呢?

**克瑞密罗斯** 喊,你干什么呀?啊,你顶胆小的东西,你不站住么?

**布勒西得摩斯** 断乎不成。

**克瑞密罗斯** 你不站住?叫一个女人吓走两个男子么?

**布勒西得摩斯** 因为这是穷神呀,坏家伙,在活物中间没有比她更厉害的了。

**克瑞密罗斯** 站住,我请求你,站住!

**布勒西得摩斯** 凭了宙斯,我不。

**克瑞密罗斯** 我告诉你,这样我们便做了一切行为中最卑怯的事,如果我们撇下那财神不管,一仗也不打,为了害怕她,逃走到什么地方去的话。

**布勒西得摩斯** 我们有什么甲仗,什么力量,可以倚靠的呢？因为我们的任何胸甲，任何盾牌，不是给这极恶的东西都放到典当里去了么？[55]

**克瑞密罗斯** 你放心吧，因为单是那神，我知道，就可能掳获她的东西来作得胜纪念的。"[56]

**穷神** 你们两个流氓，现在当场被捉住了在干这样恶事，还敢咕咕的叫么？

**克瑞密罗斯** 啊，你极恶的东西，为什么来这里骂我们呢，我们什么也不曾侵犯了你？

**穷神** 凭了神们，你们在想要使财神再能看见，这还不侵犯了我么？

**克瑞密罗斯** 这怎么会侵犯了你呢，若是我们想设法把好处给予一切的人？

**穷神** 可是你们能够找到什么好处呢？

**克瑞密罗斯** 什么？第一是把你赶出希腊去。

**穷神** 赶我出去么？那么你想想，你给人们做了一件还有比这更大的坏事么？

**克瑞密罗斯** 什么？更大的坏事是我们拖延着，不这么做。[57]

**穷神** 现在我想先就这件事给你们俩讲一番话。我要证明我是你们的幸福的唯一的原因，你们是靠我生活着，如果不然，那么随你们的意思对付我好了。

**克瑞密罗斯** 啊,极恶的东西,你敢说这话么?

**穷神** 你接受这教训吧,我想我很容易指示你们,像你们所说,要去使得正人都富有,那是完全错误的。

**布勒西得摩斯** 啊,板子与大枷啊![58]你们不来帮助我么?

**穷神** 在你懂得清楚之前,你不该大呼小叫的!

**布勒西得摩斯** 有谁听了这样的话,能不啊啊的叫喊起来呢?

**穷神** 是那么头脑清楚的人。

**克瑞密罗斯** 那么我怎么登记,若是你失败了,该受什么罚呢?[59]

**穷神** 随你们的意吧。

**克瑞密罗斯** 你说得对。

**穷神** 这同样的罚,如果你们输了,你们俩也得受。

**布勒西得摩斯** (对克瑞密罗斯)你看二十个死足够了吧?[60]

**克瑞密罗斯** 给她行了,我们俩只要两个就够。

**穷神** 你们顶好是赶紧做这事去吧[61],因为谁还可以有正当的理由来驳倒我么?

**歌队** 现在你该来说些聪明的话打败了她,在议论上来对抗,不要软弱的让步。

**克瑞密罗斯** 我觉得这是很清楚的,人人知道,人间的好人得到幸福乃是正当,那些坏人和不敬神的却应得到相反的结果。我们希望做到这样，好容易才找着了一个计划很好很伟大，对于一切事情也很有益。因为那财神现在看得见了，不再瞎了眼在那里胡撞，他走到好人那里去，不再离开他们，却将躲避那些坏人和不敬神的了。那么以后他将使得大家都成为善良富裕，而且尊敬神意。[62]可是有谁曾经给人们想过比这更好的事情么？

**布勒西得摩斯** 没有。这事我给你做见证，所以你不必去问她。

**克瑞密罗斯** 我们人类的生活有谁看了不以为这是疯狂，或是着了恶鬼的道儿呢？因为人们中许多是坏人的都很富有，他们不正当的来聚集财富，但是许多本是好人，却是不幸，贫穷饥饿，大都和你在一起。所以我说，如果财神就能看得见，阻止了她[63]，那么再也没有一条道路对于人们更有益处的了。

**穷神** 啊，你们两个老头子，一切人中最容易被引诱做傻事的，胡说胡为的社伙[64]，如果你们所期望的这事做成了的话，我告诉你这于你们俩将没有一点好处。因为若是财神仍旧看得见了，把财富平均的分给了人，那么将没有人愿意来搞技术和学问了。如果这两样东西都因了你而不见了，有谁去做铜匠，或是造船，或是缝衣，或造轮子，或做皮匠，或造砖瓦，或是洗濯，或是鞣皮，或是用犁去耕地土，收割地母的果实呢，假如你不管这一切事情，可以游惰的过着你的生活么？

**克瑞密罗斯** 你胡说些胡话。因为现在你所说的这些事情，奴仆们会得给我们去担承的。[65]

**穷神** 可是你从哪里去得到这些奴仆呢？

**克瑞密罗斯** 我想我们可以用银子去买的。

**穷神** 先说，谁是卖主呢，那时他们都有了银子？

**克瑞密罗斯** 从忒萨利亚地方[66]，那许多人贩子中间，会得有想要发财的商人走来的。

**穷神** 可是先说，依照你自己所说的话，那就决不会再有什么人贩子了。因为既是富有了，谁还肯冒了生命的危险来干这些事情呢？因此你自己不得不来耕种，来掘地，做别的工作，你要去过着比现今更是苦恼的生活。

**克瑞密罗斯** 这个落在你自己的头上吧！

**穷神** 而且你再也不能睡在床上，——因为床没有了，——或在毛毯上，因为谁还愿意来织呢，他有了金子？在你带了新娘回来的时候，没有点滴的香油给她搽擦，也没有奢华的染出花纹的衣衫给她装饰了。你如缺少了这一切，那么你富有了于你有什么好处呢？这乃是因了我，一切你们所要的东西才能够得到，因为我坐着像主妇一样，强迫那手艺工人，因了他的缺乏与贫穷，去寻找生计。

**克瑞密罗斯**　你能够供应什么好的物事呢，除了些澡堂子里来的烫伤水疱[67]，挨着饿的小崽子，和成帮的老太婆？还有那些虱子、蚊虫和跳蚤的数目，多得无从说起，它们在头的四周嗡嗡的叫，咬你，叫醒你来，说道："你要挨饿了，可是，起来吧！"此外只有破衣来替代大衫，替代卧床的是芦苇的垫褥，满是些臭虫，会得咬醒熟睡的人的。只有一张臭烂的草席当作毯子，当作枕头的是一大块石头，放在头底下。吃的是葵菜的芽当作面包，干萎的萝卜的叶子当作大麦饼。当作凳子的是破酒坛的颈子，当作和面板的是酒坛的边，那也是破的。我不是指示出来，对于一切人们的这许多好处都是由于你的么？

**穷神**　你刚才不是在说我的生活，却是说那乞丐的。

**克瑞密罗斯**　所以我们说，贫穷是乞丐的姊妹嘛！

**穷神**　啊，你们好像是说狄俄倪西俄斯等于特刺叙部罗斯了![68]可是我这边的生活并不那么受苦，不，凭了宙斯，将来也不会。因为那乞丐的生活，就是你所说的，是活着一无所有，但是那穷人生活着，节俭度日，用心工作，他们没有什么多余，但也并不缺少什么。

**克瑞密罗斯** 啊，凭了地母，你所说的那人的生活是多么幸福呀，如果他节俭着，劳苦着，没有留下什么钱够做坟用！

**穷神** 你们只是想嘲笑讥刺，不肯老老实实的，并不知道我使得那些人们在心身两方面比起那财神来，要好得多。因为在他那边的人都是有风湿脚、大肚子、粗腿、怪样的发胖，但是在我这边的却是瘦的，胡蜂样的，对于敌人才厉害哩。

**克瑞密罗斯** 那一定是你用了饥饿使得他们成为胡蜂样的了。

**穷神** 而且我还可以给你们谈谈道德的事，指示出那些规矩的人住在我这边，在财神那边的却是放纵无礼。

**克瑞密罗斯** 那么作贼和掘墙洞倒都很是有规矩的。[69]

**布勒西得摩斯** 凭了宙斯，要是他不显露自己，这就是谨慎。这怎么不是有规矩呢？

**穷神** 所以且看那城邦里的政客们吧，当他们还是贫穷的时候，他们对于人民和城邦是诚实的，但是一从公家得到了财富，便立即变成不诚实的人，他们计划对付群众，要与人民为敌起来了。

**克瑞密罗斯** 这些你倒说的不是假话，虽然你原是大大的造谣的家伙。可是，总之，你还是该死，——你不要以此自豪吧![70]——因为你想要来说服我们，说贫是比富要好得多。

**穷神** 关于这话你也还没有能够驳倒我，却只是说胡话、拍翅膀罢了。[71]

**克瑞密罗斯** 大家为什么逃避你呢？

**穷神** 因为我要他们好呀。最好是去看小孩们的事，因为他们逃避他们的父亲，那对于他们是最有好意的。要辨别什么事情是对的，就是这样的难呀。

**克瑞密罗斯** 那么你将说宙斯也不能正确的辨别什么是最好的事了，因为他是有钱的。

**布勒西得摩斯** 却把她打发到我们这里来![72]

**穷神** 啊，你们这两个真是被眼屎迷糊了眼的、古董头脑啊！宙斯乃是穷的，这件事我就可以明白指教给你们。因为若是他富裕，那么为什么在他自己举行奥林匹亚竞技的时候[73]，每第五年招集全部希腊人到来[74]，宣布竞技的得胜者，却只给戴上野橄榄叶的花冠呢？[75]如果他是富有，他该给金冠才对呀。

**克瑞密罗斯** 即此可以明白，他是很尊重钱财的了。因为他是节俭，不情愿花费，所以拿那捞什子发给得胜的人，却把财富留在他自己身边了。

**穷神** 你想要去把一件比贫穷更可耻的事情加在他的上面，如果他是富有，却又是那么的吝啬和贪鄙。

**克瑞密罗斯** 愿宙斯毁灭你，先给你戴上野橄榄叶的花冠！

**穷神** 你敢于反抗我，说你们一切的好处都不是从贫穷来的么！

**克瑞密罗斯** 这可以去从赫卡忒问了来[76]，富有与贫穷哪一样更好。因为她说的是，那些有钱和富裕的每月给她送吃食来[77]，可是穷人们在放下来之前就把这抢走了。——现在你去死吧！不要再哼一声"咕"。因为你尽管要说服我，也总是说服不了我的。[78]

**穷神** 啊，你阿耳戈斯的城邦啊！[79]

**克瑞密罗斯** 你叫泡宋吧，你的同班吃饭的人！[80]

**穷神** 不幸的我呀，怎么样了呢？

**克瑞密罗斯** 你到乌鸦里去[81]，快离开了我们吧！

**穷神** 我到什么地方去呢？

**克瑞密罗斯** 到大枷里去吧！你不得逗留，必须赶快！

**穷神** 将来你们就要请我到这里来的。

**克瑞密罗斯** 那时你再回来,可是现在去死去吧!因为在我还是富有更好,且让你去为了自己的头大声叫唤吧![82]穷神下。

**布勒西得摩斯** 凭了宙斯,我愿望发了财,同了孩子们和妻子好好的吃一顿,洗了澡之后,擦了油从浴堂里出来,对于那穷神和她的手工人们表示不敬了。

**克瑞密罗斯** 那个女流氓总算离开了我们了。我和你应当赶紧带了那位神明,到天医庙里住夜去才是。

**布勒西得摩斯** 我们别再拖延,怕得又有什么人走来,妨碍我们去办那该作的事情。

**克瑞密罗斯** 孩子卡里翁,你去拿被褥出来,带了那财神自己,依照了习惯,以及别的在里边预备好的那些东西去吧。

　　克瑞密罗斯与布勒西得摩斯同下。这里算是有一夜过去了。

## 第三场、第四场、第五场、第六场、第七场、退场(略)

注释:

1　罗克西阿斯(Loxias),乃是阿波罗(Apollon)的别号之一。原文

300

意云斜,古代注家以为是说他的乩语意思暧昧,又或因为他是日神,日光斜射之故。但对于预言的神加以不敬的徽号,似不近理,他的兼为日神乃是后起的事,在这以前他早已被称为罗克西阿斯了。阿波罗是希腊古代牧民的神,职司牧畜、音乐、弓箭、医药等,与牧牛羊有关的事,后来又与太阳神赫利俄斯(Hēlios)合并,但是他以这个身分出现的时候极少。他是大神宙斯(Zeus)的一个儿子,因此或者继承了他父亲的职权,又管理占卜预言,在得尔福(Delphoi)的乩坛最有名。得尔福庙里的女祭司,坐在一个三脚鼎上边,一面闻着从地下石缝中出来的硫磺气,不久沉醉昏迷了,嘴里唱起什么话来,外边站着的男祭司便抄写下来,编成歌词,便算是神明对于求卜的人的答语。

2 "咕的一声"原意是说猪叫,或猪叫似的哼一下子。

3 主仆刚从阿波罗庙里祭祀回来,头上都还戴着桂树叶的花冠,表示他们的身体是神圣的,别人不可侵犯,因此即使说话不合,主人也不会打他。

4 "摘去花冠",便不是神圣了,可以打得,而且因为额上没有树叶子做保护,打去也就更是疼痛了。

5 "政客们"系意译,原文云演说家。在古代雅典有一时期,行过形似民主的制度,公民在政治法律各问题上可以自由说话,因此政治家都善于演说,人民也努力学习,有专家担任教学,但由此也产生投机取巧的人,专说好话,骗取大众的信任,得了政权在手,便作恶起来了。

6 意思即是说一生的光阴已快完了。古代希腊人多以箭作比喻,如云话已说了,也常说箭已经射完。

7 福玻斯(Phoibos),乃是阿波罗的另一称号,意云光明,俗语可云漂亮，乃是指他的少年气概。后来他兼为日神，或以为这是日神的称号，其实并不然，因为在荷马史诗中已经有此名，那时他还没有兼管太阳的职务，这里说的是占卜，也是与太阳无关的。至于此处所云的花环，据古代注家云，三脚鼎与女祭司均戴着桂叶花环，这里便算作阿波罗自身的了。

8 意云请你接受这人去做朋友，并接受咒骂的这句话去吧。

9 得墨忒耳（Dêmêtêr）译意可云地母，或云谷母，在希腊神话中职司农事，或者可以说是总管草木繁荣的女神。

10 普路托斯（Ploutos）算是财神的名字，意云财富，本来只是抽象名词的人格化，成了专名，与冥王的名字普路同（Ploutôn）出于同一字，因为古人觉得财富之源是在地下，农业的产物与金属出品，都是从地里出来的。财神眼瞎，所以世间贫富不公，乃是后起的传说，可是相传已久，在阿里斯托芬时代可见已是很普遍的了。

11 大意是说，你是财神，却那么沉默着，不知道贫富的不公么？

12 神明们（theoi）指众神，精灵们（daimones）大抵是地位较次的神们，虽然有时也可混用。

13 宙斯是希腊神话中的大神，管领天空和世界。古代人立誓或加重语气，常引他作证，说"凭了宙斯"。也有说凭了别神的，那大抵另有意义。

14 帕特洛克勒斯（Patroklês）据古代注家说，是一个雅典的富人，很是吝啬，觉得公共澡堂太贵，不去洗澡，那时澡堂的价目是一回两个铜钱。

15 这里灾难即是指瞎眼的事情。

16 卡里翁差不多是小丑的脚色，说话多莽撞粗俗，希腊后期与罗马喜剧中的家奴大抵都是如此。

17 上文克瑞密罗斯说，就是我眼睛看得见的也没有看见好人，罗泽斯本注云，这是观众们所喜欢的讽刺他们自己的一种玩笑话。这里也正是同样的例。

18 这句据有些校订家的意见，以为或者非是作者的原文。

19 宙斯是天神，他的武器便是下民所怕的雷击，这在神话上想象作降魔杵似的东西，两头喇叭花似的开口，从那里发出火焰来，古代图画上都如此画，所以通常称为两头着火的。这抛掷出去便是一个霹雳。

20 "三个铜元"原文云三俄玻罗斯，系一种铜币。值三个俄玻罗斯，约等于银二钱，系雅典陪审员一天的报酬。

21 意云"正是"。

22 麦粉饼系用大麦磨粉，加入油与蜂蜜所制成，系祭品中之最不费钱者。富人祭祀用牛，穷人只用麦饼，这里即是说不论贫富的人都不来献祭了。

23 科任托斯地方的妓女的贪婪是著名的。

24 这里即是所谓娈童。

25 罗泽斯本注云，下文说一切技术的发明，由于贫穷，在某种意义上两样说法都是对的。这有如盾的两面，发明者的目的原在于逃避贫穷，获得财富。

26 罗泽斯本注云，原文除财神所说外，从一六〇至一八〇行，均作为克瑞密罗斯的话。但是有些句子显然是属于卡里翁的，许多校订家将词句平分给他们，有时各人一句，或轮番的说半句。这与说话人的情意未能相合，似不如将文句分配给各人，与他性格合适，更为妥当。或以为说话上称财神为"你"的可分属于甲，说"他"的分属于乙，但这样分法也未能做得恰好。又引古代注家说，主仆各说与他们相宜的话，这里及第一九〇行以下，分配词句也就依照这个原则。

27 葱头在希腊民间是极普通的食物。

28 希腊古代同别处一样，奸夫如被本夫发见，杀死不论，但也有别的方法惩治的，据古代注家说，是拿萝卜插在他肛门里，又拔光阴毛，堆上热灰云云。这里说奸夫因为有钱，所以得被从轻发落，不曾被杀，只被拔毛了事。

29 大王普通都是指波斯国王，以奢侈豪富称。

30 雅典与斯巴达战败后，人民对于公民大会政治失了兴趣，无人去参加。本有公民大会津贴，每天一个俄玻罗斯，值银约六分，价值大小，少有人顾问，及后来增加至三倍，赴会的人遂大增加云。

31 希腊为防备斯巴达，组织反斯巴达联盟，复兴海军，在战后财政支绌的时候，这大概是当时极大的问题。作者这里几句都是就时事发言。

32 反斯巴达联盟的军队有些是雅典以外的人，所以说是客军，实际也即是募军，驻扎科任托斯一带，由雅典出资给养。

33 据古代注家说，潘菲罗斯（Pamphilos）乃是当时一个坏政客，贪污公款，发觉后被没收财产，食客们也多受累。

34 "卖针的"系阿里斯托塞诺斯（Aristoxenos）的诨名，为上述食客之一，事情不详。

35 阿古里俄斯（Agyrrhios）系当时鼎鼎大名的政客，规定陪审津贴一事最有名，富而骄傲。"放屁"，即表示不敬。

36 菲勒普西俄斯（Philepsios）据古代注家说，本是穷人，以善说故事致富。一说他也是政客，贪污公款，假造些离奇的故事来作辩解，说明钱为什么不见了的缘故。在本文中似以后说为胜。

37　罗泽斯本注云，雅典与埃及同盟的事不知其说，但是我们知道，在库普洛斯岛的国王欧阿戈剌斯（Euagoras）与波斯帝国抗衡的时候，埃及人与雅典人均予以援助，因此在他们中间可能也有什么关联。

38　拉伊斯（Lais）是古代希腊的名妓，居于科任托斯地方，关于她的故事传说很多。菲罗尼得斯（Philônidês）巨富而鄙俗丑恶，声如驴鸣，却为她所欢迎，但是菲罗尼得斯却同时也大被榨取了。

39　提摩忒俄斯（Timotheos）也是雅典富人，在他家里建有一座高塔，像城堡似的，这里卡里翁本想说，那也是因为你才造成的，但他主人讨厌他屡次夹杂说话，所以把他的话打断了。

40　主仆交互的说话，各与本人的身分相宜，一个说的品性，一个说的便都是吃食的东西。

41　希腊古代教育内分文化与体育两部，分别锻炼身心两方面，前者包括写字、读书、算术、图画。音乐部分有唱歌、弹竖琴与吹芦管，至于跳舞那或者须归到体育的范围内去了。

42　若干条金子都是意译，原文云塔兰同（talanton），本系重量的名称，每一单位约等于三十公斤，后用以计金银，变换为货币价格，则等于六十木那（mna），约值银二千四百两，今姑算作金十两，改译为金条。

43　罗泽斯本注云，古代注家引欧里庇得斯悲剧《腓尼基妇女》（*Phoinissai*）第五九七行云，那财神是胆小而且爱惜他性命的。柏格勒又引用他散失的剧本《阿耳刻拉俄斯》（*Arkhelaos*）中断句云：你发财么？那财神是愚鲁，而且还胆小的。

44　林叩斯（Lynkeus）是希腊神话上的一个英雄，曾参与阿耳戈船的航海冒险，同了伊阿宋（Iasôn）去取金羊毛，据说他有异常锐利的眼光，就是在地底下的东西他也能看见。二世纪时路喀阿诺斯（Loukianos）所著对话中有《提蒙》（*Timôn*）一篇，财神所说有这两句话：就是林叩斯也不容易来在这地面上找到一个正人，何况我又是瞎的，怎么能行呢？

45　皮托（Pythô）即得尔福的别名。桂树是属于阿波罗的神圣的树，古人多取树叶编为花冠。在多多那地方有宙斯的古乩坛，那里有大树林全是麻栎树，祭司候风过树间，树叶飒飒有声，编译为韵语，作为神的宣示。得尔福的乩语是由女祭司口述的，这里的说法多少用着宙斯的故典，说得特别的神异一点。

46　财神还是怕惧宙斯，大概叫他注意，不可胡说胡为，但是克瑞密罗斯把他的话打断了。

47　克瑞密罗斯所说虽是实话，因为现在要争回财神来者都是些穷朋友，但这里也是为的滑稽作用。照语气说来，理应是有许多有勇气的人成为战友，这才足以给他们壮胆，现在却突然从反面说是些没有面包的，正如古代注家所说用"出于意外"的话来逗人笑乐的。

48　开场时卡里翁手里拿着一块祭祀上分得的胙肉，现在还拿着。

49　罗泽斯本注云，这一句不可如字解释，以为克瑞密罗斯真想用了不正的方法成为富有，他只是在狡狯的模拟一般人祷告求富的口吻罢了。

50　穷神名珀尼亚，乃贫穷的人格化，因原字在文法上是阴性的，所以它也就成为女神了。

51　报仇女神厄里倪斯（Erínys），原来系多数，共有三人，这里只说其一而已。希腊古代有人被杀者，由其亲属为之报仇，但如亲属相杀，特别如被杀者为父母,便报仇无人,那时民间相信当由死者自己担任,所以最初这本是怨鬼,后来才变成职有专司的女神了。据说她们是女人的形状,样子很可怕,有翅膀,头发里蟠着蛇。

52 报仇女神向来不画作拿火把,据罗泽斯本注,应是当时在什么人的悲剧中,有如此表演的,所以这里引用。二世纪中路喀阿诺斯的对话里,有人说有什么人拿着火把来了,好像是报仇女神似的,又可见在那时民间一般是这么说,只是文献上不见流传下来罢了。

53 万人坑系是意译,原文云巴剌特戎(barathron),原是一个大坑,在雅典卫城的后面,是抛弃罪人死体的地方。

54 酒吊子原文云科堤勒(kotylê),本意是酒杯,又作为容量的名称,两吊子约合一公升。

55 这里前面的意思是说敌不过穷鬼,后面则单就没有甲仗说,因为穷的缘故,把旧有的也都当卖掉了。

56 那神即是财神,因为财神可以克服穷神。得胜纪念(tropaion),本意乃是敌人"败走"的纪念,这便是遗弃的和死人身上的甲仗,拿来挂在柱子或是树上,但也有建造更有永久性的纪念物的,如土堆、石碑等。

57 意云做了倒不是坏事,只有不这么做,不赶紧把财神的眼睛医好,那才是更大的坏事了。

58 这两者都是古代的刑具,因为穷神说的话大是荒唐,所以要叫它们来惩治她。板子即是大杖,往往可以打死人。大枷不知异同如何,原意云俯,大概也是类似的东西,可能是一种立枷,木板不是水平而是直立的,好像板壁上有些圆洞,把犯人的颈子套在那里。一面大枷上可以套好些人,阿忒奈俄斯(Athenaios)书中说及某处大枷只套着两个人，因为这是小地方，所以戴不满，是很好的证明，若是繁盛地方则那些圆洞便当套满了人了。

59　两造比赛曲直胜负，先要写下一项，赏罚是如何分配。

60　这是说对于穷神的罚则，犹我国所谓一死不足以蔽辜的意思。

61　"做这事"据古今注家多解作"去死"，但罗泽斯本注以为这只是说起手辩论，说亦近理。

62　据罗泽斯本注所说，这里几句话很重要，是穷神失败后在希腊站不住脚的根源。贫富翻身，如世间还有贫穷，穷神还有她的事情可做，但是现在因为好人由贫转富，立下一个榜样，使得求富的人知所适从，结果"大家都成为良善"，也就富裕，贫穷终于绝迹了。人们知道，除自己变好外求神也无用处，所以祭祀不再举行，大小神们都没有吃食，也只好都改换方向，走到克瑞密罗斯家里来了。

63　上文说"和你在一起"是指穷神，这里的"她"，仍指穷神或贫穷。

64　社伙是香社的同伙，所谓香社是一种宗教团体，专为参拜酒神而组织的，照例是狂歌乱舞，所以这里用作骂语。

65　希腊古时是奴隶制度的时代，所以这么说。

66　忒萨利亚在希腊北部，向来多有贩卖奴隶的商人。

67　雅典公共澡堂里冬天比较温暖，穷人们都去靠火，但是太靠近炉火，所以容易烫伤发生水疱。

68　狄俄倪西俄斯是叙剌枯赛的僭王，以专横著名。特剌叙部罗斯（Thrasyboulos）则是在作者当代从少数专政中解放雅典、恢复民主的人，他占领了要塞地方费勒，即宣布赦令，除少数首要外不得记怨，最为有名。

69　穷神夸说她的属下的人都是有规矩的，即是有条理，守秩序，所以克瑞密罗斯开玩笑说，那些作贼和挖墙洞的也的确要守他们的规矩，才能办事。

70　这是一句插在中间的话，警告她不要以为说了几句真话，便可使人们相信她了。

71　"拍翅膀"是指小鸟想飞，空拍着两翅，这里形容克瑞密罗斯的挣扎辩论。

72　"她"即是穷神。

73　奥林匹亚竞技是在奥林匹亚地方举行的竞技大会，是敬礼在俄吕谟波斯山上的宙斯的，所以这样的称呼。那地方有宙斯大庙，在那里每四年举行一次竞技，这期间称为一个奥林匹亚斯，自公元前七七六年起，始以奥林匹亚斯纪年，如《财神》于公元前三八八年演出，即是第九十八奥林匹亚斯的第一年了。

74　竞技每四年一回，但是古代希腊人连前一回的本年计算在内，所以这里说是第五年。

75　古代竞技得胜是绝大荣举，至于所得奖品，只是用树叶编成的花冠而已。在奥林匹亚是野橄榄树叶的，在皮托是桂树叶，涅墨亚是山芹的叶，伊斯特摩斯则是用长春藤或是松叶所编的。

76　赫卡忒（Hekatê）是三叉路口的女神，在神话上是小神，但在民间却有很大的势力，很受人民的敬畏。

77　赫卡忒的节日是每月十三日，财力能及的人家在那天晚上，照例准备吃食，称为赫卡忒的筵宴，送到路旁她的小庙里去，可是事实上是由肚饿的过路人分享了，犬儒派哲学家也是这经常的顾客之一云。

78　罗泽斯本注云，这两个雅典人觉得辩论有点要失败，便突然停止讨论，用势力把穷神赶下场去了。这里意思说无论你怎么说，反正我都是不听的。

79　这是叫屈的话。本意也是叫大家都听着,但未说出,作者这里是在引用欧里庇得斯原语,并非引自他自己的《骑士》。

80　泡宋(Pausôn)是当时一个画动物的画家,乃是无赖,画又恶劣,所以时常穷得没有饭吃。这里是说那通常挨饿的泡宋才是你的同伴,你可以叫他来帮助你吧。

81　"到乌鸦里去"系习惯用语,大意可以解作滚蛋,虽然原意是说给它们去作饵食,更有咒骂的意义。

82　罗泽斯本注说这一句是表示威胁,即是小心你的头被敲打而号哭。

## 希腊拟曲（节选）

### 妒　妇

### 人　物

比廷那（Bitinna），寡妇。

伽斯忒隆（Gastrōn），男奴。

布列亚斯（Purriēs）男奴。

拘地拉（Kudilla），女奴。

**比廷那**　你说来，伽斯忒隆，你这东西变得那么阔气了，我的两条腿还不够你玩，怎么要去找末农家的安菲泰亚去了？

**伽斯忒隆**　我——找安菲泰亚？几时我看见过你所说的那个女人？

**比廷那**　老是一天到晚的抵赖！

**伽斯忒隆**　比廷那，我是你的奴才，请你随意的使用，只不要日日夜夜喝我的血。

**比廷那**　你倒有这样的一张嘴，你！——拘地拉，布列亚斯在那里？给我叫他来！

**布列亚斯**　什么事？

**比廷那**　把这厮捆起来！你还站着么？快解下那吊桶上的绳子来。——我如不重办你，给近地做个榜样看，不要算我是女人！那还不是太监了么？这都是我的不好，伽斯忒隆，我把你提拔到人里边来的。但是，你不要以为我以前错了，以后比廷那也就会被你当作傻子。——来，你就独自把他捆起来，剥去他的衣服！

**伽斯忒隆**　不，不，比廷那，我跪了求你！

**比廷那**　剥去衣服，我说！——你该知道，你是我的家奴，我付过你的身价三木那的。带你回家的那天真是倒运的日子。布列亚斯，你怕也要受累，我看你不像是在捆绑他呀。反绑他的胳膊叫绳子直勒进去！

**伽斯忒隆**　比廷那，请你饶恕我这回的错吧！我是凡人，有了错了，假如下次你再抓住我在做你所不愿意的什么事情，请你脸上刺字好了。

**比廷那**　你对安菲泰亚调情去，不要和我说这些话，你同她去鬼混，却叫我是擦脚布。

**布列亚斯**　现在结实地捆好了。

**比廷那**　你看不要让他滑脱了。你带他到监房去，到赫耳蒙

那里，叫他打这厮脊梁上一千板，肚皮上一千板，

**伽斯忒隆**　比廷那，你要把我处死么，没有先查明真假？

**比廷那**　你亲口说的是什么？"比廷那，请你饶恕我这回的错吧！"

**伽斯忒隆**　那我只是想平平你的气罢了。

**比廷那**　你还是站着老是看着；不带他到我吩咐的地方去么？——拘地拉，你打那流氓一个嘴巴！还有，特勒贡，你立刻跟了他去。丫头，拿一块破布给那该死的东西去遮盖那讨厌的尾巴，叫人家不要见他赤身裸体地走过市场。布列亚斯，我再告诉你，你叫赫耳蒙打他这面一千板，那面一千板。你听见了没有？要是你有一点儿违背了我的命令，那么你自己就得连本带利的偿还。去吧，你不要带了他走那米加勒的小路，但是走那大路去。——现在记起来了。丫头，快跑去叫他们回来，趁他们还没有走远。

**拘地拉**　布列亚斯，聋子，叫你呢！呸，人家以为他是在牵一个盗坟贼，不是同僚的奴隶呢。布列亚斯，你看你多么凶的拉他去拷打。但是，呵，这倒还是你，拘地拉愿意用了这两只眼睛看你不久会在安地陀洛思的班房里，用你的脚髁去磨擦那两天前你才脱掉的亚加耶的镣

313

铐哩!

**比廷那** 喊，带了这厮回来，还同去时一样的捆着。给我叫刺字的珂西斯来，带着他的针和墨。——同时你该得着上颜色。把他挂起来，堵上嘴像那有名誉的达阿思一样。

**拘地拉** 不，妈妈，这回饶了他吧。将来如你的意，你看你的巴都理斯长成，看她嫁到男家去，抱她的小孩在怀里，我请求你饶恕他这一件错——

**比廷那** 拘地拉，你别麻烦我，不然我要逃出屋外去了。我去饶恕这七代家奴么？那么路上遇见的人谁不配来啐在我的脸上呢？不，凭了天后！因为虽然他是人，却不知道自己，现在他会明白些吧，有了金印在他的额上。

**拘地拉** 但是，今天是二十了，第五天就是该勒尼亚祭日。

**比廷那** 现在暂且饶了你，你还应该感谢她，她同巴都理斯一样的是我亲手养大，是我所爱的。但是，到了我们给亡人奠过了酒的时候，那时你自然会得到别一种的宴享的吧。

注释：

这是海罗达思所作《拟曲》的第五篇，原名 Zēlotupos，意云嫉妒的人。

末农家的安菲泰亚语意不明,有人说是末农的奴婢,有人说有妻女。比廷那立誓的天后不知究竟是亚孚洛迪德(Aphroditē)还是赫拉(Hēra)。该勒尼亚(Gerēnia)也不知是怎么一个祭日。

背上一千腹上一千,说是杖刑,差不多即是死刑,但随即饶恕,末恐吓说等祭日过后再办,只是下场的门面话而已。

尾巴(Kerkos)盖是猥亵语,古字书云即男根也,后代滑稽诗家嘲弄女诗人萨普福(Sapphō),谓其夫名 Kerkolas,亦取此意。达阿思(Dāos)奴隶名,后常见于喜剧作为狡奴之通称。

## 昵　谈

### 人　物

珂列多（Korittō），女主人。

美忒罗（Mētrō），女客。

**珂列多**　美忒罗，请坐。——你站起来给这位太太放一把椅子。什么事总得我自己吩咐，你这东西便不会自动的去做一点事情。嘿，这简直是一块石头，放在我的家里，那里是什么丫头。在你量口粮的时候，你计算那些粉粒，假如撒了一点，你就咕噜着整天的生气，连墙壁都要给你撑倒了。现在椅子要等着用了，你倒来擦他干净么，你这贼骨头？你要谢谢她在这里，不然我早叫你尝我拳头的滋味了。

**美忒罗**　亲爱的珂列多，你也和我一样套着这一个轭。我也是日日夜夜的咬牙切齿，狗一般地叫着，对了这些要不得的东西。——但是我来找你的缘故——

**珂列多**　离开这里，你狡猾的东西，滚出去吧！全身是耳朵和舌头，其余只有懒惰。

**美忒罗** 我请求你,不要说诳,亲爱的珂列多,那是谁给你做那红的角先生的?

**珂列多** 你在那里见到那个的呢,美忒罗?

**美忒罗** 诺西斯,蔼林那的女儿,她在两天前得到的。嘿,那真是一件好礼物哩!

**珂列多** 诺西斯!她那里得来的呢?

**美忒罗** 告诉了你,会泄漏出去么?

**珂列多** 凭了这双甜眼睛,亲爱的美忒罗,没有人可以从珂列多的嘴里听到你所说的话。

**美忒罗** 这是比达思的妻子欧布勒给她的,叫她不要让别人知道。

**珂列多** 女人们听者,这个女人迟早总要把我收拾了吧!我可怜她那样恳求,就给了她,美忒罗,我自己还没用过一回呢。她一把抢了去,好像是拾着了一件宝贝,却去送给别一个不配的人。请了,亲爱的,对于这样的女人我要告长假了,让她以后去找别的朋友来替代我吧。借给诺西斯去,——我如说了女人所不应说的大话,请报施女神饶恕我,——就是我有九百九十九个在外,也决不借给她一个毛糙的用。

**美忒罗** 珂列多,你不要听了一点坏事情就这样的肝火上升呀。规矩女人该能忍耐一切的事情。我因为多嘴，这是我的不好。我的舌头真该割去了才是。但是我所说的那件事，那是谁做的呢？你若是爱我，请告诉我吧。为什么笑着看我呢？你到现在才看见美忒罗么？你这些假正经又是为的什么？珂列多，我求你不要骗我，说给我做那个的名字。

**珂列多** 嘿，为什么要这样求我呀？那是克耳敦做的。

**美忒罗** 告诉我，那个克耳敦？这里有两个克耳敦。一个灰眼珠的，住在吉来谛思的妻子密泰列纳的近旁，但他是连把一个牙拨缝在立琴上都不会的。还有一个紧靠海摩陀罗思的大院住着，你走完了大街就是，他从前是有点像样的，不过现在也老了。他曾经和比来谛思有关系，——她现在升天了，愿她的亲族长久记念她。

**珂列多** 美忒罗，照你所说的，那两个都不是。他不知道是从吉阿思呢还是蔼吕式拉来的，秃头而且矮，活像布勒克西诺思，两个无花果也没有那么相像，但是他说话的时候，你才知道这是克耳敦，不是布勒克西诺思了。他在家里工作，偷偷的出售，因为家家都怕那税吏呢。但在手工上他是纯正珂思派的，你看见了会疑心是雅典那女神亲手所做，不是克耳敦的。那时我——美忒罗，那时他带了两个到这里来，——一看见，我几乎把眼睛都突出来了。那个东西比男人们的——这里没有别人，我告诉你，——还要结实，不但这样，还柔软得像睡眠，而且那带子像羊毛一样，简直不是皮条。你即使去搜寻，再也找不到一个给女人做工的更好的皮匠了。

**美忒罗** 那么你怎么会把那一个放走的呢？

**珂列多** 美忒罗，我有那一件事不曾做呢？我用了种种方法劝诱他，给他亲嘴，摩他的秃头，倒甜酒给他喝，叫他亲爱的名称，我只是没有把我的身子借给他罢了。

**美忒罗** 但是假如他要你这个，你也应该给他。

**珂列多** 是呵，不过也不可做得太拙。比达思家的丫头正在我这里，她是日夜的借用我们的磨石，把它磨到变成粉末才了，那么她可以省下锻磨的四个铜元。

**美忒罗** 他怎么找到路到你这里来的呢？亲爱的珂列多，请你也老实的告诉我。

**珂列多** 这是鞣皮的甘达思的妻子亚耳台米思，将我的住处告诉他，叫他来的。

**美忒罗** 亚耳台米思总是寻到什么时新东西，在这虔婆行业上简直超过了达罗了。但是你即使不能买到那两个，你至少也应该问他那一个是谁定做的。

**珂列多**　我追问他，他立誓不肯告诉我。美忒罗，他迷了，他那么爱她。

**美忒罗**　你告诉了我应走的路，现在就该到亚耳台米思那里去，可以知道克耳敦是什么样的人。珂列多，再见了。男人怕要饿了，我须得跑回家去了。

**珂列多**　喊，鸡丫头，关门，数我的鸡，看它们完不完全，还撒一点麦子给它们吃。真是的，就是你把母鸡放在膝上养着的时候，那偷鸡贼也会偷走了的。


注释：

　　这是海罗达思所作《拟曲》的第六篇，原名《昵谈或私谈的女人们》(*Philiazousai ē idiazousai*)。

　　角先生原文云 baubōn，一八九一年后经威耳（Weil）贾克孙（Jackson）前后证明此字意义，虽亦有人讳言，释作鞋、帽或带，但均不适合，看文中珂列多所形容的话可知。古文辞中多称 Olisbos，或 Phallos，据 Suidas 辞典云，昔用无花果木，后用红革所制，作男子生支状，在迭阿尼索思（Diōnusos）祭时，祭众悬于颈项或胯下，跳舞以敬神。又古喜剧注释中或称之曰 Skutinē epikouria，亦云革制助手，又云 hois khrōntai hai khērai gunaikes，寡妇们用之。中国文献上作何称，未详。唯唐义净译"根本说一切有部苾刍尼毗奈耶"卷十七，以树胶作生支学处第九十四云：

　　"缘处同前，（案上文七十三云，佛在室罗伐城），时吐罗难陀苾刍尼因行乞食，往长者家，告其妻曰，贤首，夫既不在，云何存济，彼便差耻，默而不答。尼乃低头而出。至王官内，告胜鬘妃曰，无病长寿！复相慰问，窃语妃曰，王出远行，如何适意？妃言，圣者既是出家，何论俗法。尼曰，贵胜自在，少年无偶，实难度日，我甚为忧。妃曰，圣者，若王不在，我取树胶，令彼巧人而作生支，用以畅意。尼闻是语，便往巧妻所，报言，为我当以树胶作一生支，如与胜鬘夫人造者相似。其巧妻报官，圣者出家之人，何用斯物？尼曰，我有所须。妻曰，若尔，我当遣作。即便告夫，可作一生支。夫曰，岂我不足，更复求斯？妻曰，我有知识，故来相凭，非我自须。匠者与妻，妻便付尼。时吐罗难陀尼饭食既了，便入内房，即以树胶生支系脚跟上，内于身中，而受欲乐，因此睡眠。时尼寺中忽然火起，有大喧声，尼便惊起，忘解生支，从房而出。众人见时，生大讥笑，诸小儿见，唱言，圣者脚上何物？尼闻斯言，极生差耻，尼白苾刍，苾刍白佛。佛问呵责广说，乃至制其学处，应如是说。

若复苾刍尼以树胶作生支者，波逸底迦。

尼等同前。（案卷一不净行学处第一云，若复苾刍尼者，有其五种，一名字必刍尼，二自言苾刍尼，三乞求苾刍尼，四破烦恼苾刍尼，五白四羯磨苾刍尼。云云。）以树胶作生支者，谓诸树胶乃至余物，作男根形。余义如上。用得堕罪，作而不用，得恶作罪。"据日本南方熊楠在所著《南方随笔》（*Minamikata Zuihitsu*, 1926）上说，日高郡龙神村传说，有寡妇昼寝，晒麦院中，天忽雨，寡妇惊起，为小儿所见，情节甚相似。详见蔼理斯（Haveiock Ellis）著《性的心理研究》卷一，勃洛赫（Iwan Bloch）著《现代的性生活》第十六章，列希忒（Hans Lieht）著《古希腊的性生活》第二编第一第二章。

## 私 语

### 人 物

亚克洛帖美（Akromē），牧羊女。

达夫尼思（Daphnis），牧牛人。

**亚克洛帖美** 巴里斯抢去了聪慧的海伦那，他也是一个牧人。

**达夫尼思** 这海伦那是更愿意了，她现在亲了那牧人的嘴。

**亚克洛帖美** 不要夸口，小胡羊儿！他们说亲嘴只是虚惠。

**达夫尼思** 便在空虚的亲嘴里也是甘甜的欢乐。

**亚克洛帖美** 我擦我的嘴，把它吐去了。

**达夫尼思** 你擦你的嘴么？那么拿来让我再亲她一下。

**亚克洛帖美** 你只配去亲你的小母牛，不是未出嫁的闺女。

**达夫尼思** 不要夸口，你的青春不久将如梦似的过去了。

**亚克洛帖美** 蒲陶变成了蒲陶干，干枯的蔷薇也未必消灭。

**达夫尼思** 怎么让这衰老呢，这里是我喝的蜜和牛乳？请你到那边的野橄榄树下去，我给你讲故事。

**亚克洛帖美** 我不去。你以前用了好的故事骗过我了。

**达夫尼思** 请你到那边的榆树底下去,你听我吹箫。

**亚克洛帖美** 你自己听吧。凄惶的声调没有什么好听。

**达夫尼思** 啊,好姑娘,你要小心巴菲亚的发怒。

**亚克洛帖美** 巴菲亚去她的吧,我只要亚耳德米思和我好。

**达夫尼思** 不要说,怕她会罚你,你将落在不能再出来的坑里。

**亚克洛帖美** 让她随意的罚吧,亚耳德米思会救我出来。

**达夫尼思** 你不能躲避爱,别的闺女也没有能够躲过他。

**亚克洛帖美** 凭了牧神,我要躲避他,但是你得永远背着他的轭。松了你的手,再来我就咬你的嘴唇。

**达夫尼思** 我只怕他要把你给了更坏的人。

**亚克洛帖美** 许多人来求我,只是没有一个中我的意。

**达夫尼思** 现在我又来在许多求婚的人里凑一个数了。

**亚克洛帖美** 朋友,怎么办呢?结婚有许多烦恼。

**达夫尼思** 结婚并没有忧患,却只是跳舞。

**亚克洛帖美** 唉,但是我听说妻子都怕她们的丈夫。

**达夫尼思** 倒是她常占上风。女人们怕什么东西呢?

**亚克洛帖美** 我怕生产的苦痛,那产神的箭是很难当的。

**达夫尼思** 但是你的女王是亚耳德米思,那安产的女神。

**亚克洛帖美** 但是我怕生育,要损坏我的美貌。

**达夫尼思**　生了可爱的小孩，你可以在儿女里看出你新的光辉。

**亚克洛帖美**　你给我什么聘礼呢，倘若我应允了你。

**达夫尼思**　你将得到我所有的牛群，所有的树林与牧场。

**亚克洛帖美**　你要立誓，到手以后不再孤另的撇下我。

**达夫尼思**　凭了牧神，我不离开你，即使你要赶我出去。

**亚克洛帖美**　你给我建造绣房，一所住宅和牛栏么？

**达夫尼思**　我给你建造绣房，我养着好的牛群。

**亚克洛帖美**　但是对我年老的父亲，我去说些什么呢？

**达夫尼思**　听了我的姓名，他要赞许你的婚姻的。

**亚克洛帖美**　告诉我你的名字，一个名字里常含着喜悦。

**达夫尼思**　我是达夫尼思，吕吉达思是我的父亲，诺迈蔼是我的母亲。

**亚克洛帖美**　你是良家出身，但是我并不比你低。

**达夫尼思**　我知道，你叫亚克洛帖美，你的父亲是默那耳加思。

**亚克洛帖美**　给我看你的树林，在那里是你的牛栏。

**达夫尼思**　这边来。看我的细长的柏树长的多好。

**亚克洛帖美**　我的羊群吃草去吧，我要去看牧人的工作。

**达夫尼思**　我的牛群好好的吃，我要领这姑娘去看树林。

**亚克洛帖美**　你干什么，小胡羊儿？你为什么把手放在我的胸前？

**达夫尼思**　我想告诉你这早苹果已经熟了。

**亚克洛帖美**　凭了牧神，我要晕了。拿开你的手！

**达夫尼思**　放心吧，好姑娘。你怕我什么？你真太胆小了。

**亚克洛帖美**　你把我推倒在沟旁，污损了我的好衣服了。

**达夫尼思**　不，你看，我把柔软的羊裘垫在你的衣服底下。

**亚克洛帖美**　啊，你又扯去了我的带子。你为什么解我的带子呢？

**达夫尼思**　我将献给巴菲亚，当作最初的供品。

**亚克洛帖美**　且住，有人到这里来了。我听见了声响。

**达夫尼思**　这只是那些柏树互相私语，讲你的新婚。

**亚克洛帖美**　你把我的衣服撕开了，现在我是裸体了。

**达夫尼思**　我将给你一件别的更大的衣服。

**亚克洛帖美**　你答应给我一切的东西，但是后来怕要连盐都不给我一粒。

**达夫尼思**　我愿意把我的性命也给了你。

**亚克洛帖美**　亚耳德米思，请不要发怒，因为我不守你的命令。

**达夫尼思**　我将用一头犊祭爱神，用一头牛祭亚孚洛迪德。

**亚克洛帖美**　我来时是处女，成了女人回家去。

**达夫尼思**　要做一个母亲了,哺儿的母亲,不再做处女。

　　他们贪恋着青春的欢乐,这样的互相私语,这正是秘密爱恋的时光。她起来回去看她的羊,眼里有点含羞,心中却是欢悦,他也走到牛群那边去,独自庆幸他的新婚。

**评判员**　幸福的牧人,拿回你的箫去。现在让我们再听牧人们的别的歌曲吧。

# 赠所欢

[古希腊] 萨普福

Phainetai moi kenos isos theoisin.

——Sappho

我看他真是神仙中人,
他和你对面坐着
近听你甜蜜的谈话,
与娇媚的笑声;
这使我胸中心跳怦怦。
我只略略的望见你,
我便不能出声,
舌头木强了,
微妙的火走遍我的全身,
眼睛看不见什么,
耳中但闻嗡嗡的声音,
汗流遍身,
全体只是颤震,
我比草色还要苍白,

衰弱有如垂死的人。
但是我将拼出一切，
既是这般不幸。……

我真是十二分的狂妄，这才敢来译述萨普福的这篇残诗。像斯温朋（Swinburne）那样精通希腊文学具有诗歌天才的人还说不敢翻译，何况别人，更不必说不懂诗的我了。然而，译诗的人觉得难，因为要译为可以与原本相比的好诗确是不可能，我的意思却不过想介绍这二千五百年前的希腊女诗人，译述她的诗意，所以还敢一试，但是也不免太大胆了。我不相信用了骚体诗体或长短句可以译这篇诗，也还不知道用中国语可否创作"萨普福调"，——即使可以，也在我的能力以外，不如索性用散文写出较为干净，现在使用这个办法。

萨普福（Sapho＝ㄙㄚㄆㄈㄛ，在诗中自称为 Psappho）生于基督前五世纪，当中国周襄王时，柏拉图称之为第十文艺女神，据说雅典立法者梭伦（Solon）闻侄辈吟萨普福的诗，大悦，即令传授，或问何必亟亟，答云"俾吾得学此而后死"。《希腊诗选》中录其小诗三首，序诗云，"萨普福的〔诗〕虽少而皆蔷薇"（Sapphous baia men alla rhoda），有九卷,后为教会所禁毁,不传于世,近代学者从类书字典文法中搜集得百二十余则,多系单行片句,完全的不过什一而已。在十行以上者只有两首,现在所译即是其中之一。

这首诗普通称作 Eis Eromenan,译云《赠所欢》〔女子〕,见三世纪时朗吉诺思(Longinus)著《崇高论》(Peri Hypsous)第十节中。著者欲说明文章之选择与配合法,引此诗为例,末了说道:

"这些征候都是恋爱的真的结果,但此诗的好处,如上边所说,却在于把最显著的情状加以精审的选择与配合。"所以反过来说也可以说这是相思病(与妒忌)之诗的描写,颇足供青年之玩味也。

这诗里有一点奇怪的地方,便是所谓所欢乃指一女友——Hetaira——,后人谓即是亚那克多利亚(Anaktoria);据说,萨普福在故乡列色波思讲学,从者百许人,有十四女友及女弟子(Mathetriai)最相亲,亚那克多利亚即其一人。因这个关系后世便称女子的某种同性恋爱为 Saphpism,其实不很妥当,女友的关系未必是那样变态的,我们也不能依据了几行诗来推测她们的事情。总之这既是一篇好诗,我们只要略为说明相关联的事,为之介绍,别的都可以不管了。

原诗系据华敦的《萨普福集》第四版重印本——Wharton：Sappho，1907。

3月17日附记

1927年11月刊《燕大月刊》3卷1、2期署周作人译

收入《谈龙集》

## 宙斯被盘问（《卢奇安对话集》第八篇）

[古希腊] 路吉阿诺斯

**库尼斯科斯**[1] 宙斯，我并不想那么麻烦你，向你请求什么财富，或是金子，或是王位，许多人想要这些，你却不轻易给他们，总之我常看见你不理睬他们的祷告。我只想请求你答应我的一个心愿，这却是很合理的。

**宙斯**[2] 库尼斯科斯，这是什么呢？你可以不至于失望，特别如你所说，你的请求是很合理的。

**库** 请你回答我一句问话，这是并不难的。

**宙** 你的请求的确很小，而且容易满足。那么你就随意的问吧。

**库** 宙斯，我想问的就是这个，你当然读过荷马与赫西阿多斯[3]的诗，那么请告诉我，他们所唱的关于定数和运命[4]的话都是真的么？说她们在我们各人生下来的时候所纺的线是不可逃避的么？

**宙** 这是的确真实的。那里没有一点事情是不归运命管辖的，所有一切都通过她们的纺锤，所有事件都从头由这里纺出，不能由别处经过。

**库** 那么荷马在他诗的别的地方，又说道：

> 怕你在运命所定的日子以前
> （来到了）冥王的家里[5]

这样的话，我们可以断定他是在胡说了。

**宙** 当然是的，因为没有事情能够脱离运命的规则，也决不能离开她们所纺的线。至于那些诗人，只有在他们受着文艺女神[6]的灵感时所唱的才是真实的，但是当女神们离开了他们的时候，他们自己造作，那就要错误，而且与以前所说相矛盾了。这也是可以原谅的，因为他们只是凡人，所以当以前和他在一起，使他能歌唱的神力离开了他们的时候，他们便不知道真理了。

**库** 就算是这样吧，那么请你回答我这个问题。运命女神有三个，克罗托，拉克塞西斯；我想，还有阿特洛波斯吧？

**宙** 正是如此。

**库** 还有那定数和那运会[7]呢，她们老是被人们说起。这是什么，她们谁有力量？她们是与运命一样的，还是更胜过她们呢？我常听见人家说，再也没有比运会与定数更有力量的了。

宙　库尼斯科斯,你是不许可知道一切事情的。但是你为什么问我关于运命的事情呢?

库　宙斯,请你先讲另一件事情。是不是你们诸神也归她们管辖,你也必须拴在她们的丝线上呢?

宙　库尼斯科斯,这是当然的。但是你为什么笑呢?

库　我适值想起荷马诗里的那地方来了,在那里他叙述你在诸神集会里说话,其时你对他们恐吓说,你将用一条金的索子把世界挂起来。你说,你将把这索子从天上垂下去,那时一切众神假如他们愿意,可以都挂在上面,用力往下拉,可是拉你不动,而你却随时随意的可以很容易的把他们,那大地和那大海都拉上来。[8]在那时候,我觉得你的力量是可惊的,读到那里不觉打了个寒噤,可是我现在看见,事实上你自己和你的索子以及恐吓都是用一根细线挂着的,如你所说的那样。实在,我想还是克罗托有这夸口的权利,因为这是她在纺竿上半空中挂着你这人,正如渔夫在钓竿上挂着一条小鱼儿。

宙　我不懂得你这些问题的用意是在什么地方。

库　宙斯,我凭了运命之神和定数请求你,不要听了发急或是生气,那么我就大胆的说出真话来。假如真是如此,一切由运命管理，没有人能够改变一点她们所规定的事情，那么我们人类为了什么还要祀神，贡献百牛的牺牲，祈求从你们那里得到什么幸福呢？我实在看不出从这里能够得着什么好处，假如我们不能因为这样祈祷，就能驱除祸事或是获得什么好事，算是神们的赐予。

**宙** 我知道你这些巧妙的问题是从哪里来的，这都是那该死的学者[9]，他们说我们对于人类没有什么照顾，总之他们像你那样发出不敬的疑问，劝阻人家去祭祀和祈祷，以为这些是空虚的，因为他们说，我们不但是全不顾虑你那里所进行的一切，也没有力量管那地上的事情。但是他们这样的说下去，是会懊悔的。

**库** 我凭了克罗托的纺竿起誓，宙斯，他们并没有主使我来问你这个，但是我们的谈话不晓得为什么谈到这上面去，说起祭祀是多余的事来了。但是我再简单地问你一句话，假如你以为可以的话。请你不要迟疑，可是这回要请好好回答，免得再出毛病。

**宙** 你问吧，既然你有闲工夫来这样胡说。

**库** 你说一切事情是从运命出来的么？

**宙** 是我说的。

**库** 那么你也不能改变它，将它重新纺过么？

**宙** 这不可能。

**库** 你要不要从这里引出结论来，还是即使不说也就明白了呢？

**宙** 自然明白了。但是那些祭祀的人本来不是为了利益才祭祀，好像是做什么交易，似乎是向我们买祝福，他们只是来向比他优越的人表示敬意罢了。

**库** 这也就够了，如你自己说，祭祀并不是为了有用，而是出于人们崇敬优胜者的一种好意。假如现在有一个所谓学者在这里，他就会问你，你说神们是优胜者，实在他们却与人类同样是奴隶，属于同一个主妇即运命的女神。因为他们的永生没有能够使得他们更好，却因此而更坏了，因为人至少有死来解放他，你们却是这样的要延至无限期，那做奴隶的期限也给长线拴住，因而是永久的了。

**宙** 但是，库尼斯科斯，这无限与永久在我们却是幸福，我们全都很好的生活着哩。

**库** 宙斯，并不全都如此。你们的情形也各各不同，而且你们之间还有许多纠纷。你是幸福的，因为你是王，能够一件件地拉起那地与海来，像是用汲水的绳索在拉一样。可是赫淮斯托斯[10]是个瘸子，行业是做铁匠的，还有那普罗米修斯[11],有一个时候还被钉在十字架上。我更无需提起你的父亲来[12],他还锁在塔耳塔洛斯里呢。他们说,你们也恋爱,也会受伤,并且有时候在凡人家里做奴隶,有如你的兄弟[13]在拉俄墨冬的家,阿波龙在阿德墨托斯的家里那样。这在我看来似乎就不大幸福了。你们中间有些人或者是机会好运命好,但别的人就不然了。我还要说,你们有些人也同我们一样被海贼所绑走[14],或为盗庙的人所劫掠,顷刻之间从极富变成赤贫,有许多还被烊化了,因为本身是用金银做成的,但是这些也是运命所注定的吧。

宙 库尼斯科斯,你看,你的话渐渐的不敬起来了。你也许有一天会后悔的。

库 宙斯,且别恐吓吧,因为你知道我不会遭到什么的,运命在你之前给我安排定了。我看就连那些我所提及的盗庙的贼也都没有办呢,多数都逃过了你的惩罚。我猜想假如不是定数如此,他们是该抓得住的。

宙 我不是说你就是那些讨论要打倒神意的人里的一个么?

库 宙斯,你很怕那些人,我不知道为的是什么缘故。总之,你怀疑我所说的一切都是出于他们的主使。我是想要问你,——因为除了你,我还能向谁学到真理呢?你的神意是什么？一位运命女神，还是一位竟能管辖她们在她们之上的一位神灵呢？

宙　我已经告诉过你，你是不该知道这一切的。你当初说只要问我一件事，可是后来老是和我缠夹不清，我知道你这番谈话的用意是要表明我们对于人间的事情一点也没有什么照顾。

库　这不关我的事，你自己刚才说过，是运命安排一切的。可是难道现在后悔了，想收回你说过的话，要来争取这监督权，把那定数推在一边了么？

宙　并不是的，只是运命经过了我们去完成那些事罢了。

库　我懂了，你说你们乃是运命的下手和仆人吧。但是即使如此，那些神意也是她们的，你们只像是她们的家伙和工具就是了。

宙　你怎么说？

库　我想，那么你们好像是木匠的斧头和钻子，帮助他做些工作，可是没有人会说它们是工人，或者说船是斧头和钻子所造，却总说是造船匠造的。同样，完成这造船工作的是那定数，你们至多是运命的斧头和钻子而已，因此我想人们应当向定数祭祀，向她求福，用不着对你们来行礼、祭祀表示崇敬。但是不然，即使他们去礼拜定数，这也是没有用处的，因为据我看来，没有人能够改变或是倒转运命给每人注定了的事，就是运命自己也办不到。若是有人要把纺竿倒转，取消克罗托的工作，阿特洛波斯[15]也不肯答应的。

宙 库尼斯科斯，你竟以为运命还不值得为人们礼拜么？你真是像要想打倒一切了。至于我们，即使没有别的理由，光凭我们预言、告诉一切运命所定的事，这就足够让人们礼拜了。

库 宙斯，预知了未来的事情，却完全没有法子去防止它，这是完全没有用的，——除非你说，有人预先知道当死于铁的枪尖之下，只消把自己关起来，就能逃得过死？但这是不可能的，因为运命将引他出去打猎，将他交给枪尖。阿德剌斯托斯[16]把他的投枪向野猪丢去，没有打中，却将克洛索斯的儿子杀死了，这投枪好像是直向那青年射去的运命女神的有力的一击。还有给赖伊俄斯[17]的预言，那真是可笑：

别在子孙的田里播种，违反了神意，
因为如果生了儿子，所生的将杀死你。

我以为警告那反正要实现的事情,是多余的。所以在神示之后,他播了种,于是他的儿子杀了他。因此我看不出有什么理由,你可以为了那预言要报酬。且不说你表达预言的习惯,你总是给大多数人暧昧难懂的话,不明说渡过哈吕斯河将失掉的是克洛索斯自己的还是库洛斯[18]的国土,因为那神示作两面解释都行。

宙 库尼斯科斯,这是因为阿波龙有事对克洛索斯生气,因为他用羊羔的肉和甲鱼一起煮,去试探他[19]。

库 他是一个神,不应该生气呀。但是我想,那吕狄亚人的受骗正是前定的吧。我们一般不能明白的知道未来,也是定数所注定,所以就是你的预言也还是在她的范围之内吧。

宙 你什么也不给我们留下了,我们是没有用处的神,对于世事没有照顾,也不值得祭祀,老实说,就如同斧头和钻子一样吧?似乎你看不起我也是有理,我虽然手里捏着霹雳棒,却只好让你说那些反对我们的话。

库 宙斯,你打吧,假如我注定要受到雷击的话,而且我也并不怪你,而要怪克罗托通过了你给我伤害,就是那霹雳棒本身在我看来也还不是危害我的原因。但是现在还有一件事想要问你和那定数,想来你可以替她回答。这是你那恐吓的话令我想来的。为什么世间常有这种事，把盗庙的和强盗放走了，还放过那些狂暴的、凶恶的和伪誓的人，你却屡次劈那栎树，或是石头，或是毫无过失的一只船的桅竿，有时还打死一个正直而敬神的走路人？……宙斯，你为什么不则声呢？或者这也是我不应该知道么？

宙　库尼斯科斯，不是的。你是一个麻烦的人，我不晓得你从哪里捡了这些东西到我这里来的。

库　那么有些事情我是不能再问你和神意和定数的了。为什么世间是这样的：那个正直的福喀翁和以前的阿里斯忒得斯在那么穷苦窘迫之中死去，可是卡阿利斯和阿尔喀比阿得斯那两个不守法的青年，那狂暴的墨狄阿斯，还有阿癸那的卡洛普斯[20]这个饿死母亲的淫荡的人，他们却很富有？还有苏格拉底为什么被交付给十一人组[21]，而不是墨勒托斯？萨尔达那帕罗斯那么一个女性的人，为什么应该做国王，而戈刻斯[22]那么一个有品行的男子，因为不喜欢当时的事情，却被他钉在十字架上？我且不细说现在的情形，那些坏人和贪得的都很幸福，好人却被抢劫，受尽贫病的折磨和千百种的迫害。

宙　库尼斯科斯，你不知道在这一生完了之后，恶人将受什么刑罚，好人将过怎样幸福的生活么？

**库** 你大概要对我说那冥王、提堤俄斯和坦塔罗斯[23]的事了吧。对我来说，我死后自会明白是不是有那么一回事，但是现在呢，我情愿过暂时幸福的生活，宁可死后被十六只大鹫撕我的心肝[24]，却不愿意在这里像坦塔罗斯那样口渴，到了福人岛再去畅饮，和英雄们偃卧于往者原[25]上。

**宙** 你说什么？你不相信在那里会有赏罚，并且有一个法庭，审查各人的生活么？

**库** 我听说有一个克勒忒人弥诺斯[26]在底下审判这些事情。请你替他回答我一个问题，因为他们说他是你的一个儿子。

**宙** 库尼斯科斯，你有什么话要问他呢？

**库** 他主要是罚什么人呢？

**宙** 当然是那些恶人了，例如那些杀人凶手和盗庙的。

**库** 那么把什么人打发到英雄那里去呢？

**宙** 那些好人，虔诚的和一生规矩的人。

**库** 宙斯，这是为的什么缘故呢？

**宙** 这是因为后者值得奖赏，前者却应得责罚的缘故。

**库** 但是一个人假如不是故意的做下了一件可怕的事情，弥诺斯也以为应该同样的罚他么?

**宙** 没有这样的事。

**库** 那么我想,假如一个人不是有意的做了一件好事,弥诺斯是不是也以为是不该得赏的了?

**宙** 那是当然的。

**库** 宙斯,那他就没有一个人可以赏或是罚了。

**宙** 为什么没有呢?

**库** 因为我们人类都不能随意的做一件事,只是听从一种不可避免的必然的命令而动作,假如你刚才所说的是真的话,那么运命是这一切的原因。假如有人杀了人,那运命便是凶手,若是他抢了庙里的东西,他也是受命而做的。所以弥诺斯如想公平的判断,他须得先办定数而不是办西绪福斯[27],再办运命而不是办坦塔罗斯才行。因为他们除了服从命令以外还有什么罪过呢?

**宙** 你现在问的这些问题,我觉得没有回答的价值了。你是一个胆大妄为的人,是一个学者,我现在要走了,留下你在这里。

**库** 我还有这么一句话要问你,便是运命住在哪里,怎么能够管理事情,弄得这样的细密,是不是她们只有三个人?她们的生活很是劳苦,而且在我看来,要做这许多麻烦事情，也不算交上什么好运，似乎她们生下来的时候，定数对她们没有多大的好意。总之现在如果让我选择，我是宁可过我旧日子，就是再穷苦点也可以，而不想去坐着旋转那纺竿，那里事情那么多，要一件件仔细看着才行。但是，宙斯，假如你不容易回答这些问题，那么你刚才说的那回答我也可以满足了，因为那些也足够说明关于定数和神意的讨论了。至于其余的事情，那或者是没有注定我能够听到的吧。

1964年5月20日刊《世界文学》5月号，署周启明译

注释：
1 以下简称"库"。犬儒派学者。
2 以下简称"宙"。希腊神话中最大的神。
3 赫西阿多斯系史诗作者，《神谱》据说出诸他的笔下。后代所传神话，大抵悉据荷马与赫西阿多斯两家所说。
4 "定数"与"运命"差不多是同义语，都是指预先注定的事情，但是前者是由动词"分配"衍化出来，始终是抽象性的；后者意义是各人应得的"一分"，却渐渐变为专名，就是所谓运命女神，人数也变为三个，即：克罗托，意云纺女，手持纺竿，抽出各人运命之线，其二曰拉克塞西斯，意云分配，将线拉出去，其三曰阿特洛波斯，意云不可转，即剪断生命之线者。
5 见于荷马史诗《伊利昂纪》卷二十，原句没有引"来到了"，今特

补足。冥王的家里即指冥土。

6 文艺女神,共有九人,分司诗歌音乐的事。

7 "运会"也是一个抽象名词,是说时机凑合,由于一时的运气,似与定数相异,普通也算作一个女神,却并没有名字。

8 见《伊利昂纪》卷八。

9 原文本义是智人们,指各派的哲学家,但是后来有些人职业化了,故意做出奇异的言行,所以这名称亦随之变坏。这里所称的学者,有如骗子,含有轻蔑的意思。

10 赫淮斯托斯是锻冶之神,据说他是天后赫拉独自生的。有一回宙斯和赫拉打架。赫淮斯托斯因为帮助他的母亲,被宙斯从天上丢下来,落在地上,所以把脚跌跷了。

11 普罗米修斯因为给人类偷天上的火,为宙斯所恨,被钉于高加索山上,每天由大鹰啄食他的心肝,后来则因为告诉宙斯一件秘密,得被释放。

12 宙斯的父亲即是克洛诺斯,宙斯是他的最小的儿子,协同他的兄妹反抗他父亲的统治,夺了王位,把克洛诺斯锁了关在地狱里。这地狱便是塔耳塔洛斯,位置在地底下,是禁闭反叛的神的地方。

13 指海神波赛顿,他曾在特罗王拉俄墨冬那里为奴,因为他计划反抗宙斯的统治,所以被罚苦工一年,建筑特罗的城池。阿波龙则是因为宙斯雷击了他的儿子,一个神医善能起死回生,宙斯因为他逆天行事,所以杀了神医,但是阿波龙却迁怒于给宙斯制造霹雳棒的人,因而把这人杀了,为了这事宙斯罚他去给阿德墨托斯当奴隶。

14 被海贼所绑走乃是狄俄倪索斯的事情,他是宙斯的儿子,尝往各处游行,误乘上了海贼的船只,他们想把他载到亚细亚去卖作奴隶,可是他显出神威使船上的桡桨悉化为蛇，自己化为狮子，于是水手们都发狂投水变做海豚了。

15　阿特洛波斯即为运命女神的第三人，管理剪断一个人的运命的线的，原意云不退转，这里即用此义双关，切合不能让纺竿倒转。

16　吕狄亚王克洛索斯次子名叫阿提斯，他曾梦见预兆，说当死于兵。阿德剌斯托斯尝以误杀人亡来至吕狄亚，经克洛索斯为被罪录用，后来命他同阿提斯去打一个大野猪，阿德剌斯托斯用投枪打它没有中，却打中了阿提斯将他杀死了。

17　赖伊俄斯是忒拜的国王，预言告诉他不要生儿子，因为他将要杀父妻母。赖伊俄斯不听神示，生了一个儿子，将他脚踝刺伤，弃置野外，却给人留养了，这就是俄狄波斯，即是有名的肿足王。俄狄波斯长大后，回到忒拜的路上，遇着赖伊俄斯，因为争道的关系，将赖伊俄斯杀了，后来又除灭了路上给人猜谜的狮身女面的妖怪，忒拜人就奉他为王，并将王后也配给了他，于是那预言就全验了。

18　吕狄亚王克洛索斯自恃富强，欲往征波斯，到得尔福伊的阿波龙庙里去请求神示。得到预言云："克洛索斯如渡过哈吕斯河，将使一个国土失掉。"但是结果是波斯大胜，克洛索斯本身做了俘虏，几乎死在火堆之上，原来失掉的乃是他的国土，神示的话是两面都说得通的。库洛斯是波斯国王。

19　当初克洛索斯因为不知道哪个庙里的神示可靠，所以他想设法试探一下。他在家里做一件事，同时问神说他是干什么，阿波龙回答对了，说他正在一只铜盖的铜锅里，煮着羔羊的肉和甲鱼。

20　福喀翁为雅典的政治家兼武将，以正直著名，贫困以终，公元前三世纪的人。阿里斯忒得斯生于公元前五世纪中，以公正称，亦以贫

345

困终。卡阿利斯事迹不详。阿尔喀比阿得斯是雅典的政治家,颇有才干,而甚狂妄放荡。墨狄阿斯是雅典的富人,以反对当时爱国的政治家得摩斯忒涅斯著称。卡洛普斯是征特罗的希腊军武将之一尼琉斯的父亲,其行事不可考。

21 苏格拉底以不敬神及毒害青年被控,被公判有罪,应处死刑,乃服毒入参以死。雅典称狱吏司监禁罪人及处刑等事者曰亨得卡,意云十一,今译十一人组。墨勒托斯系当时无名文人,诬陷苏格拉底最力之一人,其后雅典人亦深悔其事过于严厉,又复平反,追究控告的人,墨勒托斯终以此死。倘如这种传说是真的话,那么墨勒托斯亦是终于交付给十一人组的了。

22 萨尔达那帕罗斯生于公元前七世纪中,为亚叙利亚国王,在位四十年,后世史家说他是柔弱奢侈的暴君,但考亚叙利亚文献,武功文化显有成就,似不无失实之处。戈刻斯事无可考见,原文有一本作:"而好许多波斯的正人,都被他钉在十字架上,因为他们不喜欢那时的事情。"不曾举出名字,只是混称有些波斯人罢了。

23 提堤俄斯是欧玻亚地方的一个巨人,因为想强奸阿波龙的母亲勒托,被阿波龙所射杀,死后在地狱里捆绑着,让两只大鸳啄食他的心肝。坦塔罗斯则因杀了儿子享神,想要试探神们能否前知,以是得罪(此外也有种种异说)入地狱,长苦饥渴而得不到饮食,他站在河中,水一直到他的颔下,但是等他俯首欲饮,水却落下,顶上满垂果实,伸手想摘的时候,树枝又升了上去。

24 大鸳啄食心肝,系指普罗米修斯的故事,虽然提堤俄斯也是如此,不过不大为人所知,不成为典故罢了。

25 福人岛即是祝福的人的列岛,希腊人想象在黑海的极西,死者的乐土"往者原"也就在这岛上。那地上据荷马的史诗上说，"没有雪，没有大风暴，也没有雨，只有海风时常给人送来微飓而已"。本来那里只收容与神有血统关系的所谓半神的英雄，与地狱里只监禁对神有叛逆行为者相对，但是后来似乎是也开放给一般的人们了。在那里没有事情可做，所以整日畅饮及偃卧。作者于此处也含有一种讽刺。

26  弥诺斯系克勒忒岛的国王，也是宙斯的儿子，死后在阴间裁判鬼魂的善恶。

27  西绪福斯是科任托斯国王，为人甚是狡狯，有一回宙斯爱上一个海的女神埃癸那，生了埃阿科斯，西绪福斯将这秘密泄漏了。宙斯叫死神去捉他，结果反而被他抓住，将死神锁了起来，后来由战神阿瑞斯前来解救才得逃回。因此死后被罚在阴间背一块大花岗石上山，好容易走到上边，石头却又滚了下去，须得从新去背，这样的终年辛苦，没有了期。

图书在版编目(CIP)数据

周作人译作选/周作人译;王友贵编.—北京：
商务印书馆,2019
（故译新编）
ISBN 978-7-100-17531-9

Ⅰ.①周… Ⅱ.①周…②王… Ⅲ.①周作人
(1885-1967)－译文－文集 Ⅳ.① I11

中国版本图书馆 CIP 数据核字（2019）第 103416 号

权利保留，侵权必究。

故译新编
## 周作人译作选
周作人　译
王友贵　编

商 务 印 书 馆 出 版
（北京王府井大街36号　邮政编码100710）
商 务 印 书 馆 发 行
上海雅昌艺术印刷有限公司印刷
ISBN 978-7-100-17531-9

| 2019年8月第1版 | 开本 787×1092 1/32 |
| --- | --- |
| 2019年8月第1次印刷 | 印张 11½ |

定价：56.00元